Bei Dou Xing Guang

北斗星光文学丛书

纪念中国共产党成立九十五周年

白山出版社

出征——那一些不能忽略的情愫

管泰然 著

图书在版编目（CIP）数据

出征：那一些不能忽略的情愫／管泰然著．—沈阳：白山出版社，2016
（北斗星光文学丛书：纪念中国共产党成立95周年）
ISBN 978-7-5529-1739-0

Ⅰ．①出… Ⅱ．①管… Ⅲ．①散文集—中国—当代 Ⅳ．①I267

中国版本图书馆CIP数据核字（2016）第093791号

出版发行：	白山出版社
地　　址：	沈阳市沈河区二纬路23号
邮　　编：	110013
电　　话：	024-28865926
电子信箱：	baishan867@163.com
责任编辑：	韩　光
装帧设计：	王　琪
责任校对：	董春发
印　　刷：	沈阳博雅润来印刷有限公司
成品尺寸：	165mm×235mm
印　　张：	28.25
字　　数：	390千字
版　　次：	2016年5月第一版
印　　次：	2016年5月第一次印刷
书　　号：	ISBN 978-7-5529-1739-0
定　　价：	200.00元（全五册）

钢枪的心音
——序"北斗星光"文学丛书
焦凡洪

一位被誉为"枪王"的团长说，枪是有情感、有脉搏、有心音的，人有血性，枪就有灵性，人听党的话，枪就听人的话，我们要追求人枪合一的高尚境界。这是代表着当代军人精神的一种深情表达。我们这支军队从手握大刀长矛，到拥有陆地铁甲、水上航母、空中利剑，成为捍卫人民利益、保卫国家安全的钢铁长城。这首先源自于一种精神的支撑，而这种精神之核就是忠诚于党、听党指挥的军魂意识。特别是在处于长期和平环境和面对改革开放考验的新形势下，这是永葆我军性质本色的瑰宝。由此，在纪念中国共产党成立95周年，我们编辑出版这套"北斗星光"文学丛书的时候，便感到异常激动和兴奋。因为其一篇篇作品所讲述的军营故事、描写的官兵形象，抒发的军人情怀，都是这种精神图谱的生动再现。这是在践行强军目标的新征程上钢枪发出的心音。

出　征 ——那一些不能忽略的情愫

自从八一南昌城头的第一声枪响，这支军队便薪火相传，一代又一代军人在传承着钢枪的同时，也在传递着红色基因，并且使其澎湃为不断发展壮大的钢铁方阵的精神图腾。这无疑是我军奋勇前进的动力和克敌制胜的保证。军队从来都是以战力证明实力的，在战争年代，我们的前辈已经把辉煌写在了军旗上，并使我们这些和平时期戎装从军的后来者一直分享着这种荣耀。但是，当血雨腥风的岁月远离了这支军队之后，在与之较量的对手变成了演兵场上的虚拟靶环的常态下，我们的钢枪还是否拥有往日的温度，现代军人还是不是保持着"老红军""老八路""老解放"的面容，当高技术战争一旦来临，这支军队还能不能打仗，能不能打赢？这都是人民群众热切关注的话题，也是广大将士正在书写的考卷。由此，军事文学去真情触摸置于军事斗争准备中的钢枪的脉冲，去形象表现指战员们在强军使命重负下砥砺前行的姿态，既是自身的责任，也是人们的期盼。这当然需要专业作家的鸿篇巨制，也需要业余军旅文学爱好者的吉光片羽。因此，这套全部由来自部队一线干部战士创作的丛书，便显得珍贵和富有意义。尽管这些作者的文学功力尚欠成熟，一些文字也略显直白，但是他们以握枪的姿态握笔，蘸着军营深处最纯正的颜色，书写了他们最熟悉、最了解的人物，抒发了官兵朴实、真挚的情感。这是人枪合一的鸣唱，这是迷彩世界的主旋律。透过这些强劲音符，我们的父老乡亲会听到子弟兵们永不懈怠、永远进击的足音，而且它的回响正与世界新军事变革的潮流同频共振，这足以成为他们拉直问号的理由。

当正义的钢枪成为战争舞台的主角，它赢得的话语权一定是和平，这也是其追求的最高境界。可一旦和平的风景遮蔽了战火硝烟之后，它的角色转换便成了一种必然，让位于中心，忠职于守望，引而不发，就成了它理应保持的生存状态。对于自身来说，这是一个长期而艰难的过程，它需要耐得住寂寞，抵得住诱惑，在经受各种考验中蓄势待发，这也正是其体现生命价值的所在。军人是钢枪的化身，那些默默奋战在军事一线的普通官兵的身影，就是这种精

序

神形象的写照。胥得意是这个行列里一手拿枪、一手执笔的作家，他曾在长眠着传奇英雄杨子荣烈士山下的一座营房里任过连队主官，也曾在"人民的好儿子"刘英俊生前所在部队工作，他深切感到，这两个不同年代的一官一兵的形象就代表着中国军人的样子，他们的精神因子正在新一代军人身上生长。于是，他持之以恒地用笔触探寻身边战友心中的精神密码，使那些隐没在枪阵炮群间的质朴表情和弥漫在帐篷坑道里的高亢歌声得以精彩回放。这就是结集在《无法忘记的面孔》和《倾情歌唱的军营行者》的一篇篇报告文学。这些文字记忆的大都是军营各条战线的"小人物"，他们既有摩步团的干部战士，又有武警特战大队的特战队员，既有国际维和部队的"中国蓝盔"，还有后方医院的"白衣天使"……他纵情歌咏着他们在军旅时光里的心灵行走和精神行走。虽然他们没有像杨子荣们那样直接面对狡猾凶残的敌人，但他们正用前辈的大智大勇在虚拟的战场上磨砺过硬本领；他们也没有像刘英俊们那样做出惊天动地的壮举，但他们正用前辈的忠诚无畏在平凡的岗位上创造着不平凡的业绩。这些带着汗水、裹着泥土的青春面孔，透着自信，显着刚强，充满阳光，这种踩着号音、踏着"直线"的不懈行走，穿越浮华，破除羁绊，一往无前。使人们在鸟语花香中看到了另一种壮美。

如果说这两部作品唱响了基层官兵心灵乐谱合弦的话，那么，《守望边关》则啸吟的是边防军人的精神咏叹调。在这个读图的时代，每当那些站立于国旗下、守卫在界碑旁的军人画面的出现，总会获得很高的"颜值"。因为我们这个民族对边关有着太多的屈辱记忆，人们在为当代边防军人点赞的同时，也有着更多的心理期待。这无疑增加了他们责任的重负。自古以来，边塞一直是偏远、寒冷、荒漠、孤独的代名词，就是在社会和军营的环境条件有了极大改善的当下，边防官兵依然是与艰难困苦为伍的一个族群。陈海波是某边防团的政治处主任，从排职到副团，他每一个任职前都冠有"边防"二字，他对这个职业的理解就像常年相伴的大山一样丰富而深邃，如累月厮守的界江一样浩

出　征 ——那一些不能忽略的情愫

淼而清澈。于是他把戍边的履历写满了诗行。或许他的文笔还有些生硬，语句也显得粗糙，这恰恰表现了边防军人那种性格的憨直和淳朴。冷的边关热的血，道是无情却有情。这些富有塞外原生态风情的诗篇，为我们打开了祖国极地生活的页面，也打开了镇守边关的干部战士的心扉。这里虽然远离了繁华和时尚，却有着弥足珍贵的宝藏和独具魅力的风景。你看边境哨所迎着旭日升旗的那种庄严，军人的手臂举起的是兴军强军的庄严使命；你看巡逻分队伴着晚霞归来的那种自豪，官兵的身躯挺立的是国泰民安的神圣职责。这些诗作就是以如此昂扬的格调、激情的画面，投影了驻守北疆的边防军人的精神面貌，充盈着战斗的华彩。

战争是高端智能与极端体能的博弈，军队肌体的强健需要源源不断的新鲜血液的注入。从上个世纪末，地方大学的校园增加了一个绿色群体，叫"国防生"，军营里也流行了一个新鲜名词，叫"学生官"。这项依托地方普通高校为军队培养干部的制度改革，引起了社会强烈反响，更带来了军营的立体震荡。大家普遍关注的是，这些出了大学校门就进部队营门、从玩笔杆子到扛枪杆子的新型带兵人，能否在传导现代科学知识的同时传承我军的光荣传统？能否在担任起军官职务的同时也担当起国防和军队建设的重任？人们有希冀也有质疑。对此，长期从事国防生选拔培养工作的作者马鹰，以《青春宣言》做了真实的解读和令人欣慰的回答。作品以宏阔的视角、辨证的思维，通过点面结合、事理相融的手法，讲述了这项事业由起步到发展，这个群体由青年学生成长为合格军人的过程，描绘了莘莘学子在部队的大熔炉里凤凰涅槃、破茧化蝶的艺术形象。从一个侧面透视了我军以宽广的胸襟吐故纳新，用非凡的勇气锐意改革，充满生机活力的美好前景。

从某种意义上说，一支军队的发展过程，就是一茬一茬军人心灵成长、精神拔节的历程。军队的基础是士兵，士兵的心中装着绿色世界。管泰然无疑是当代士兵中的一个典型代表。他由战士到班长，由义务兵到士官，有着和平

序

军营最基层、最本质的生活体验，期间他又随部队赴非洲马里维和，增加了一段战争背景下的生活经历。从家乡的黑土地到异国的红沙漠，从风和日丽到炮火纷飞，他的思想脉动、心路里程，构成了一代士兵茁壮成长的精神模本，更难能可贵的是，他用日记的形式对此进行了映象，从而立体而鲜活地展示了他们的心灵图景和精神质地。由此，《出征，那一些不可忽略的情愫》，不仅仅是一个"90后"士兵的军旅"自拍"，它折射的是广大官兵争做"四有"新一代革命军人的精神风貌；这些日记体的作品也不单单是一个文学青年的心灵奏鸣，它回荡的是当代军人重整行装再出发的嘹亮军歌，"向前，向前，向前，我们的队伍向太阳……"

二〇一六年五月四日

（注：作者系北部战区陆军白山出版社社长，中国作家协会会员）

目录

序　钢枪的心音 / 焦凡洪 // 001

PART 1　那年那月在撒哈拉

出征前，那些不能忽略的情愫 // 003

踏上维和之旅 // 006

在非洲，我们有的不只是忠肝义胆 // 010

黑夜的眼睛 // 014

荒凉的撒哈拉，我们升起了五星红旗 // 016

英雄也许从没想过被歌颂 // 019

向尼日尔河畔进发 // 022

让"中国形象"更清新夺目 // 026

隆隆炮声打断了孩子们的嬉戏 // 029

累也要快乐着 // 033

我们知道在为谁担当 // 036

安全防卫演练 // 039

亲爱的兄弟 // 042

出　征 —— 那一些不能忽略的情愫

出征前的动员令　// 045

黎明的曙光　// 048

撒哈拉的毒日头　// 051

顶着正午的太阳安家　// 055

昂松戈营区防御　// 058

庆祝"联合国日"　// 060

昂松戈之夜　// 063

午夜12点　// 066

一只受伤的蝙蝠　// 068

非洲的蚊子　// 071

回复某女生的一封信　// 074

昂松戈的激情　// 077

不见硝烟　// 080

争分夺秒的比拼　// 083

小技巧解决大问题　// 086

意外险情　// 089

希望这里的一切都尽快好起来　// 092

昂松戈任务轮换　// 095

为了友军的请求　// 097

有朋自远方来　// 099

海运物资到达　// 101

首个国家公祭日　// 103

我们没浪费一分光阴　// 105

血与火的历练　// 108

在非洲过圣诞　// 111

元旦前夕的马里　// 114

马年最后一天感怀　// 117

目 录

子夜的哨位 // 121

和平的曙光最珍贵 // 125

每晚的新闻联播 // 128

紧急开往加奥机场 // 131

上"蓝盔讲坛" // 133

再赴昂松戈 // 136

为荣誉而战 // 139

战斗班 // 141

撒哈拉沙漠的烤串儿 // 144

并不平静的撒哈拉 // 147

发生在撒哈拉沙漠的袭击 // 150

撒哈拉沙漠的"起床哨" // 153

撒哈拉沙漠的"最后一次给养" // 155

被"牺牲"的炸鸡柳儿 // 158

昂松戈的"十字绣" // 161

昂松戈的"意外事件" // 165

朱妈妈送汤圆 // 167

年味儿 // 169

旧情书 // 172

特别的一天 // 175

补 偿 // 178

飘荡在非洲上空的"中国红" // 180

在非洲跨进羊年门槛 // 182

大年初一为战友点赞 // 184

年初三这天的运动会 // 186

大年初五经历的那些事 // 189

初六一早开拔 // 192

出　征 ——那一些不能忽略的情愫

关于昂松戈　//　195

牵　挂　//　197

发生在凌晨的袭击　//　199

雷锋的"精神之花"　//　202

正月十五的浪花　//　204

十六的月亮　//　207

联马团营区遇袭　//　210

迟到的问候　//　212

这一天出行顺利　//　214

青春是用来奋斗的　//　217

姑姑也要来维和　//　219

时间还是近了　//　222

老红军寄来的叮嘱　//　224

琐屑的记录　//　227

军人的性格　//　229

这一生的缘　//　232

昂松戈的雨　//　235

窗外面的世界　//　237

留下了一个中队　//　239

龙抬头　//　241

今天全休　//　243

爷爷生日　//　245

大使也看了"维和日记"　//　248

联合国为中国蓝盔授勋　//　251

中国UN城的"国宴"　//　254

我的前女友　//　256

生日盛宴　//　258

目 录

文化墙 // 260

教育课 // 262

"蓝盔快报"摘要 // 264

周末日志 // 266

这里没有"雨纷纷" // 268

昂松戈最后一次交接 // 271

回到加奥 // 273

奔赴超级营地 // 275

致青春 // 277

马里的芒果 // 280

精神之火炬 // 283

青春随想 // 286

报告不能耽搁 // 289

奉献自己最后一份力量 // 291

父亲的营养 // 293

祖国，我就要回来啦 // 296

关于今天这个日子 // 298

踏上回国的旅途 // 301

回家真好 // 303

PART 2　我的新兵兄弟

一拆一叠，磨砺好作风 // 309

进了一个班，就是亲兄弟 // 311

带兵需要欣赏的眼光 // 314

乐新兵所乐 // 316

点评的是新闻，锻炼的是自己 // 318

出　征 ——那一些不能忽略的情愫

让父母省心是最大的孝 // 320

军歌，要用心去触摸 // 323

经历和阅历不是在课桌上堆出来的 // 325

汇款单上写满忠孝 // 329

电话那端的牵挂 // 333

不疼怎么能好病 // 335

情感·情况 // 337

十日行一丈，梦就不会遥远 // 339

"体会"应该一笔一画 // 342

倾听阅兵足音 // 344

刷盘子，刷出的是亲情 // 347

天下妈妈的眼泪都是一个味道 // 349

战友，就是可以为你挡子弹的那个人 // 351

"班风"本色 // 353

胜利之前是坚持 // 355

冬天来了，春天不远了 // 358

自信，贵在重拾 // 360

凝固的历史，奔涌的热血 // 363

"大家"是一个人 // 365

集体成绩好才是荣誉 // 367

令人震撼的"约定" // 369

温暖的举动比责怪更易让人接受 // 371

胜利不是嘲笑对手的资本 // 373

暂短的离别 // 375

一个散发正能量的群 // 377

难忘的"人生彩排" // 379

团长有样儿，兵就像样儿 // 381

目 录

世界上最动听的话 // 383

佳言,加油 // 385

干部骨干是新兵心底温暖的烛光 // 387

积极向上的心态就是动力 // 389

爱的哲学,是一种付出 // 391

吃的不只是心情 // 393

每一颗子弹都要瞄准打赢 // 396

跟时间赛跑,就会冲向终点 // 398

一张"湿透"的报纸 // 400

守护,是军人的光荣 // 402

努力和奋斗收获的果实,才有味儿 // 404

做最好的自己,是对父母的爱 // 406

痛苦难受时,能坚持住就赢了 // 409

成熟的标志:毅力、拼搏和团结 // 411

采访的是我,写的是新一代士兵 // 414

没有不好带的兵,只有不会带兵的人 // 416

本色不会改变 // 418

认真和听话,也是一种能力 // 420

老兵的背影,也是我们的背影 // 422

说再见,意味真正走进军人的行列 // 424

跋　胜利的一代 / 王霖 // 427

后　记 // 431

Part 1

那年那月在撒哈拉

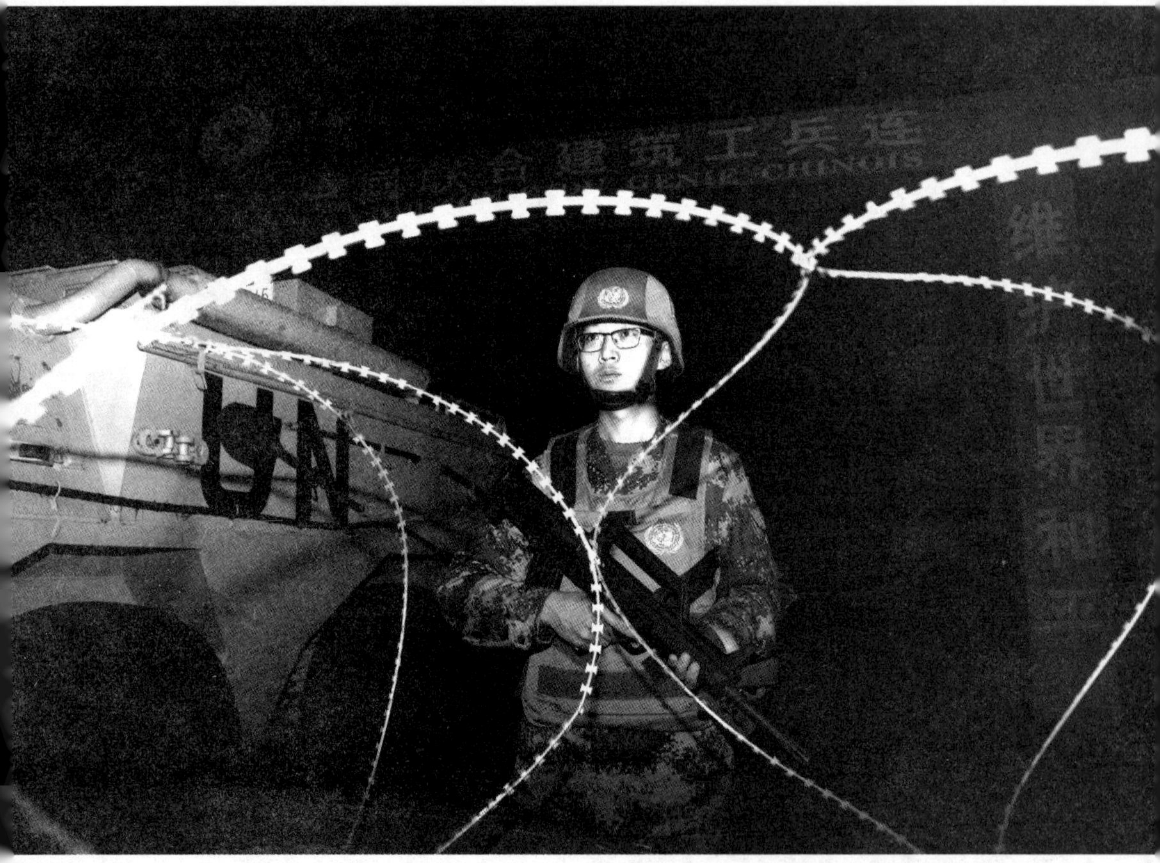
建筑工兵连
UN

Part 1　那年那月在撒哈拉

出征前，那些不能忽略的情愫

1

北京时间，2014年9月24日。

在长春飞往巴马科的航班上。

那天，如果你问我最爱谁，我会告诉你，我爷爷。年少时，他每天用电动车带着我上学。

那天，如果你问我最难过的事。我会告诉你，奶奶走了。她忘了，我要给她买门前长着一棵枣树的房子。

那天，如果你问我最幸福的事。我会告诉你，打拼异乡的老爸，他终于又回到了这座城市。

那天，如果你问我最辛酸的事。我会告诉你，我老妈，她长白头发了。

那天，如果你问我有没有梦想。我会告诉你，文学曾是亮在我心灵世界里的一盏灯。因为我的小学是寄宿制。于是，有很多时间可以用来胡思乱想。我曾和两个男生一起写过科幻短剧。我还记得当年，发表的第一篇文字，是小学四年级。那是我暑期的一篇作文。

如今，那些记忆早已泛黄。就像曾经，我伴着爷爷的从军故事长大。那时，我还不能够理解爷爷说的，"扛起锹镐，咱也要做国家的栋梁！"

直到当兵后，父亲常对我讲："咱家三代工兵人，干就要干出开路先锋的模样！"我开始有了自己的思考。

营区，操场，饭堂，阅览室，以及在每一个有风吹过的角落。我发现，我总能看见向南林，看见白雪，看见降巴克珠，看见老参谋长关喜志。虽然，他们的笑容并不特别，于我，却有着非同寻常的亲和力。

我知道，我是从心底喜欢上了他们。

2

出征的前一天，父亲来团里为我送行。我特意陪同父亲去给老参谋长关喜志扫墓。

晴朗的天气，芬芳的花束，长眠的英烈。以及不尽的思念和滔滔的江水。我和父亲的眼圈都红了。

还记得那个酷烈的夏天。当从新闻联播里听到老参谋长关喜志英勇牺牲的消息，我的泪水就像断了线的珠子。想到十天前，我放暑假去团里看望父亲，还曾跟着关叔叔一块去团里的浴池洗澡。

老参谋长已经牺牲4年了。父亲后来也调离了这个团队。如今，我接过了他们的枪，也接续了他们的使命，成为这个英雄团队的一分子。作为一名90后士兵，我知道我需要做什么。

"寻英雄足迹，当打仗士兵，圆家族夙愿！"于我，它是梦想，是激励，也必将是一枚勃勃生发的种子。

今年6月，当得知团里即将组建赴马里维和分队的消息，我即刻递交了请战书。

政治审查，支部推荐。素质认证，组织决议。以及接下来的重重考核。最终，我无比幸运地成为团队维和工兵分队中的一员，赴马里进行为期八个月的维和任务。

自豪，骄傲，荣光！我说不清。

只记得维和工兵分队组建那天，我作为维和官兵代表发言走向庄严的讲台时，我敬的那个长长的军礼。

从爷爷到父亲，再到今天的我。三代人的军礼，我平举的手臂，是那么的沉，又是那么的重。

3

孝悌忠义。家国天下。

作为一名90后士兵，每一天都在学习成长。担起应该担起的担子。

我也有过青春叛逆，有过茫然，有过追问，有过审视，有过深深的悔过和对明天的思考。

大国形象。顽强作风。英勇无畏。我突然意识到，当走出国门时，这些都将是我要努力完善的，也是一名军人必备的素质。

就像一代伟人必然会孕育杰出的思想。一个英雄的团队必然会走出英雄的儿女。既然请战了。就不能惧怕残酷与牺牲。

非洲，马里。一望无际的撒哈拉沙漠。滚滚不息的尼日尔河。艰苦的自然环境，动乱的战争环境。都将考验我们的意志，耐力与智慧。

就要踏上维和的征程。此时，我不会再那么幼稚地回答你任何问题。扛枪的男人，到了该沉默的时候。

去年，我的老班长赖明智也是第一个递交了维和请战书。他走过的地方，我也将用双脚去丈量。

踏上维和之旅

1

北京时间，2014年9月25日，11时58分。

离开长春机场，已经13个小时了。

现在是在巴黎到巴马科的航线上。距离到达目的地，还剩下不到3小时。

时间过得好快。还依稀清楚地记得家人送我的场景：哽咽，拥抱，鲜花，闪光灯。这一切的一切，只不过是想要永久留下彼此的味道。

24日下午13时30分，我们维和分队队员相继登车，从吉林赶往长春龙嘉机场。

工兵团是父亲曾经战斗过的部队，他选择来自己的老部队送我。我想，更是想来这里寻找些什么吧。

父亲是个坚强的男人。他与我并肩走在路上，仿佛多年的老友。

离别时的嘱托，在彼此的凝视中，就像忽然打开了一扇封闭很久的门。阳光，雨水。是的，是雨水。我确定。它来自我的父亲。即使是正午的阳光，也不能阻挡什么。他就那么哽咽了。好一会儿，像被突如其来的风抽走了什么。其实，满目的叶片，依然苍翠。

Part 1　那年那月在撒哈拉

走着走着，我的父亲，像猝然发现了什么，一把把我抱去。我的下颌触到了他的肩头。我没有躲闪。1秒！2秒！我轻轻拍了拍父亲。

现在回想起那个瞬间，我感觉自己就像一个成熟的男人。

父亲走了。其实是我走。

回望着父亲的背影，想起朱自清写的父亲的《背影》。只不过场景是从火车站换成了团部大院。

我意识到我的父亲，他也老了。或许，面对这样的情形父亲是高兴的。因为父亲的老去，意味着他的儿子已经成人！

我默默注视着父亲的背影。我的父亲，一步三回头。

2

我们维和分队从吉林到达龙嘉机场，是下午三点。在等候的人群中，我一眼就看见了母亲。母亲是坐沈阳到长春的第一班高铁到达的。我不知道她在候机楼门口等我多久了。在那样的一场等待里，我孤独的母亲，她等的，就像不是我离开，而是我凯旋！

可算来算去，我与母亲说话的时间还不到半小时。

相见了，母亲说得最多的就是多拍点照片。咱就快搬新家了。她要把我出征的照片挂在新家的墙上。

一些叮嘱的话，母亲已在电话里说过N遍。母亲常挂在嘴边的话是，好男儿，当"为天地立心，为生民立命，为往圣继绝学，为万世开太平。"

我知道此时，她不想让自己再唠唠叨叨的给我压力。

摄影师让母亲站在我旁边，母亲却摆了摆手。我想她不是不想和我一起照，而是想把镜头更多地留给她头戴蓝盔的儿子。我还知道，她不敢让自己靠得太近，她怕控制不住自己情绪而影响我。

最后一张的背景是一扇玻璃门。那扇门，通往陌生的非洲大漠，通往巴马科。巴马科是马里首都。我们将在那里转乘军用飞机，飞往此行的目的地——加奥任务区。

长春——巴马科。在电子屏幕上无声雀跃。还好，没有留下遗憾。母亲与我相拥的瞬间，摄影师拍下了我们的合照。

泪水。挥手。微笑。我的母亲，她总要留给她的儿子，貌似的坚强。

那一刻，我也故作洒脱，奔跑着冲出玻璃门。

我没有告诉母亲，登上弦梯的刹那，我那么想再回去抱一抱她。

3

在第一次远离家乡，不，应该是第一次远离我的祖国的时刻。我并没有泪水，也并没有失魂落魄，因为道路是我自己选择的。

在我的脑海里，非洲，大漠，远征，这些荒凉的词根反复交织碰撞，时而模糊，时而立体。我知道，在接下去的日子，它将隐匿在我亲人们的心田里，会变得一天比一天坚忍和柔软。还好，夜空的星辰，掩盖了我嚅动的粗大喉结。我努力咽下了堵塞在那里的另一些温暖的词根。

我的父亲，母亲。我的祖国，还有我的团队。我不在的日子，你们，我请你们都好好的。

坐着晚点的军用飞机，又经过近两个小时的飞行，终于到达任务区。

看着淳朴的非洲友人在街上与我们挥手。

凭直觉，在这里，我们将会遇到更多可爱的人。就像眼前的农屋，街道。它们与成群的沙砾如此自然而亲密地融为一体。虽然房屋已风化得不成样子，但也别有一番风情。

疾病，贫困。荒漠，高温。仿佛都可以暂时忽略不计。

营区越来越近了。远远看见先遣部队热烈欢迎的场面。

笑脸，锣鼓。青翠的绿，耀眼的红。对，还有象征着和平的蔚蓝色！

Part 1　那年那月在撒哈拉

八个月的国际维和行动。我和我的兄弟，我的团队，将把脚印，汗水，警惕与尊严，全部抛洒在这里。想到有人的地方，便是家。我将踏实工作，不辱使命，努力展示一名中国士兵的形象！

在非洲，我们有的不只是忠肝义胆

1

当地时间，2014年9月26日。

非洲，马里。

马里位于非洲西部撒哈拉沙漠南缘，尼日尔河左岸。全年分为三个季节，3～5月为热季，6～10月为雨季，11～2月为凉季。热季最高气温达50摄氏度，凉季最低气温为14摄氏度。

我曾在三毛《撒哈拉的故事》中粗略地领略过沙漠的美丽和传奇，突然冒出的帐篷和铁皮屋，温顺的骆驼和羊群，还有一个女人与一个男人的爱情。

在三毛和她的撒哈拉最动人的岁月，我还远远没有出生。谁能想到，相隔40年后，我竟幸运地来到这里。一个酷爱文学的中国士兵，只是我来这里，并非寻找浪漫，而是为了守护和平。

这天清晨，是我们维和工兵分队到达加奥任务区后，迎来的第一个马里的清晨。早上5点多钟，天就已经亮得很透彻了。这里与内地时差，相差8小时。

Part 1　那年那月在撒哈拉

昨天经历了26个小时的飞行，我们都累得腰酸背疼。当时恨不能立刻躺下让麻木的胳膊腿舒展一下。可是，不管多么疲乏，我们都得时刻处于警惕与战备状态。各班岗哨，工作任务，很快展开。

早晨的第一班岗是何老兵。他提前半小时就起床了。我开始还以为，何老兵因为倒时差和我一样睡不着。结果他说不是。他想到昨晚站夜岗的兄弟还没有洗上澡，就想早点把他们换下来，趁操课前赶紧洗个澡。岗楼里太闷了，一捂一身汗。不能让他们再带着满身臭汗和昨天的劳顿，再继续工作一整天。

早晨的气温已经升到25度。我的心却分明感到一股清凉。想起昨天晚餐时，餐盘里喷香的烧芸豆，兄弟们却吃得很矜持。想着多留些给站哨的兄弟。那个最先提议的人就是老班长何丰。何丰，精通"推挖装"等十三种工兵机械车辆和二十余种小型机具的使用。听到这一串儿数字，你是否晕厥？没错。他还有着工兵人梦寐以求的无上荣誉——"最美工程兵"和"金牌小老虎"称号，两次荣立三等功。

2

早操，练习完法语，就到了开饭的时间。我意外地发现餐桌上有加餐。

想起在家的时候，我最爱的大概就是这种曲奇饼干了。

刚坐好。就见班里另一名老兵不慌不忙地把饼干"打包"了。

"我去！兄弟！"我不知道老兵有没有听见我心里的喊叫。老兵是属于先遣部队的，比我们早到一周。

上午的任务，清理卫生。归整后续抵达的装备物资。

十点多钟，气温已升到36度。据说，接近正午的时候，气温会持续上升到40度以上。

如果在40度的高温里暴晒一个钟头，会怎么样呢？

此时，中队长下达各班带回口令。

兄弟们回到板房，休息，抖落汗水，补充水分。也说几句笑话，或聊聊天什么的。

我班位于营区边缘，旁边便是围栏，外有一条崎岖小道。不知那小道通往哪里。小道看上去已少有人走。仅剩下几棵枯树歪在路旁。不堪落寞。拉下窗帘，看到树枝在上面舞动，很是婀娜多姿。让人有如观赏皮影戏般入迷。

请不要以为我百无聊赖。老罗丹不是说过么，"对于我们的眼睛，这世界不是缺少美，而是缺少发现。"

8个月，240个昼夜，5760个小时。分分秒秒的酷热，汗水。蚊虫，各种流行性疾病。战乱，零零落落的枪声。我不想告诉你，一个中国士兵的眼睛，他在马里，加奥任务区，只看到这些令人沮丧的景象。他还想让你感受到有痛苦的地方，也会生长美丽和希望。

突然，一个小女孩的声音传进我的耳朵。我愣怔了一下。再仔细听，原来是小女孩用生涩的汉语在喊，"饼干"。向窗外望去，一个六七岁的本地小女孩正攀在铁丝网上朝我们这边挥手。生怕自己个子矮小，板房里的人发现不了她。当看到有人注意她，女孩突然卖力地唱起了歌儿。尽管我听不懂女孩唱的是什么，但我相信，它一定是小女孩心里最好听的歌。

唱完歌，女孩龇着米粒样齐整的白牙，笑着看我们，像是询问怎么样？同班兄弟立即拿起鞋架上的一袋饼干。只见我的兄弟，他将饼干口袋扎得紧紧的，然后用力扔了过去。只见女孩，向我们比了比大拇指，说了声"拜拜"，飞快地跑走了。

3

　　我的眼睛突然有些湿润。饼干，对我们来说只是餐桌上多了一样点心。但对于当地的孩子来说，也许不只是填饱肚子。

　　早餐时我对老兵"打包"饼干生出的误解，感到歉意。我顺势给老兵扔过去一支烟。老兵接了，放在鼻子底下闻了闻，笑了。

　　板房里安装了空调，老兵额头上的汗已经消了。我发现老兵的额头挺宽阔。虽然还鼓着三两粒扎眼的青春痘。可是，我却一点也不觉得那痘痘有多难看了。

　　今天的日记，我不知该写老兵的温情，还是写那个黑人小女孩遗落在铁丝网上的歌声。但有一句话，我觉得应该记录下来。那就是在环境恶劣，资源匮乏，生活动荡的加奥地区。作为中国士兵，我们有的不仅仅是忠肝义胆，还有脉脉的温情！

黑夜的眼睛

1

当地时间，2014年9月29日。

马里，加奥。

我们工兵分队站的哨位，从岗哨外形看去，很像是抗战时期的碉堡，由数不清的沙袋叠压而成。

站在"碉堡"里，向外看。隐约可见一道铁丝网。它们和黑夜，紧密地联结在一起。借助探照灯，能看到营区外大块的空地。土黄色的沙地上空，成群的小虫在夜空中飞舞。偶有几只大一点的飞蛾，撞到灯柱上，发出噼啪的声响。它们就像一群无家可归的盲者，又像随时在密谋准备伺机而动的恐怖袭击者。

战争。灾祸。恐怖袭击。它们何时能够消亡？

2

在加奥，即使夜里11点多，仍会有熙熙攘攘的人群和刺耳的摩托马达声，在营区外频繁活动。

据上一批维和队友介绍,加奥地区隐藏着一批恐怖分子,混迹于平民中。放下枪,他们就是温顺的平民。一旦拿起枪,就成了最危险的人。

晚上的气温,大约在26度左右。这个温度相对白天的高温,还是比较舒服的。但上夜哨,经常会很紧张。因为危险随时都可能降临。因为危险更多时候,是与黑暗为伍。哨兵,要随时准备应对各种突发情况,并及时上报。因为夜岗,不仅要做营区的眼睛,还要做营区的耳朵。任何风吹草动和可疑情况,都需要万分警惕。坚决做到,防患于未然。

3

大漠,边塞,孤烟。将士,征战,沙场。曾在中学课本里,反复吟诵的画面。如今,竟成为现实。

回想起白天,那几只组成人字形的大雁在头顶飞过。心中很是诧异。它们从哪里来,又要到哪里去?它们心中是否也有一个祖国?这些自由的大雁。凭着一双有力的翅膀,跨越万水千山。我们,又何尝不是那远行的大雁。只为给马里人民,带来一个又一个没有硝烟的春天。

出　征 ——那一些不能忽略的情愫

荒凉的撒哈拉，我们升起了五星红旗

1

当地时间，2014年10月1日。

非洲，马里。

今天是10月1日。我的祖国，诞辰65周年。清晨，看到五星红旗在马里上空冉冉升起。一股自豪感，油然而生。

由于昨夜的沙尘暴，许多事物都变得面目全非。

沙尘暴在这里形成的过程非常简单和迅速。往往一阵风刚起来，紧接着就是一呼百应。风声里，仿佛藏着千军万马。

一场雨好像也积压很久了，一泻而下。但这场雨来得快，去得也快。半小时不到，便又艳阳高照了。留下满地枝叶，像刚刚经历过一场硬仗。

这种天气对常年居住在撒哈拉腹地的人来说，是个好兆头。虽只有半场雨，但这一天的温度至少不会热得没边儿。

阵阵凉风儿吹过岗哨，哨兵的心情，也像被那雨水清洗过的一般通透。

由于风沙太大，我们不得不摘掉遮光镜换上挡风镜。

平时，哨兵大都带遮光镜保护眼睛。此时，没了"黑暗"的束缚，眼前的一切都变得清晰可爱起来。

墙缝里悄悄伸出的瓜藤，被刚才的雨水滋润得油光水亮，嫩黄的花蕾在叶的庇护下偷偷裂开了一个个"十字"，仿佛随时准备绽放生命的绚丽。

2

透过沙墙和铁丝网，能看到一扇门。那里有我们为当地援建的足球场，它已经成了当地足球爱好者的广阔天地。

此刻一群当地的孩子正光着脚丫子在上面盘带，追逐，一只小小的足球，我总觉得它的另一个名字应该叫"和平"。

近处的空地上，几个纤弱的小女孩正蹲在地上玩沙子。一捧一捧的沙子。比着漏下去了。远远听见她们挤在一起的欢笑，那么清脆悦耳。

这里是非洲。这群瘦弱的孩子，是非洲的孩子。他们身子骨看上去，那么孱弱。可他们的眼睛，却又是那么的明亮。还有他们的牙齿，总是白得耀眼。

非洲，孩子。如果没有饥饿，该多么好。如果没有战乱，该多么好。

再远处，一辆装甲巡逻车在执行警戒任务。他们身着蓝色制服，因离哨位太远，我看不清他们佩戴的标志，来自哪个国家。

只知道，他们戴着和我们一样的蓝色贝雷帽，与我们有着相同的使命。

白云天是我们维和工兵分队的新闻干事。路过岗哨时，我看见他端起了相机。我本来想冲着镜头放松一下表情。可我意识到，我脸上的神情依旧端庄凝重。没办法，那是我骨子里与生俱来的一种东西。我说不清它是什么，但我又分明是喜欢它的。那份存在，让我感到作为军人的尊严。

3

晚上会餐。自助烧烤。这是我们在马里过的第一个盛大节日。祖国的节日。在遥远的非洲,我们要与我们的祖国同欢庆。

炉子上的炭火很旺。我们每人手握一支细细的铁钎子,穿上羊肉,再配上土豆片、茄子条、鲜木耳,蘸上各种作料,兄弟们都吃得分外惬意。

何老兵把最大的羊腿硬是塞给了我。嘴里念叨着,咱非洲条件比较艰苦,好不容易过节了,可不能亏了我的小老弟,你要嘴壮些多吃点啊。

听了老班长的话,我赶忙接过来咬了一大口。

虽然忘了蘸作料,可吃在嘴里,却香在了心里。

Part 1 那年那月在撒哈拉

英雄也许从没想过被歌颂

1

当地时间，2014年10月8日。

非洲，马里。

离开祖国一晃十来天了。亲人们起初担心的是我们在马里的种种安全。现在，一切都有序地展开。他们的心，也和我们一样渐渐踏实下来。既而，开始关心我在马里每天都干些什么。我干得好不好。甚至，我的父亲和母亲，不时就发一段语音给我。

我父亲的留言一般很"官方"，走的大致是"钢铁路线"。什么，"钢铁是在千锤百炼中锻造出来的。别人能干好的，你不光要干好，还应该干得更好。"什么，"铁肩担神圣，热血铸忠诚。要不辱使命，完成好任务。"要么，"就是苦中有乐，不能怕吃苦"这样的谆谆教导。

有天晚上七点多，正收看新闻联播。母亲突然发语音，非让我拍张照片给她。

马里的晚七点，应该是国内早上三点钟。母亲是在睡梦之中突然惊醒，还是一直就没有睡？还是我头天写下的日记，吓到了她？

2

头天的日记不过是摘录了法新社报道的一则新闻。

"马里当地时间10月7日,联合国驻马里城镇基达尔的一处营地遭遇火箭弹袭击。特派团一名负责人在接受法新社采访时表示,至少有4枚火箭弹瞄准了驻扎在基达尔的这处营地。目前,袭击已造成一名维和人员丧生,一人轻伤。

报道称,此前数日,在马里加奥区特派团已成为一次流血袭击的目标,该次袭击造成9名尼日尔籍士兵死亡。军事及外交消息人士指出,近期发生的袭击源于马里一名'圣战'分子头目加利的威胁……"

基达尔和加奥,同属马里北方重镇。

本来我部将按计划外出执行任务。但因突袭事件,上方通知,原地待命!

我无从猜测,在凌晨3点钟,给我发信息的母亲看到这一天的日记,都想了些什么。其实,作为一名士兵,在他成为士兵的那天起,又何尝有过安稳的睡眠!

3

在我踏上维和之路的那天起,便想把每一天的工作生活,和我的所思所想记录下来。可当光阴一寸寸地行进,劳动的汗水一滴滴坠落。从朝至暮。我突然想,我为什么要写下它们?为什么?为什么?为什么?我心中,好像没有一个答案。

到达任务区这些天,我们工兵分队修筑道路,平整场地,搭建活动板房,还有零零碎碎的施工保障任务。当然,还有日常的岗哨,值勤。还有忙里偷闲的浇灌。那些蔬菜地,在犄角旮旯,长势茂盛。既有上一批队友

Part 1　那年那月在撒哈拉

留下的，也有我们新近开垦种植的。

分队首长说，这叫，一手抓战斗力，一手抓生活改善。

趁着午休时间，终于看完了一部战争电影。电影里有一个耐人寻味的镜头，一方在战场失利时，新闻报道员萎缩在地上躲避子弹，而长官拿起一把枪交给他。

报道员哀求说，"我不是一名大兵，长官！"

长官却凶狠地说，"今天就是了！"

报道员只得畏畏缩缩地往前冲。

战争胜利后，镜头中同样的两个人，只不过换了一个场景。长官对即将回国的新闻报道员说："该你了，去告诉他们，我们的骑兵是如何战死的……"

就是那么简单的一句对白，于我听来，却是那么的震撼心灵。

作为一名士兵，受祖国派遣赴马里执行维和任务。对饱受战乱煎熬的土地，我们何尝不是在抛洒自己的热血，以职责和使命守护这一方和平与安宁。

我不是新闻报道员，更不是战地记者。我仅仅是，党让冲向哪里就勇于冲向哪里的维和工兵分队中的一名战斗员。可我希望自己，不光要握好手中枪，也要用好心中笔。枪口瞄准敌人，笔，记录那些握枪的面孔。

英雄，也许从没想过被歌颂。但我想，我们不可以忘记他们的顽强与英勇。甚至不可以忽略日常生活中他们平凡的苦乐人生。

向尼日尔河畔进发

1

当地时间，2014年10月9日，加奥。

起床、洗漱、整理内务、早餐。

今天，每个人的动作都格外麻利。

饭后，我们将迎接到位后的第一个大项施工任务——为孟加拉河运连平整场地，构筑防御工事。

孟加拉河运连是驻扎在尼日尔河畔的一支维和部队，他们主要负责水上巡逻执勤。

早晨的天空，深邃得见不着一朵云彩。就像这广袤的撒哈拉。我看到那些黄金般的沙粒，似乎都在等待着发芽。

到马里这些天，如果要说最深的感受，那就是有迷彩的地方，就没有荒凉。

出征前，我和兄弟们从国内带来许多花籽、蔬菜籽，老班长还特意嘱咐我多带些草莓种子。

在我们忙里偷闲的呵护下，它们都在拼命成长，有的已经开始散发

"醉人"的清香。说醉人，其实也并非多么夸张，只是生长的不易，让它们显得格外可爱。

接到出发的命令，我们迅即顶起圆边迷彩帽，戴上遮光镜。左手捏实枪下护盖，右手握紧枪把，食指轻贴扳机，肩窝卡住枪托，迷彩战靴整齐地排成一条直线。

随着对讲机传出"登车出发"的命令，兄弟们立即奔赴自己的战位。热血一瞬间沸腾起来，让我想起参加军里组织的一次军事演习时，也是这么激动。

车队缓慢驶离了营区。一股股热浪却在空中盘桓不去。

2

车辆行驶在N8公路上，发动机不断发出颤抖和嘶鸣。灼人的热浪好像越逼越近，一不留心，背靠的铁皮车顶盖就能烫掉一块皮。

路上没有人迹，只见过两头瘦驴带搭不理地啃着扎嘴的荆棘。驴头刚在视野中出现，便又迅速消失了。荒漠深处，偶见一辆废弃的独轮车兀自伫在那里，车的两个把手朝向旷野，与分不清色彩的塑料袋搅和在一起，更加重了行进途中的神秘气息。

与我紧挨着的是黄永富班长，他的神情跟我一样绷得很紧。我们的呼吸似乎都显得那么小心翼翼，汗珠子顺着帽绳蚯蚓一样往下爬。谁也不知道，这5、6公里的路程会遭遇什么。恐怖分子在路旁埋伏炸弹或遭遇火箭弹袭击的事件时有发生，我们谁都不敢掉以轻心。

直到周副队长缓缓放下一直举着的望远镜，说声"前面不远了！"兄弟们紧悬的一颗心才慢慢放下，气氛才舒缓起来。原本平缓的地势也"倏地"坠下去一截，顺着最近的一条坡道开过去，眼前现出一座3米多高的土堆，奇怪的是土堆的颜色竟然是红的。

出国前，我曾搜集过马里的一些资料。马里的国旗是由绿、黄、红三个色块组成，绿色象征马里肥沃的绿洲，黄色象征该国的矿产资源，而红色则象征为祖国独立而战斗牺牲的烈士鲜血。

看到眼前这红色的黏土堆，我不知道，它与烈士的鲜血是否有关联，也或者这红色黏土的背后又有着许多动人的传说。

就在我胡乱猜想之际，车停了。路队长第一个跳下车，用手指着北方转而向东划出一段利落的弧线。我忍不住又暗自揣想，路队的手势，大概就是我们"作业"的范围了。

3

还没开始作业，就已经汗流浃背。头顶的太阳好像不是太阳，而是一个巨大的烤盘，道两旁的红土在暴晒下，红得发黑。

有人喊着，抓紧喝水！黄班长抓过我递去的矿泉水，咕咚咕咚就是几大口。黄班长喝得太急，表情并不好看，水瓶里的水，水温至少达到30度。黄班抹了抹嘴说，天然的"热得快"啊，我看以后咱别烧水了，直接放车上加热得了。

行啊，往后这"烧水"的活就交给你了。架重机枪的王班长在一旁哈哈乐。两个老班长在笑声中你言我语，好像给这酷热的天气浇洒甘霖。

我拿过水瓶也猛吞一大口，可补充进去的水分很快就化作小水珠，从额头和耳后根冒了出来。

休息了片刻，对讲机里传出"装车"的命令。后方快反组迅速跃出车厢，奔赴预定警戒地域。

铲车后方的排气管霎时升起一股浓烟，沙地上随即发出"咔嚓咔嚓"的碾压声。等待装载的三台大翻，威风凛凛地昂首向天。起土，抬臂，转向，当一铲车红土"轰"的一声卸载完毕。巨大的红色烟尘，"噗"的一下糊满了铲车的挡风玻璃。

拉杆，给油，转向，操作手麻利的动作，使铲车又乖乖地退回到原地，伸展长臂捧起下一堆红土。几铲过后，排头的大翻就被结结实实地装满了。

"走起！"得到命令，头车缓缓启动。

想着，干着。听着，看着。脸上的汗水和着飞扬的红尘，一张脸很快就"花哒"了，嗓子也像要"冒烟儿"。不时有人干咳几声。声音很快被大翻巨大的响动给淹没了。

老兵们说，平整场地的工作不过是个序篇，防御工事构筑、化粪池修建等等更为艰巨的任务都还在后头，两个月能干完就算快的了。

老兵们的语气里没有渺茫中的犹豫意味，老兵们的眼神里更没有丝毫的懈怠和迟疑。

不管任务多艰巨，时间要多久。

我知道，他们都是英勇的战士。我们都有着共同的名字，叫"中国军人"。

出　征 ——那一些不能忽略的情愫

让"中国形象"更清新夺目

1

当地时间，2014年10月12日，加奥。

早饭后，正要向尼日尔河畔开进，为孟加拉河运连平整场地。

法语翻译突然带回一个新情况。

联马团官员住所，发电机坏了。

工程师曾楠的业务非常棒，但还是忍不住嘀咕了一句，修咱自己的发电机没问题，联合国的东西咱没见过啊！

一旁的范班长幽默地说，等你把联合国电机修好了，你就"超级棒"啦！

曾工乐了，大家也都跟着乐了。

我知道曾工的担忧，他想的一定是，不能给祖国抹黑！

2

当把那台待修的发电机拆开来时，大家都把眼睛瞪大了。

made in china的标识，让在场的每个人好像一下子看到了阔别已久的亲人，都忍不住伸手去抚摸。

每个人脸上都浸润着一种喜悦的光芒。

据联马团工作人员说，这台电机是两年前中国无偿援助给当地政府的。

咱自己的东西，就更得修好啦！

大家立刻撸胳膊、挽袖子，查找病灶，可忙活半天不见动静。

是不是想家了？

不知是不是受了范班长启发，曾工马上联系了国内厂家。

电话接通了。从越洋电话那头，很快找到了解决问题的办法。

沉闷已久的发电机又爆发出巨大的轰鸣，就像中马之间悠远绵长的友谊，不断绽放出绚丽的花朵。

3

下午，分队又接到新的"外事"任务。

当地举办"首届青年杯足球总决赛"。

主办方向维和官兵发出了邀请。

4点钟，虽然没有午间那么热，可室外温度仍有42度。

贵宾席在最前排位置。木制的椅子都已衰老，斑驳得分辨不出颜色和年轮。

一个灰木钉成的小台子上，立着一座奖杯。

奖杯上不知何年镀上去的黄漆已经脱落，露出难看的褐色里了。有人掂量了一下，断定奖杯并非金属。

不管是不是金属的，它所象征的荣耀是不会减损的。就像这简陋的"贵宾席"，他对中国维和官兵的那份尊重是真挚的。

足球场外，掩体，铁丝网，护栏。足球场内，平整的沙地，激情的足球，穿着各色T恤的球员。色彩黄黄绿绿红红，鲜亮得让人忘记了战乱，也忘记了高温与饥荒。

望着我们维和工兵分队辛苦援建的足球场，听着马里人民阵阵开心的欢呼，我的内心竟涌起那么多思绪。

也许不同的是语言，是肤色，是信仰。

而对和平的渴望，对幸福的期待，对饱受苦难时那种不屈不挠的坚忍与乐观精神却是一致的。

那一刻，我对"中国梦·强军梦"，突然有了更深切的理解，对自己头顶的蓝盔有了更清醒的认识。

我们不能改变别人，就强大自己。用我们满腔热血，维护祖国尊严！

Part 1　那年那月在撒哈拉

隆隆炮声打断了孩子们的嬉戏

1

当地时间，2014年10月13日。

马里，加奥。

今天主要负责搬运板房器材。

车队驶离营区的时候，几个孩子正骑在离营区不远的一棵枯树上玩耍。

女孩子的头发乱蓬蓬的，男孩子的小脸像是还没有洗过，身上的短裤也脏兮兮的分不清颜色。有两个小女孩好像还起了争执，拽着一块头巾样的东西来来回回地拉扯，也不知道那块粉色布片到底是谁的。

一个更小的孩子发现了我们的车队，兴奋地叫起来，那两个小女孩便立即停止了撕扯，几个人比赛似的向我们挥手，孩子们看上去那么天真可爱。尤其他们用生硬的汉语喊"你好"的时候，那种热烈和纯真，让我们心底软软的，后悔出来的时候，没有带点什么吃的。我们几个兄弟把仅有的矿泉水远远抛给了孩子。

突然，远处传来震耳欲聋的爆炸声，孩子们呆愣了片刻，随即惊恐地跑开了。

当地政府军今天搞实弹打靶射击。我们事先已接到战区通报。

隆隆的炮声此起彼伏，我们的车队就在这隆隆炮声中缓慢地行进。可我的脑海里还闪回着孩子们的脸。

记得刚来的时候，总有一种恍惚，觉得自己是不是穿越到某一部"影片"里了？弹坑，废墟，似远似近的爆炸声，车轮卷起的沙尘，烙印着战争创伤的孩子们的眼神，那一座座散落的军用帐篷，四周密不透风的铁丝网，高扬着的不同色彩的国旗……

2

自从四名联马团士兵遭绑架，尼日尔营区遭受火箭弹袭击，外部威胁好像愈来愈严峻了。

迫于这种错综复杂的安全形势，我们道桥分队原计划赴昂松戈地区搭建板房的任务被延迟。任务区转向联马团东战区司令部，为战区司令部搭建三套活动板房。

就在到达指定地域，准备卸载集装箱内的板房器材时，叉车轮子猛的搅进了沙坑。沙子又松又软，叉车的轮子陷进去没一点"吃硬"的地方，除了在半尺深的沙子里拼命打转，要么就是待在原地"嗡嗡"了。

等待卸载的兄弟们一齐上阵，喊着号子拼命抵在叉车后面，想把深陷的轮子拔出来。平常就是什么也不干，这40多度的天气，汗水都是"刷刷"冒。可想而知，现在兄弟们都成啥样了。

当时在树下乘凉的外军也都过来帮忙，搬石头的，刨沙子的，大家都忙碌得跟从水里捞出来的似的，叉车也无动于衷。后来，有人找来挖掘装载机，才算救了场。

重新开工时，场地一片欢呼。当兄弟们向助人为乐的外国友军表达谢意时，两个外军冲我们"叽里哇啦"地比划，虽然听不懂说的什么，但看他们兴奋得通红的脸孔，我猜想，那大概就是"不客气"的意思吧。

同在异域他乡，肩负着同一种使命任务，那种无形的纽带就这样把人与人的心拉近了。

3

突然记起那个特别的清晨。

阳光初照，全体维和官兵在营区举行隆重升旗仪式。

面向祖国，面向鲜艳的五星红旗，我们重温出征誓言。队列中，我们一起举手呐喊："我是中国人民解放军军人，我宣誓……"只觉得右手的拳头越攥越紧，声音越喊越洪亮，仿佛要将军人的荣誉传向全世界。

当目送着五星红旗和联合国国旗升至旗杆顶端，当晨风吹动红色的旗面，与淡蓝色的联合国国旗一同迎风招展，我听见我的心脏"怦怦"的跳动声，是那么的富有力量感。

国际维和。中国士兵。火热的军营。对责任的担当。

作为90后，我知道我还很稚嫩。当我用肩膀抵住叉车的钢板时，肩头处火辣辣的疼痛一下子涌遍了全身。我意识到，肩上有一小块皮肤被钢板"啃"了下。

不过，没关系。我告诉自己，破溃处很快就会结痂，然后生长出新的组织。

小时候，母亲总说我能欻咧。我不知道这俩字怎么写，什么意思。现在想想，是不是说，我一点疼痛都忍不了呢？

昨天，我把老班长偷拍的一张照片发到我的空间里了。结果母亲立即发现了问题，问我脖子一侧怎么青了。

我也不知道从什么时候开始的，当面对危险或艰苦的环境，我越来越能"泰然处之"。母亲果然被我的轻描淡写搪塞过去了。母亲说了句"没事就好，吓死我了，一定要注意安全啊！"

我随即发送了一个"笑脸"给母亲。我告诉自己，必须学会跟老班长一样"报喜不报忧。"

记得分队长董荣强在我们重温出征誓言时讲到，"中国维和工兵不仅是建筑队更是战斗队！不光要做铁血男儿，更要做国之栋梁！"

何谓战斗队？何谓国之栋梁？

想起那著名的《少年中国说》，"故今日之责任，不在他人，而全在我少年"，胸中竟升腾起一股豪气……

Part 1　那年那月在撒哈拉

累也要快乐着

1

当地时间，2014年10月14日，加奥。

真是累惨了。

手上又磨出俩水泡。

迷彩背心都拧出水了。

背上的汗碱一块一块的。

真想痛痛快快地冲个凉啊！

可还有两天才是冲澡的日子。这里的水资源严重缺乏，我们总是能省就省。连平时的洗漱用水，也要积攒起来冲厕所。

身上的汗泥用手轻轻一捻，就成"面片"啦。

真要上锅煮，估计连调料都省下了……

想到水是地球母亲的血液，我为自己曾经无知浪费掉的水感到可惜和惭愧。

虽然这里拥有4200公里长的尼日尔河，在非洲，是仅次于尼罗河和刚果河的第三长河。可是，架不住天灾人祸。昔日的尼日尔河好像越来越瘦了。

出　征 ——那一些不能忽略的情愫

忘记是哪一年看《走进非洲》了。片中的马里是西非三个重要文明古国的中心地域，它们分别是加纳帝国、马里帝国和桑海帝国。光是这"帝国"之名，就可以想象得出马里和马里人民曾经有过怎样的繁荣。

可是，现在，无论你把影片拉进现实，还是让现实重回影片，除了唏嘘感叹，剩下的就只有默默的沉思和祝愿。

一个士兵的祝愿。愿她远离战乱！愿那美好重现！

2

估计也只有马里的沙暴，才称得上野性。

沙子打在车玻璃上，脸上，身上，那声音像什么呢？

"沙军"们总是成集群作战，那气势还真是不好形容。

这都过去一天了，感觉嘴里还"牙碜"。

填装了一整天沙箱，虽然带了防风面罩，可细沙还是钻进嘴里了。细细的黄沙，就像这里的蚊子，好像都有无孔不入的本领。

如果毛孔也会说话，我想，它一定会第一个站出来"抗议"，"喂，沙兄弟，你搞得我呼吸很不畅快，身体里的重金属好像也严重超标了。呃……"

3

想家啦。想家啦。想家。

想念家里的大床。

想念团里的澡池子。

想念一个叫樊的女生。

出国执行维和任务快一个月了。粗略数了下，我们工兵分队为梅纳卡机场清理废墟、平整场地，为东战区司令部清理土石、建设活动板房，为尼日尔河畔孟加拉河运连构建防御工事等,还有日常的岗哨执勤、临时抽组任务,参加营区环境整理,都洒下了我忠实的汗水,也留下了一个90后中国士兵越来越坚定果敢的足迹。

没有休息日,即使国庆长假,我们工兵分队也没有一天休整。这种"假期不耽误工期"的敬业精神,曾受到联马团官员的高度赞誉,称"中国蓝盔的作风纪律和工程质量绝对是世界一流水平!"

身为战斗队的一员,我当然感到自豪啦!我们的辛苦没有白吃呢!

实不相瞒,兄弟我还悄悄画过一枚金色勋章呢,以示对自己"转变作风、不讲条件,让干啥就绝对干好啥"的奖励。有点"拽"是吗?如果换了你就知道了,在这样特殊的环境里,你必须学会给自己找快乐,不然每一滴汗水都是涩的,每一粒沙尘都是疼的,每一次蚊虫的叮咬,都会让你惊恐到战栗。你怎么扛得过去?

"人,总是需要有一点精神的!"这话说得不错。

好吧,今天就偷个小懒。此处略去450个字。

我们知道在为谁担当

1

当地时间，2014年10月15日，加奥。

今天又是50多度的高温。

我负责50余公里的警戒执勤任务。

装甲车在奔驰。在车的侧翼，我的那颗心也在崎岖的公路上驰骋。

时间一天天流逝。每一天都很紧张，很疲劳。出国前的激动和兴奋早已平复。毕竟，日子需要一分一秒地过。

感觉时间又快，又漫长。每一个日子下的标记，好像都有着刻骨铭心的回忆。有时都深夜了，还在辗转反侧。常常忍不住一遍又一遍地翻看空间里的留言，那里是我和家和亲人和朋友，和我的祖国，贴得最近的地方。那种回味，我不想说。

想到一个班的兄弟，上军校的上军校，提干的提干，仅剩的一个"大厨"，年底也该退伍了。还记得班级最后一次聚餐，新兵大厨送我的那道菜名，"金玉满堂。"

我瞥一眼大厨说,什么意思?大厨笑嘻嘻地说,班副,你有着华丽的外表,脆弱的内心,但又不失一份坚强。

每次睡不着觉的时候,想起大厨的赠言,都让我泪奔……

裸露在外的皮肤早在几天前就晒伤了,今天,老班长给了我一只脖套。脖套刚好遮住半张脸,晒,好一些了,可是闷在里面的汗水不时蜇着晒伤的部位,火辣辣的疼。头顶的蓝盔随着热浪的加剧,也变得又闷又沉。头昏脑涨的时候,就嚼两粒降暑药,让自己的精神保持一种清醒和高度集中。

2

我们团素有"勇士工兵"之称。已连续两年担任维和任务,严酷的自然环境,顽强的战斗作风,大家都不畏困难,勇挑重担。

据说,首批维和工兵分队营建的战区司令部板房、布贡杰足球场、加奥机场基础设施整修等大项工程,都被评为了"模范工程"。这让我们第二批维和官兵感到一种压力,分队首长已经不止一次强调,要发扬成绩,还要赶超模范,可想而知,我们得"甩开膀子干呢!"

作为90后士兵,出国前,也不是没有人议论:"能行吗?""他们吃得了苦吗?"

孝悌忠义,家国天下。以前总觉得这话说出来有点大。甚至觉得,让别人先干着,我再玩两年。

可是,就像谷穗成熟了,自然要弯卜腰身。一个人的心灵成长史和精神成长史,总是要经历这样的打磨。甚至是疾风骤雨。240天,我想我会慢慢讲给你一些故事。

3

晚饭前，我们顺利返回到营区。

简单洗漱了下，几个人便不约而同地往健身房去。

这个六合一的活动板房，是平时兄弟们最喜欢聚集的地方。甚至把这儿当成降暑宝地。

跑步机、自行车、哑铃、杠铃，各种运动器械挺齐全的。还有两张乒乓球台子，没事来这里过过招，活动活动身手，一天的疲惫和暑气会消散不少。前几天，联合国官员还专门来这儿和分队长切磋过球技。

我和老班长何丰经常一人一辆自行车或一人占住一个跑步机，一左一右同时开跑。

"今天必须分出个高下！"有时我故意向老班长发起挑战，老班长总是欣然接受。

跑步其实是一种休息。

跑到忘我的时候，疲倦退去了，坏情绪也不知不觉没了踪影。只感觉心里越来越沉稳，脚步也能定住了。偶尔和老班长交谈几句，心里就更轻松。毕竟，老班长吃的盐比我走的路还多，他那明察秋毫的眼睛，总能"点"到我的穴位，让我茅塞顿开。

每个人都可能是一本书。尤其当兵的人。说不定还是一本哲学书。就像老班长。

安全防卫演练

1

当地时间，2014年10月16日，加奥。

今天轮到我值日。

一大早，我和另一个兄弟挥舞着扫帚，将营区内的角角落落认真清理了一遍。扫帚所过之处，红土地上留下了一道道弧状波纹，像一个人的思绪起起伏伏，忽隐忽现。

天气难得的现出一点阴沉。有风。真希望老天能下场雨。

这两天嗓子不太好，可能是气候太干燥了，也可能昨天新闻讲评时，没有发挥好，有点"急火攻心"。

平时总以为自己总结概括能力还行，就想要不要加点"文采"，结果，不知怎么了，越说越乱，满脑子最后就剩下一条埃博拉新闻……

可能就像老班长说的，"不要想一口吃成个胖子。

做任何事，都得循序渐进。这是规律。

2

上午，组织了一次应急防护和特情模拟演练。

套好防弹衣，顶起钢盔。兄弟们荷枪实弹早早集结在指定地域。

"一组，扼守进入车场通道，二组，迅速占领制高点……"随着对讲机发出的指令，各组人员迅即扑向目标。

我们小组4人占领了宿舍楼附近的制高点，随后各把一方。

虽然演练已如家常便饭，但每一次进入情况，还是如临大敌般心跳如鼓，血流加速。裴副分队长已经不只一次地告诫我们，只有把平时当战时，预想情况，反复训练，关键时刻才能处变不惊，有效制敌。

闷热的天气，死寂的堑壕，滴答的时针，渐渐湿透的后背，头盔下汩汩渗出的汗水，我们守着各自的目标，都一动不动。

平时多流汗，战时才能少流血。

就像我们流过的泪，洒下的汗，每一块磕碰伤留下的锥心之痛，世界上还没有一杆秤，可以称出它们的重量。

那背后是军人至高无上的荣誉，是肩上该担起的沉甸甸的责任。

很多东西就是无价的。别说是用汗与血去拼，就是拿命拼也义无反顾。

忽然有雨滴坠下来，一滴，两滴，三滴。心底一下子涌起一股清凉的喜悦。眼看着雨点连成了线，堑壕的土质都洇红了，楼的一侧也挂上了半壁湿气。

但我们依旧紧握枪托，保持着一名中国蓝盔"人枪合一"的最佳状态。随着"敌情"的解除，一直绷紧的心情松弛了下来。雨还在刷刷下，我扬起头盔，静静地听着雨声。

雨声滴答和鸣，像天籁之音般让人沉醉。

在脑海里，默默检索着平时听过的音乐。

虽然，它与贝多芬的"英雄交响曲"隔着千重山万重水，可我还是相信在这一瞬间，我捕捉到的就是这一乐章。

3

下午的路线依旧是在尼日尔河畔。车队有序地驶向孟加拉河运连的建设场地。

为了能让孟加拉河运连板房建设早点完工，我们再次牺牲了休息日。

晚饭时，听老班长说，我们马上要被分成两支战斗队。一支继续孟加拉河运连的建设，另一支则很快要转入下一个战场了。据说任务区离这里有一百多公里，路途更加艰险，条件也更为艰苦。

老班长问我，是去还是留？

我说，咋都行。

他竟轻轻拍了拍我肩膀，让人感觉到某种意味深长。

我一直在想，老班长，他这是啥意思啊？

亲爱的兄弟

1

当地时间，2014年10月17日。

在马里加奥，汗水和蓝盔，就像是相濡以沫的兄弟。

今天一大早，老班长李绍鹏就爬上5米多高的水泥杆，给营区安装监控摄像头。

我仰头望着盘在水泥杆顶端的他，感觉他离太阳好近。

太阳火辣辣的光芒刺着人的眼睛。可老班长却像全然忘记了这回事。

等他完成作业，从5米多高的地方滑下来，满头都是汗。黝黑的脖颈好像更黑，更红了。前天施工，因为没戴面罩，他的脖子就已经晒伤了。

看着老班长走向下一个水泥杆，我突然想起一个人，我班的兰涛。兰涛是青岛的兵。

他没能参加这次维和任务。

兰涛昨天在空间里留言：很遗憾，不能陪你走到底了。我的军旅生涯，已经进入倒计时……

看到兰涛的帖子，我沉默了很久。

2

兰涛和我一样，曾梦想着当一名职业军人。

去年，我和兰涛都很积极地报考军校。连首长很支持，还特意把我们几个要考学的兄弟编在一个班，为我们创造学习环境。记得我们可爱的李指导员还代表党支部在军人大会上发表了热情洋溢的演说，鼓励我们好好学习，争取都能考上，为连队增光添彩！

我们兄弟几个豪气满怀，连填报的志愿都是一样的。梦想着军校四年还能"同窗"在一起。

那天在营区的后山上，我和兰涛还一起"仰天长啸"过岳飞的那首"满江红"。觉得男人的青春就应该这样充满忧患，充满血性，报效国门。

可是，5个兄弟考走了3个，我和兰涛却名落孙山。

我和兰涛还是满怀激动地为3名兄弟饯了行。

看着他们几个上了车，道别，挥手，直到看不见。

我和兰涛坐在离营区不远的山坡下，默默抽完了整整一包烟。

七月的阳光裹挟着我的面孔，我却感觉到寒彻骨髓。因为我不知道接下来的日子，该怎么办。

我觉得对不起家人，对不起指导员，更对不起连队。那段日子，其他兄弟为了我们能多些学习时间，包揽了我们所有的夜岗……

3

我不知道李班长今天爬了几个5米杆。

李班长都中士了，可做什么都还那么的任劳任怨。对待工作的认真劲儿，就像一个时刻等待进步的新兵，让我那么的感动。

出　征 ——那一些不能忽略的情愫

我突然很想对兰涛说点什么，说一说今天的5米杆，说一说马里40多度的骄阳。

我很想问问兰涛，如果真的脱下迷彩，那一天，他会不会掉眼泪？

如果兰涛此刻跟我在同一片土地上，如果我们肩并肩坐在营区旁边的那座小山坡上，我不知道此刻我一肚子想说却不知如何开口的话，是不是能更顺利地说出来。

现在是马里的晚10点。

在我的祖国，朝阳应该刚刚升起。

兰涛，好兄弟。

我不敢说你是走好，还是留好。但我真希望等圆满完成维和任务回国的那一天，在连队整齐的队列里，我还能一眼看到你。毕竟，当年意气风发的五兄弟，现在就我们两个还在连里。真的怀念那段难得的学习时光，指导员还有连里的兄弟们，给予我们那么多的支持，那种温暖的、亲如一家的感觉，真的一辈子都忘不了。

兰涛，如果留下了，我回去要好好请请你。给你好好讲讲马里，讲讲咱连一起来的哥几个。大家都黑了，瘦了，但对彼此都更加珍惜。

有些选择，其实无所谓对或错。

但这身迷彩，穿和不穿，真的不一样。

Part 1　那年那月在撒哈拉

出征前的动员令

1

当地时间，2014年10月19日，18时30分。

马里，加奥。维和工兵分队营区学习室。

今晚的学习室好像格外明亮，也格外宁静。

几天前，老班长就已经有意识地给班里"透露"了消息，前期因马里局势紧张而停滞的昂松戈地区施工任务，要启动了。谁去，谁留，大家都在心里掂量。

昂松戈离加奥营区将近一百公里。任务区没水没电没营房，完全是荒凉大漠，一切都得从头开始。日常给养包括饮用水都要从加奥营区运送，而且路况很差，一旦遭遇恐怖袭击。难以想象。

我心里矛盾着。

10月初，恐怖分子袭击造成他国维和士兵死伤事件，就发生在那一带。谁去，谁就意味着更大的危险等在那里。

即使心里有顾虑，可我是一名军人，是一名战士，就得执行命令，冲锋在最前头。在组织需要你担当的时刻，怎么可以这样犹疑和权衡？

我突然明白了老班长拍我肩膀的"意味"了。

我成了第一批赴昂松戈执行任务中光荣的一分子。

当裴忠明副分队长宣布首批赴昂松戈执行任务的名单时,我感受到了老班长把手拍在我肩膀上,传递的那份信任与责任。

2

像往常受领急难险重任务时一样,每个人都屏气凝神,表情庄重。眼神一动不动地盯住分队首长,等待出征前的教育动员。

董分队长很动情,他说了很长很长一段话,我已记不得全部内容了。但有一个词,让我印象深刻。因为它一出现,就"砰"的一下击中了我灵魂深处的某一根神经。

"你们是咱第二批赴马里维和工兵分队的第一支'远征军',你们的工作,代表着咱维和工兵的形象……"

没错,"远征军"。对军人来说,这是一个充满"血性",也充满"刚性"的词。

记得某一年,国内有一部电视剧,名字就叫《中国远征军》。它讲述了以两支传奇之师为代表的中国远征军在数次战役中所发生的悲壮经历。当时就是这支衣衫褴褛,装备落后被英美嘲讽为"乞丐军队"的中国第一支远征军,最终用"一寸山河一寸血"的英雄气概获得胜利,用自己的热血和生命为国家赢得尊严。

今天,为了非洲人民早日迎来美好生活,迎来幸福与和平。分队长董荣强把我们称为"远征军",这样的称呼太令人振奋了,这种荣誉实在太巨大了。

我的心在胸膛间,"怦怦"地跳着。我相信班里其他兄弟们一定与我有着相似的感受。除了坚决完成任务,我们再没什么好说的了。

3

"明天一早就要出发了,还想再问大家一句,咱们这里面有没有,有困难不想去的?没关系,我们可以做出人员调整……"

面对副分队长万鑫充满关切的询问,学习室在经历了几秒钟的沉寂之后,突然爆发出响亮的回答:"没有!"

"好,你们是我们维和工兵分队的骄傲,期待着你们早日凯旋!"

随后,裴副分队长将联合国行动准则,维和官兵外出行动注意事项,带领大家又仔仔细细地温习了一遍。他还把驻地和机动途中可能遭遇袭击的几种情况,特定条件下的处置方法,施工过程中的安全事项等诸多环节,都拆分成更小的细节,教大家怎样做好防御和应对准备。

陌生的机动路线,陌生的地域环境,陌生的施工任务。

对于明天以及未来几个月将要面临的状况,每个人心里都很清楚。但无论是挑战,是艰难困苦,还是流血牺牲,作为维和工兵分队的战斗员,作为老参谋长关喜志生前所在团传人,我心底都不能有丝毫的顾虑和胆怯。除了军人的果敢与英勇,我们别无选择。就像那几秒钟的沉寂之后,骤然爆发出的声音,那就是一个士兵最好的誓言。

出　征 ——那一些不能忽略的情愫

黎明的曙光

1

当地时间，2014年10月20日。

加奥——昂松戈。

今天，起床的哨音比平时早了半小时。

默默地整理背囊。

默默地装运集装箱。

默默地洗漱。

默默地检查了一遍又一遍。

默默地回头看了一眼又一眼。

余光里是老班长那深邃的目光。

我冲老班长咧了咧嘴，笑容好像就挂在脸上，可又忽然消失不见。

昂松戈！

到达加奥后的第一次远征，竟唤起了我好多第一次踏出国门时的记忆。

只是这记忆中少了一个人，也少了一个背影。

2

离开营区前的早餐是馒头、米粥、炸鳕鱼和肉末胡萝卜。

我们端起粥碗,轻轻碰了下。

心照不宣。

桌上的饭菜被我们吃得一点不剩。

没有酒饯行,有的却是炊事班兄弟准备的暖心饭菜。

在我们这个集体,不管是在什么岗位,不管我们年龄几何,不管我们兵龄几多。

除了是并肩作战的兄弟,更是相濡以沫的亲人。

7点10分。对讲机传来郑队长的声音。

我们迅速穿戴好武器装具,跑向营门西侧。

拉紧的钢盔、紧贴胸膛的防弹衣。

弹夹与枪身"咔嚓"、"咔嚓"的撞击。

脚上清一色的沙漠战靴。

最后一次整理好自己的着装。

集合,列队,清点。

清脆响亮的报数,干净利落的请示,命令。

除此之外,没有也不需要其他累赘的语言。

3

明亮的眸子,绷紧的表情,挺起的胸膛,熠熠闪光的联合国国徽和鲜艳的五星红旗。

道桥中队38名远征的勇士,在联合国旗帜的引领下,精神饱满,步伐矫健。

出　征 ——那一些不能忽略的情愫

战友们夹道相送,把出征的战鼓擂得震山响,仿佛千军万马就要腾空呼啸。

脑海在"马蹄腾空"的瞬间,突然奏起铿锵的旋律——"雄赳赳气昂昂跨过鸭绿江,保和平为祖国就是保家乡。中国好儿女齐心团结紧,抗美援朝打败美帝野心狼。"

脚下的路不是鸭绿江边而是茫茫沙漠,前方之路不是抗美援朝战场而是昂松戈。

可将士出征的心情多么相似,中国军人的豪迈从没有因岁月的流逝而磨损。

车队很快驶离了营区。

转弯处,那熟悉的泥墙草席搭建的简易小铺还静止在那里。小铺还没开门,店主人直挺挺横在一条长板凳上睡着。

他不知道乘着装甲战车的UN士兵,正长龙一般穿越他的梦境。

他不知道,当他醒来的这个早晨,门前将少了一些前来购买电话卡的人。

没人买他的电话卡,这里,也就少了一些"思乡的人"。

Part 1　那年那月在撒哈拉

撒哈拉的毒日头

1

当地时间，2014年10月21日。

加奥——昂松戈之旅途。

车队沿着N8公路向东驶去。

沿途是沙丘带。

偶见漫天的沙丘散落着一簇簇逆生长的荆棘，像天上掉下的星星。

让人生怜。

如果你见过路边的那只山羊，恐怕更生怜爱。

那只山羊看上去，应该有些年纪了。瘦骨伶仃的两条前腿拼命扒住一棵灌木，够着灌木上唯一的一点青。灌木上的叶子那么细小，小到几乎可以忽略不见。

这些沙漠上幸存的生命，活得那么艰辛。

可不管活得多么辛苦，又多么艰难，总还是要信心百倍地活下去。因为只有活着，才可称之为"生命"。

生命，也因此而可贵。

出　　征——那一些不能忽略的情愫

想到人类的口腹之欢，那些被无辜宰杀的牲畜，心里突然有些反胃。

瞥到老班长脸上掉落的汗珠子，又砸中方向盘了。

本想递张纸巾给他擦擦，才发现每个衣袋里都空荡荡的。

2

前方的车队突然慢下来了。

咋了？

我们都直着脖子向前看。

前方隐约现出了路障。

快，有情况！

坐在后排的兄弟，一下子握紧了枪把，他的面颊通红，眼睛也通红，军人的警惕全挂在脸上。

我们的弹夹都是满的！

老班长的车开得很稳，让人猜不出他现在的心理。到马里的日子不短，我们也都算得上是经历过风浪的人了。

没什么，恐怖分子也是人。

斗智斗勇。

正义总是会战胜邪恶！

我们都很小心，屏息凝神。连车顶的风孔也关闭了。生怕任何一点杂音扰乱视听。

我们小心地跟进，缓慢但警觉。

闷热的驾驶室，时间像凝固了，滚落的汗珠子都可以大把大把地抓了。

感觉到烈焰就要烧着时，对讲机终于传来声音，是郑队长！

前方是进出加奥的交通要道。有马里政府军把守，政府军在此地设置了临时检查站。

检查站！政府军！

我们长长舒出一口气。

3

也许是因为酷热，时间慢得像是停滞了一般。

防弹衣，子弹带，已经把我们的身体捆绑得密不透风，加上有限的空间，整个人就像被关进了一只烤箱。

副驾位置上，虽然有两个小气孔，也能听见它们嘶嘶啦啦的吐气声，但车内连一丝凉爽也没有。

仪表盘上的榨菜已经裂开了一道口子，旁边还有些迸溅的零星汁液的印迹，那是在路过马里政府军检查站不久，它受不了高温的膨胀，自己裂开了。

脚下唯一的一点阴凉，是挤在脚踝边的一桶1L装的矿泉水。到达宿营地之前，路上水和蔬菜的补给，就全靠它们了。

地面不时隆起减速带，车速很难快起来。

本已是长途跋涉，又经过刚才的紧张刺激，我突然感觉到一种疲惫，只好不停地往太阳穴上抹风油精。

车窗外，隐约望得见尼日尔河了。

随后，我们惊奇地发现了另一番景致，有如海市蜃楼。

尼日尔河两岸，丰美的水草，碧绿的植被，成片的农田。这不就是传说中的沙漠绿洲么！

有河流的地方就会有人家。

随后，我们看见了亲切的村落，百姓，孩子。各种各样散居的农具。古老，却让人感到踏实。那正是人间寻常平朴的日子。

想到我们此番万里迢迢，出生入死，不就是为了换得眼前这安谧祥和的一幕。

马里，希望你早日平安。

当车队经过村子时，孩子们成群地聚集在公路两边，朝我们奔跑，挥手，欢笑。

那种渴望与友好，真让人温暖得想哭。

Part 1   那年那月在撒哈拉

顶着正午的太阳安家

1

当地时间，2014年10月22日，昂松戈。

当车队下公路左转时，中队长早已告知我们，前方就是法军宿营地。

法军和联马团的尼日尔官兵热情地迎上来，跟我们的人握手寒暄。

他们承诺，一旦安全形势发生突变，将及时通知我方。

随后，大家边躲避火辣辣的暴晒，边小憩休整等待命令。

眼见兄弟们歇下来了，裴忠明副分队长却又钻进装甲车，一路向东不知疲倦地奔驰而去。大家猜想，裴副分队长准是勘察宿营地去了。

静悄悄地等待。不远处的几名法军围着尘迹斑斑的装甲运兵车，似在进行检修。

他们和我们一样，为共同的使命，远离自己的祖国。

仰望炽烈的太阳，没有同病相怜，只有同命相牵。愿我们都能顺利完成任务，愿马里早日恢复平静。

正遐想，对讲机响了。首长的战车已经回来了。

车队重新驶上公路，循着缓慢的小上坡向西南方一路奔去。跑了3公里左右的样子，到了一处开阔地。

车队戛然而止。

跳下车。目力所及的地方，黄沙漫漫，不知道有没有一万里那么长。

2

集合了！

30多顶蓝盔头顶骄阳，脚踏黄沙，迅即聚拢成行。

"一班卸载装备物资，二班构筑防御工事，快反组外围警戒，开始行动！"

领命后的我们四散成一个个忙碌的小圆点。

我和二班兄弟，爬上托平，向正门开去。

蛇腹型铁丝网藏在托平的集装箱里，一打一打包得严严实实。

高矗班长二话不说，抱起一打，两只胳膊用力一投，"啪！"铁丝网稳稳地落在壕沟里侧的土堆上。

大家你一打，我一打，起初还可以乘托平省点力气，后来铁板上实在待不住人了，连抓扶的集装箱门都烫得人能跳起来，只好下车跟在后面小跑。

绕着营区跑了一大圈。铁丝网10米一打，摆得规规矩矩。

接下来，拉网固定。

铁屑，汗水，沙尘。

火球一样烤人的太阳，除了帽檐下，空旷的四野找不到一块阴影。

"只要老天不要人命，咱就得玩命干呢！"冯海峰说的，正是此时大家用行动证明的。

营房很快见出了模样。

三面，由阻绝壕环抱。朝南一侧，摞起两排品字形沙箱，作为营区正门。

四间板房并排扎在中央。

有军人的地方就有了青春活力。

有营房和掩体矗立的地方,就是军人战斗的堡垒。

3

不远处,炊事班的兄弟们正埋锅做饭。

炽热的炉盘和烈日一起烘烤着他们的脸。

范向伟是修理工兼炊事员,只见他和主厨李鑫都跟从水里捞出来似的,衣背已被汗水湿透。脸上、脖子上也全是汗,连眼睫毛上都挂着明晃晃的汗珠子,两人正在往锅里下挂面,腾腾热气和着脸上噼里啪啦的汗珠子,估计那面汤里不放盐也不会缺咸淡儿了。

也许再没有比听到炊事班喊"开饭啦!"更激动人心的声音了。

头顶的太阳已轻轻西斜。虽饥肠辘辘,饿得前心贴后背。但因忘我的工作,也并不觉得什么。

一声"开饭啦!"反倒一下子勾起了饥饿感。

我突然觉得自己一点力气都没有了。一屁股歪在地上,这漫天黄沙真松软啊,软得只想睡上一觉。

我却被班里的兄弟硬拉起来。

掏出挎包里的碗筷,一口气吹去碗筷上的红土,跟着队伍向"大锅"亲切地靠拢。

我们都盛了满满一大碗,拌上几丝油汪汪的榨菜。

哪知一碗面,秃噜秃噜三口,就造了个底朝天。

站着吃的、蹲着吃的、坐地上吃的,没多一会儿,炊事班的大锅也见底儿了。

实实诚诚的一碗面、香香的榨菜、虽然温吞但也爽快下肚的矿泉水。

我们到达昂松戈的第一顿午餐。

我敢说,这是我人生中吃得最香的一顿榨菜面。

昂松戈营区防御

1

当地时间，2014年10月23日，昂松戈。

当头顶的太阳渐渐西去的时候，裴副分队长抬手看了下表说，抓紧时间，争取在天黑之前完成设营。

2

营门前，壕沟里侧的沙墙已经垒就。

接下来，继续架设铁丝网。

大家小心翼翼地打开包装，铁丝网银色的圈圈上，嵌满了斧头状的钩刺。

张波波和冯海峰一人拽住一头，趔趄着身子艰难地在沙墙上走着。

这个活，慢了拉不开。快了，两节之间又很容易纠缠。必须时时留个人在中间盯着。

好不容易展开一整段，我就得赶紧拿着插丝冲上去，胳膊伸进铁丝网里，把插丝往土里面使劲地扎牢。

一段没等固定完，袖子上已"刺啦"一下剐出好长一条口子。

这家伙果然不是吃素的！

看着我"挂彩"，兄弟们竟然乐不可支。

哎，他们咋一点都不知道心疼我的迷彩。

3

营门另一侧，挖掘装载机一直"突突"个不停。

操作手郑东升从出发到宿营，脚还没沾过地，连午饭都是在上面吃的。

他怕上厕所，一天了，连水都不敢多喝。渴大劲了，就抿一小口，沾沾嘴。

又是挖，又是推。前后开弓，把缺的一大段壕沟补齐了，防御堑壕也挖好了。

调车的一辆接一辆。

搬东西的一趟接一趟。

还有备菜的，接电缆的，消杀的……

火辣辣的太阳底下，找不到一个闲人。只有营门外，不知打哪来瞧热闹的两头牛，有一搭无一搭地甩着尾巴。

它们不时地啃两口灌木上的小叶，不时又抬头瞅瞅忙碌的我们，似是问询，"勇士们，快完工了吧？"

一圈800多米的铁丝网，我们4个人硬生生地拉到口头坠地。

最后一段铁丝网，我和高班长抻着竟然跑起来，扁扁的一打铁圈很快长成一段满身钢刺的蛇形圆柱。

想到营区安全又多了一份保障，剐破的衣裤，划伤的皮肤，晒伤的脸颊，都觉得是小意思了。

出　征 ——那一些不能忽略的情愫

庆祝"联合国日"

1

当地时间，2014年10月24日。

非洲，马里。

今天是"联合国日"。

为庆祝这个特殊的日子，分队专门组织了一次学习活动。由我们道桥中队的指导员雷晓刚主讲了一课。

指导员从联合国的建立讲到联合国的宗旨，在讲到中国在联合国所处的重要地位和发挥着的不可替代的作用的时候，身为中国维和部队的光荣一员，我们都从中感受到了一种骄傲和自豪，也更增添了一种信心和力量。

听到指导员激情的讲述，我忍不住又细细端详了一番蓝盔上的徽章。

虽然在无数个黑夜和白天，我已无数次抚摸和端详过它，尤其徽章上那向上伸展的橄榄枝和它深情环抱的地球，早已深深印刻在我的脑海，可我还是不禁要再细细地抚摸着它。

美丽的橄榄枝和深邃的蔚蓝色，总让我想到很多。尤其在这样一个特殊的日子，特殊的异邦，身肩特殊的使命，我想到我幅员辽阔的伟大祖国和我们相亲相爱的56个民族。世界上可能再没有哪一个国家有我们这样多的民族，却能那样和谐相处亲如一家。这是老祖宗留给我们的智慧，也是我们炎黄子孙的幸运！

2

这天应邀来访的联马团安全顾问，就"马里的安全形势"也为我们上了生动的一课。顾问身着休闲装，额头油光锃亮，憨笑着随着我们一起鼓掌。一口流利标准的英语，时而环抱，时而分开的双手不停地在空中舞蹈，激光教鞭放出的红线在幻灯片上来回穿梭，联马团的来由始末讲解得绘声绘色。每讲到一处生涩难懂的地方，他都会主动停下问我们听懂了吗，大家能不能跟上。课件、讲解、举例，都很精彩，使我们更进一步认清了马里纷繁复杂的安全形势和联合国赋予我们的任务，维护世界和平，责任重大，使命光荣。他还讲到当地的民俗和维和期间需要注意的事项，并对我们工兵分队这些天所做的工作给予了极高的赞扬。不到一小时的课程，多次赢得我们热烈的掌声。

这位来自联马团的外教还把为他准备好的椅子挪到了讲台一角，一本正经地说："我喜欢站着讲课，我觉得只有这样才算是对中国军人负责。"更是给我们留下了深深的好感。

学习活动结束后，顾问就到健身室摆起了"乒乓擂台"。兴致勃勃地要与维和官兵切磋球技。可是才抽了几个回合，他就败下阵来。顾问冲着观战的我们笑呵呵地竖起大拇指，说还是你们厉害，乒乓球不愧是中国的国球。

顾问很随和，好像对什么都感兴趣。当他走进图书室，看到桌上我的老班长用竹席制作的手工挖掘机模型，特别惊讶。联马团另一名工作人员更是赞叹不已，拿在手里左右端详了好一会儿。

联马团的赞赏，让我们非常振奋，集体荣誉感忽然涌上心头，甚至比自己受到表扬还要开心几百倍。

我们代表的不只是分队，更是祖国。

3

在外事副大队长的指导下，联马团工作人员还用中文热情地写下了"和平发展"四个大字，虽然字写得有些生涩，但却表达了他们的美好祝愿。他们希望马里和马里人民有一个更美好的未来。

联马团的祝愿，也正是我们维和官兵共同的心愿。

中队领导代表维和官兵把《中国历史大全》、《孙子兵法》等经典书籍作为增进交流的礼物赠与了联马团工作人员。看得出，他们都非常喜欢。

"走出国门，我们中国工兵既要做中华文化的传播者，又要当好维护祖国形象的代表队。"这是我们维和工兵分队副分队长万鑫曾经讲过的一句话，我把这句话工工整整地记在了笔记本上。

那种光荣感、使命感，身在异国更是感触至深。

蓝盔上的徽章，闪烁着熠熠的光芒，照进了我的心里。撒哈拉上空的璀璨星空，却比不上徽章闪亮，我不禁想到我的祖国，想起也曾踏在这片土地上的老战友。荣誉和使命包裹着我，又让我鼓足勇气，去迎接晨起那新的挑战。

Part 1 那年那月在撒哈拉

昂松戈之夜

1

当地时间,2014年10月25日,昂松戈。

当我们再回到营门前时,已是另一番景象了。

原本两层的沙箱又加高了一层,上面还封上了挡板,足可以容纳两个人的身位。

对外的一侧,只露出一个不大的射孔,便于观察射击。

上面比邻插着的五星红旗和联合国国旗,在风中尽情地舒展。

2

端详着眼前,堪称完美的哨位。

忍不住暗自揣想,这也许就是中国蓝盔的速度和智慧吧!

这巨大变化,就在朝夕之间。

每个人的心中,都无法不激起波澜。

短短的几天时间,营房、电站、油库、食堂、洗漱台、厕所……

一个营区该有的设施,全部按照"中国工兵的标准"拔地而起。

38名道桥中队的兄弟！我们怎么能说自己不是最棒的？

不问付出了多少辛劳与汗水，只需默默地骄傲与自豪。

此时，再看那一抹骄阳，已然忘记它带给这块土地的酷热，只觉得它是那么美。

"呜呜呜"……

不远处，传来发电机的阵阵轰鸣。

电工李绍鹏，兴冲冲地走到板房后的电闸处，用力一推，啪！灯亮了。

空调的风扇，也一点点转起来了。

火热的撒哈拉沙漠，终于散发出难得的凉爽气息。

3

晚饭在6点钟，准时吹响了哨音。

食堂内，5套野战餐桌呈"品"字排开。

终于可以安稳地坐在小凳上，享受一下了。

主菜是炸鳕鱼块，小菜是凉拌黄瓜干。

盛上一碗冒尖的米饭，虽然有点干，但我和兄弟们每人至少吃了两大碗。

洗刷完碗筷。窗外的夜，也悄悄地来了。

除了炊事班还在清理卫生，荷枪实弹的岗哨在担任警戒，其他人都陆续回到了板房。

铺好褥子，在凉席底下塞个瘪瘪的气垫，大家就相继席地而卧了。

板房静悄悄的，比窗外的大漠还要寂静一万倍。

大家已然撑到了极限。

脖子，腰，胳膊腿，无一处不酸痛。

手腕处，被铁丝网划得一道道血檩子。

Part 1　那年那月在撒哈拉

拇指肚也磨出了水泡。
听着兄弟们沉入梦乡的鼾声。
我羡慕得一个字都不想写了。
只想自己也快点入梦。

午夜12点

1

当地时间，2014年10月26日，昂松戈。

午夜12点，我挣扎着从睡梦中醒来。

开始昂松戈新一天的第一班岗。

昂松戈的夜，那么深，将它所主宰的一切都漆成了黑色。只有营门前竖起的探照灯，光芒依然。

远方的村落也依稀笼罩着，这给人带来希望的清白的光。

由于贫困和战乱，当地的电力供应早已阻断。

希望这支来自中国的灯盏，能给当地百姓以些许的支撑和温暖。

2

正门和侧后，是尼日尔部队的岗哨。

他们的执勤时间是从下午的五点半到凌晨五点半。

他们讲法语，我们说中文。

语言虽然不通，但是招手，敬礼，称赞时竖起的大拇指，却是无国界的。

我们警戒的主要方向在营区西侧，围绕住宿的板房执勤巡逻。

突然N8公路上闪过一束手电光。

紧接着，一束变成了两束。左摇右摆，来回晃动。

我和刘东方紧跑两步，一个纵身，跳进堑壕。

"你说会不会是偷袭的？"

"这可说不准！"

我们简单地耳语了两句，便屏住了呼吸，依着沙堆死死盯住亮光。

肩上的95枪托顶得结结实实。

越来越近。

只见两个黑影轻车熟路般转进营门，停在了尼日尔的哨位上。

原来是"自己人"！

估计他们也在换岗吧！

3

虚惊了一场。

沙漠更显寂静了。

只剩下蟋蟀清脆的低语，和绵延起伏的黑。

繁星在银河里洗的分外晶莹，不时有淘气的流星跳出来，拖着长长的尾巴，在夜幕中划出一条靓丽的银线。

转瞬，又消失得无影无踪。

星空下，两顶中国的蓝盔一直坚守着自己的岗位，守护着战友们的睡眠和异国和他乡这寂寂的和平。

出　征 ——那一些不能忽略的情愫

一只受伤的蝙蝠

1

当地时间，2014年10月27日，昂松戈。

本以为蝙蝠是山洞里的产物，没想到这里也有，而且不少。

在到达昂松戈的第一天，战友们便发现它了。

开始，我并没在意。心想，这里是沙漠，怎么可能有蝙蝠出没！

那天，我和班里兄弟受领了搭建厕所帐篷的任务。

打完地钉，当我抻开帐篷的一角准备下一步作业时，突然，"扑"的一声，一群不明生物从我面庞"呼啦啦"掠过。

我被吓得一顿，再回头看时，竟然是蝙蝠！

2

看着消失的蝙蝠，我忘了刚才的"惊吓"，反而激起了一种好奇心。

它们从哪来？要到哪去？

这仅在书面和电视上看到的小家伙，在现实中是怎样生存的？

我开始留心它们的踪影。

角落里，沙箱下（垒防御工事的工具），夜晚探照灯的灯光里，都有它们的形迹。

那天在工具间，还突然发现了一只。

单独的一只。这有点奇怪。

当我发现它时，它已经趴在锹把上了，锹把上还有一丝鲜红的血迹。

它不停地张开爪子，可能是想要努力飞起来吧。

看着受伤的蝙蝠无助的样子，心中不禁生出一种怜悯。

可怜这小家伙，是不是因为我们的到来，才使它失去了内心原有的宁静，萌生了要一个人去看世界的冲动？

看看吧，它多么像处在"叛逆期"时的某一个人。

那个总想逃离父母的束缚，差点把自己给弄丢了的少年。

3

那时的故乡，正是穿毛衣的季节，偶尔还能感受到一丝和煦的风。

而我的学业却像进入了冬季般寒风凛冽，毫无生机。

但爱情却像盛夏，激情似火。

而父母对我的期望却像初春，他们流着辛勤的汗水，苦苦耕耘着"我的"来年，他们多么期望他们的儿子，能实现他们的理想。

那时奶奶还在。

那时我与父母的关系，却像装满了TNT的炸药桶。

这导火索终究是点燃了。

事情是由父亲摔我手机而引起（当然摔我手机是缘于他发现了我的"早恋"倾向）。

当时是晚上10点钟。

其中的对话我早忘记了，但还记得那个摔得稀巴烂的手机。

出　征 ——那一些不能忽略的情愫

　　手机的残片上聚拢了全家人的目光，全家人默默的眼神，和不知深浅准备离家出走的我的倔强。

　　那个深夜，外面突然下起了雪。

　　透过霓虹灯的光影，依稀感受到一个单薄的身影，似乎是瑟瑟发抖的样子。

　　袖子在眼睛和鼻子间来回擦动。

　　已说不清擦去的是寒冷的鼻涕，还是委屈的泪水。

　　尽管逝去的往事令我愧疚，但那段青涩时光，多么像这只受了伤的孤独的蝙蝠。

　　只是蝙蝠没有沉重的学业，当然也不必为"光宗耀祖"而担负责任。

　　我蹲下来，静静地看着那只受伤的蝙蝠。

　　不知它的亲人在哪里。也不知道该把它送到哪里。

　　它已不再挣扎。只有爪子在慢慢蠕动，证明它还活着，证明它正承受的痛苦。

　　也许有苦痛，也才有新生吧。

Part 1   那年那月在撒哈拉

非洲的蚊子

1

当地时间，2014年10月29日，昂松戈。

天色向晚。

太阳慢慢沉入了地平线。

天边只留下红彤彤的一抹晚霞。

婆娑的灌木的影子和着晚风轻轻摇曳。

忙碌了一整天的营区，渐渐归于沉寂。

天气微凉。暑气消散。

探照灯准时亮起在茫茫旷野。

一灯照破千年暗。

白炽的光芒穿透了无尽的夜色。

似要给这世界留下最后的焰火。

2

正准备收工，一群"不速之客"突然云集而至。

它们在探照灯下越聚越密，如一团浓密的乌云。

真是现世的"飞蛾扑火"，老远就能听见蚊虫撞向灯柱时"噼啪"坠落的声响。

除了疯狂地扑向灯柱，板房和门窗也成了它们玩命攻击的对象。

不到非洲，不知道蚊子的可怕。

这里是疟疾频发区。它的自然传播途径就是按蚊。据说此类蚊子有60余种，人被有传染性的雌性按蚊叮咬，即可感染。

所以，对这些形同"轰炸机"一样讨厌的家伙，大家都特别谨慎。

不管白天夜晚，都会涂抹一些防护药膏，以防不测。

但像今晚如此大规模的袭扰，大家显然有些措手不及。

很多人都被"叮"起了包。

对讲机里突然传出中队长郑松涛急切的命令："所有人都回寝室，先消灭室内的蚊虫。"

大家拿出各种配发和自备的蚊香、花露水、杀虫剂、风油精等，将屋子角角落落喷洒个遍。

门窗紧闭，蚊帐也挂起来了。

3

随后，裴副分队长又指示于医生，加大药物剂量，对宿舍周边再进行一次消杀。

于医生配比了新的消杀液。

我和吕佳明穿上白大褂，背上药箱，跟着于医生绕着板房足足喷洒了十几圈。

常副中队长领着两个班长，也摸黑把房子边上的枯草细细清理了一遍。

现在就差一个"死角"了——夜岗。

如何保证哨兵不受叮咬？

主意出了一大堆，但总不能把脸也包起来吧。

想起以往执行任务时戴的头套，李长冰突然来了灵感，到库房找出备用蚊帐，剪出头套的形状，又用铁丝弯成两个圆圈，上下一系，一个简易的防蚊头套就成功了。

看来，什么都不足畏惧。

只要认识到位，有信心和干劲儿，就没有解决不了的难题。

我忍不住伸出拇指，给长冰兄"点了个赞"！

回复某女生的一封信

1

当地时间，2014年10月30日，昂松戈。

到达昂松戈任务区，已经一周多了。

我们到昂松戈的主要任务，是帮助尼日尔部队建设营区。

施工任务由原定的4个月预期，延长至8个月。

工兵建筑分队和道桥分队，每两个月进行一次轮换。

这就意味着我们这一批蓝盔，基本上要在这片荒漠上度过了。

2

每天早上5点半，我们就起床了。

起床后，每个人都会急匆匆赶去厕所。

随后，工作就在这"一身轻松"中开始了。

继续建设板房，通常要干到早上7点。

然后，人员带回洗漱，吃早饭。

然后，从上午8点干到10点半。

此时，地面温度计通常会爆涨至40度左右。

室外工作一般会避开这个时间段。

当然执行特殊任务时除外。

下午3点半继续开工，会一直干到晚上6点，也就是开晚饭的点儿。

伙食嘛，中午和晚上的主食，基本是米饭。

因为使用的是炊事车，刚开始，可能"水土不服"，米饭有点稀。但不至于像兄弟们调侃的"像沼泽样稀"。

不过头两天的确水特别多，还有点牙碜。

每顿饭有两道主菜。早餐会有牛奶。中午会加一个水果罐头。

刚来的时候，物资带的不是特别多，炊事班的兄弟都很用心调剂。

方便面在这儿算是稀罕货。

平常若能吃上一袋方便面，都是一件非常奢侈的事。

这里水源不是很充足，每天饮用和洗漱用水，都是用水车从95公里外的加奥营区运送。

所以，刷牙洗脸总是能节省就节省。

洗澡就更是如此了。

每天都要黏着一身汗过夜。

还好，隔个三四天，总能洗上一次澡。还算爽吧。

干活时会发矿泉水，平时就喝水车里的水，当然，味道不如矿泉水正。

3

晚上，会有尼日尔军站岗。

白天，他们也会在营区外巡逻。

这里蚊子，虫子，蝙蝠，还有一些叫不上名字的生物，特别多。

大家都住在活动板房里，通常是8人一间宿舍。

出　征 ——那一些不能忽略的情愫

蚊帐自然是要挂的。不然一旦被蚊子叮咬，感染了疟疾之类的疾病就会出现非战斗力减员，这是任谁都不想发生的事。

至于现在的心情嘛，不说，你也懂的。

想想那一望无际的沙漠，待一天是新奇，待两天还有一份诗意在。

待到第三天，便有一种莫名的烦躁。

七天，就有种"绝望感"。

但人总要经历一个心理适应期，这便是作为人的伟大。

经历了这一周的心理转型，荒凉的昂松戈，从新奇，烦躁，平淡，到习惯。

几次辗转，这颗心早就知道，必须要坚定面对任何困苦环境。

还记得那年考学，在墙上写下的一句话："吾如凤凰，必将涅槃。"

那时年少轻狂，未必了解真谛。

人在军旅，再想起这番话，自然有了不同的感悟。

军人是种崇高的职业，选择了它，就意味着要和"崇高"相守到底。不管环境怎样恶劣，生活怎样艰苦。

汇报完了，不知能否令你对今天的军人感到满意。

珍重自己，过好每一天。

把这份感受，也算祝福，送给你和你的校园。

请记得，当你在晨曦中睁开眼睛，远方有军人默默的守望。

请记得，当你坐在安静的书桌前翻开课本，金戈铁马的远方，军人怀抱的钢枪也有温情的诗行……

请记得，同为90后，不过是你选择了"向南"，我选择了"向北"。

人生的路径总是很多，而愿意坚守的理由，有时，可能只有一个。

昂松戈的激情

1

当地时间，2014年11月2日，昂松戈。

早晨5点30分。

趁气温还比较凉爽，兄弟们早早就起床了。

一天的施工任务，在早饭前就轰隆隆地开始了。

营区与集装箱相距不到50米，但满载着一箱箱板材的托平，却要不停地驶进驶出。

开工前，郑队长将人员分成两个搭建小组。

除了便于人员展开作业，大概也不排除"比比看"的意味吧。

吊车手李先文，动作娴熟，业务精练。

固定，起吊，落地。

集装箱从装运到卸载，没一点拖沓，真是又快又稳。

2

"开箱，清点板材！"

当听见石天宝一声吆喝，厉世超立马带着两名兄弟冲过去。

拧锁的拧锁，拉箱门的拉箱门，卸板材的卸板材。

个个都异常麻利。

石天宝是一组组长。

不用说，头儿啥样，兵就啥样。

最先卸下来的是水泥砖块。做地基用的。

砖块看着不大，可分量却不轻。每一块都得哈下腰，双手合抱。

搬个十趟八趟还没啥，几十趟下来，你试试，腕子上哪个不得挂点"花"。

其实，最扛不了的还是个晒。

没遮没挡的，真是往死里晒啊！

1小时左右的样子，一组把地板、侧墙、门窗、顶棚、砖块，规规矩矩码了一地，然后，对照着图纸，开始一件件进行清点。

3

眼见一组忙得汗流浃背，我们二组这边也是铆足了干劲儿。

当托平载着"我们的"集装箱驶进营区，二组兄弟们早都撸胳膊挽袖子，等得心急火燎了。

不等集装箱落稳当，便"呼啦"一下围拢了。

"兄弟们，咱咋的也不能输给一组，都给我甩开膀子干啊，晚上我给你们推拿！"

高蠢的大嗓门儿一亮，把二组兄弟们的"战斗激情"一下子点燃了。

哥几个立即"嗷嗷"叫着回应。

不用说，高蠢正是我们二组的头儿。

高蠢可是"高人"。

一边忙活，一边还不耽搁给大家做"思想动员"。把兄弟们这心，弄得老"澎湃"了。

10点来钟的时候，这天儿，就已经跟下火了似的。

踩哪儿，哪儿热。

摸啥，啥烫。

管不了那么多了，我和搭档提溜着支架，总是三步并做两步较着劲小跑。

既然怎么都是热，索性就豁出去了，全当是上战场了。

既然是上战场，就得与敌手有个你死我活的较量。

这时的心里只有目标，只有义无反顾。

哪里还有苦累和危险的意识啊！

出　征 ——那一些不能忽略的情愫

不见硝烟

1

当地时间，2014年11月7日，昂松戈。

七七八八的零件真是不少，又费了一个多小时的工夫，总算清点完了。庆幸的是一个也不少。

石天宝又把厉世超叫到身边。

再强的头儿也不能少了左膀右臂。

厉世超是组里的测绘能手，显然也形同于组长石天宝的左右手。

"东西都齐了，打地基！"

厉班长得令后，迅速打开装仪器的箱子，麻利地开脚架，上仪器，调好水平。

一、二组，又各加强一人。给厉班长打下手。

2

一个用铁锹将选好的地基放置点简单抄平，另一个接过棱镜进行测量。

厉班长的眉头一会儿打成细结，一会儿把眼睛贴紧水准仪的镜头，一会儿撤步看下仪器上的数据，不时再瞄一眼图纸，笔尖不停在草纸上画着。

瞄准，记录，计算，几个循环下来，地基的四角就确定好了。

测绘的活，厉班长老练，在行。

"图难于其易，为大于其细"。

别看小小四块砖，负责定位的李天一当然也很重要。

李天一又是左拧，又是右旋，高了还要拿手刨刨地上的沙子，一点点进行修正。忙活得顺脸淌汗。左抹一下，右蹭一下，一张脸早都糊儿画的了。

起初，兄弟们还"嘎嘎"笑两声，后来就都不笑了。

有啥可笑的呀，干起活来，敢情人人都这样。天天都这样。

3

"大工"的角色，一班人替代不了。但"小工"的活儿，还是可以换换的。

眼见李天一累得汗珠子摔八瓣，眼神直发花，一旁配合的周佳林把天一扒拉到一边。

本想让他歇会儿，可天一倔头犟脑非说自己没事。

四个角砖确定了位置，然后是放线，定边。

倚着角砖打上木桩，拉起线头四周一绕，底座的高低宽窄，就这么敲定了。

随后，找尺子，排间距。

一块块砖，按图纸要求，码放有序。

"石块间距，误差不能超过两厘米啊！"

厉班长在一边不时地提醒大家。

细心的何丰揪着米尺，横竖高矮量了个遍。最后拍着胸脯说："放心，绝对没问题。"

我突然想，一块砖，何尝不是一方天下。

一块块砖转动起来，垒砌起来，就是我们的人生，就是我们的意志，就是兄弟间千金不换的情意，就是我们远在异国他乡，用青春写就的一部传奇。

虽然不见硝烟，但怎见得，就没有硝烟呢。

Part 1　那年那月在撒哈拉

争分夺秒的比拼

1

当地时间，2014年11月18日，昂松戈。

一组那边赶着加固地基。

二组这边忙着准备原材料。

两组之间无声的较量，从分组的那个瞬间就已经注定了。

看来竞争并非坏事。

有竞争，才有紧迫感。

尤其团队与团队间的竞争，那种凝聚力特别振奋人心。

比如，平常有点小擦痕的那种，这时候也都知道"抱团了"。

就像老高的"思想动员"：我们咋的也不能输给一组！

2

当看到厉班直起一直猫猫着的腰，像个老专家似的说，"你们这边可以搭底座了。"

我和刘东方已经顾不上跟"老专家"客套，立马冲过去搬仪器。

好像只有这样，我们才能为组里争取到更多时间。

太阳又热到中天了。

但我们已经感觉不到什么了。

营门外，几头老牛歪着头，蜷在一棵矮趴趴的树底下，漫不经心地透过堑壕边上的铁丝网，看着里边忙碌得要"发飙"的一群人。

根根支架在太阳下亮得越发刺眼，隔着橡胶手套也能感觉到一块好钢的热度。

刚运上来的矿泉水，没一会儿就喝得只剩下包装袋和空瓶子了。

拧螺丝的李长冰半蹲着，上提下压，丝丝入扣。

只见他脸上的汗珠子，也"啪哒、啪哒"掉个不停。

底座稳固了。

龙骨眼看也撑起来了。

五大三粗的郑东升爬上伫立在底座中央的梯子，就像一头雄狮一样，只不过他比狮子更灵活。他一手擎着顶梁，一手旋紧螺丝。

耷拉着半臂江山的顶梁，瞬间被拉直了，一个板房应该有的方正有加的风骨，顿时让人心里那么顺眼和舒服。

我们用汗水和意志，收获了丰硕的成果。

"大家加把劲，撵上一组，咱也快上边框啦！"

高矗又可着嗓门"喊话"了。

3

一组那边，除了几个人留守固定底座支架，其余的全都在抢运门窗和侧墙。

只见身材不高的冯海峰一头钻进集装箱，拽出一块两米多高的墙板，双手后伸，一个曲就搭上了后背，小跑着堆到支架一旁。

石天宝和何丰也一前一后,三块、三块的往外搬运。

嘿,看来他们也不要命了!

已经12点了。

不远处的炊事车,也"呼呼"冒着白气。

一股米饭香远远传过来,我看见老刘和我一样都不自觉地咽了下口水。

想来,饭香对人的胃口的吸引和刺激,有着相同的魔力。

我一下子放下心来。

我曾"羞愧"地以为,独我一个人饿了,对饭香敏感呢。

顺势张望了一下两组搭建的板房,看模样,进度相差不多。

想想英国大哲学家休谟说的话,真是高级!

他说"高尚的竞争,是一切卓越才能的源泉。"

出　　征 ——那一些不能忽略的情愫

小技巧解决大问题

1

当地时间，2014年11月20日，昂松戈。

吃过午饭，组长告诉兄弟们抓紧时间眯一觉儿，把精神头儿养足足的。

为了工期不落人后，午休还没结束，我们都主动爬起来了。

"时间就是生命。"我们争分夺秒，无疑是要在这里实现生命的最大价值。

尽管当双脚踏上这苍凉无际的非洲大漠，你觉得每个人，每一件具体的事物，都是那么的渺小。

而人之所以不同于他者，就是我们时刻都在思考，都在身体力行的有所作为。

"光阴虚度"这样的字眼，不属于我们这支队伍。

2

我们要把每一份心智，每一滴汗水都融入到工作中。

一组和二组，几乎同时进入安装墙面的阶段。

一块块墙板整齐地斜靠在集装箱上,经过一中午的暴晒,摸上去已经滚烫。

张波波和冯海峰两人抄起一块板,一人托起一个底角,瞄着上支架的卡槽,"啪啪"地向前推进。

后面的人一个接着一个。没几个来回,一面墙,就见出眉目了。

3

我们的第一栋板房,眼看就要竣工了。

"最后一块啦!"

"一二——加把劲儿啊!"

大家喊着号子。

可这最后一块,说什么都嵌不进去。

"出鬼了?"

我们疑惑地上下左右打量,端详,思量。

突然发现,卡槽竟然一头大一头小!

正发蒙,石天宝挪着碎步,笑眯眯地过来了。

"卡住了吧,这么弄不行的,快看看墙壁右上角?"

顺着老石的手指看过去,整齐的一排墙板,第一块的左上角竟出现一个两厘米宽的缝子。

大家你看我,我看你,琢磨不透缝隙哪来的。

"主要是钢架结构不稳和板材受热膨胀造成的。"

"天宝,你就别卖关子了,快说怎么解决吧!"高矗显然有点心急。

"简单简单,只要在每个板子右下角垫一块这个。"石天宝说着亮出他两个指头间捏着的一枚小石子。

"左边的角一顶实,板子排过去才会均匀,最后一块也就自然而然上去了。"

"抓紧时间改！"高矗身为组长，肯定比谁都着急。

我们赶紧卸墙板，垫石子。

"我说老石，下次这样的技巧可得提前分享，做人可不能有私心呢！"李天一在旁边"当啷"一句，把石组长和兄弟们全逗乐了。

细想想，可不是么，明显的石组长藏了心眼啊，但若是提前分享给"对手"，那第一又会是谁的呢？

这纯属竞争者间的"战术"问题。不说也罢。

又细想想，为什么我们这么多人谁都没想到，却被石天宝想到了？

看来，人都有自己的"短板"，需要自我超越。

Part 1　那年那月在撒哈拉

意外险情

1

当地时间，2014年11月23日，昂松戈。

嵌侧墙，安门窗，铺地板。除了个别变形的地板，需要用到铁锤和垫木敲打拼接。其他的，进展都还算顺利。

经过辛苦劳作，眼瞅着用汗水浇铸的板房拔地而起，大家心里都有种"松口气"的成就感。

也许领导的觉察力总是要优于我们吧，中队长郑松涛突然提醒说，地板怕晒，快，先把顶棚上了！

中队长一句话，让沉浸在喜悦中的兄弟们，立马投入到紧张的备战中。

2

各小组在本组内部，又重新界定了分工。

力气大的专门扛运棚板。

身材小，体重轻，手脚麻利的，则负责安装顶棚。

高矗和几个老班长主动揽下力气活。

"呼哧呼哧",他们一气儿就运来一堆板子,等着往棚顶输送。

周佳林主动请缨上顶棚。

我也紧跟着爬上去。

顶棚承重轻。

我便登住梯子当二传手。

高矗和刘东方喊着号子,使劲往上"悠"棚板。我则顺势顶起板子,用力推向佳林。

大家前拉后推,配合非常默契,一块块棚板顺利嵌进卡槽。

望着挥汗如雨的蓝盔们,耳边忽然响起一首歌,"这力量是铁,这力量是钢,比铁还硬,比钢还强……"

这首歌儿无论词曲,都是军人血性最完美的表达。

3

安装完棚板,就该铆钉加固了。

我把电钻递给佳林。

佳林瞅准卡槽和棚板的结合部,把一个个铆钉很"专业"地固定在那里。

时间一分一秒地过去。

工程已经推进到顶棚中央了。

我看见佳林摘下帽子,抹了把头上的汗。随后,对准下一个目标准备下钻。

突然,"轰"的一声巨响,一块棚板受惊般地跳出卡槽,"砰"的一声从空中甩了出去。

我忍不住打了一个激灵——佳林!

踏翻的佳林双腿钩住横梁,身子紧紧扒住固定的棚板。

中队长闻声，立即从另一个板房奔了出来。

众兄弟攀上登下，很快把佳林"解救"了下来。

见佳林毫发未伤，大家这才松了口气。

中队长拍了拍佳林的头，让他赶紧下去休息。

渐渐的，艳阳西去。

蓝盔们的影子，被拉得很长很长。

板房的墙壁上，泛黄的沙土中，还有我们彼此的心间，到处都看得见那高大的身影，像一道动人的风景。

怕是这辈子，都难再忘怀。

出 征 ——那一些不能忽略的情愫

希望这里的一切都尽快好起来

1

当地时间，2014年11月27日，昂松戈。

转眼间，出国执行维和任务已经两个多月了。

有快乐，也有苦恼。但更多的还是收获。

日常工作中，总会有些灵感突然而至。

一直想写篇长点的东西，记录这一特别的军旅岁月。

但真当面对电脑屏幕时，才发现自己无从下手。

总是写了删，删了改。

打眼一看，文中的主人公怎么会有那么多的牢骚？

那迸发着火药味的情绪，显然不是我要的。

可细想想，谁能说主人公的情绪不是我内心一种不自觉的流露？

遇到挫折时，我会怀疑自己的能力。

遭受误解时，我会怀疑自己的善良。

感到愉悦时，我往往又会忘乎所以。

一个人肉体上的损伤，可以通过休整恢复。

而精神一旦背上包袱，却是那么难以卸掉。

哎，有些心情不说也罢。

早饭后，遇上裴3号。

首长先是唠了几句家常，随后边走边笑呵呵地问我，"争做新一代革命军人，那'四有'都是哪'四有'？"

我想想说，"有灵魂，有本事，有血性，有品德"。

首长"嗯"了一声说，"不怨不悔，不骄不躁，不受情绪左右，应该属于哪个'有'里的？"

我老老实实地回答了首长的提问。

看见首长笑了。

我也笑了。

看着首长轻松走过去的背影，我突然感觉，这个早晨，天气咋这么好。

2

这几天，抽空看了一部热播剧《北京青年》。

剧中的大哥何东，本来有贤惠的女友，稳定的工作，因为突然醒悟那"被安排好了的人生"，并不是自己想要的人生。

于是放弃爱情，放弃体面的工作。重走青春路。

说心里话，我很佩服"大哥"的勇气。

当一个人想证明自己时，很难说他的心灵，就没有了枷锁。

亦如孩提时，总是不顾父母的感受，想证明"我长大了！""我能够飞翔！"

直到撞得头破血流，舔着受伤的羽毛，才会想到父母平日的"唠叨"，多么亲切。

可有些事就是这样。

无所畏惧的年纪，觉得我们最不缺少的就是"橡皮擦"。

从不去想那张纸有一天变得"千疮百孔"时，应该怎么办。

一个人也许只有到了无处可逃的时候，才知道自己错失了什么。

3

我知道自己错失的是一颗心。

一颗感恩的心。

我知道它，却从没想过要表达。

每当夜深人静，在荒凉的非洲大漠，觉得自己就要被这孤独所吞噬而苦闷时，我的父亲母亲就像两个彻夜无眠的夜莺，总能适时地向着远方的我发出婉转的"啼鸣"。

有时，我这边已经睡下了，还能看见他们挂在QQ上的头像亮着灯。

有时一觉醒来，发现他们发给我的信息，时常是在凌晨。

鼓励的话，贴心的话，教诲的话，安慰的话，我默默体会着他们彼时彼地那颗爱我的心，牵挂的心，恨不能替代我跨过人生路上所有的坑坑洼洼的心。

人都说，网络本是一个"虚拟的世界"，然而，在离家万里之遥的异国，我却从那里感受到了真实的体温。

瞬间，想到他们的心情，我会哽咽。

也仅仅是哽咽。我记得我曾告诫过自己：军人不哭。

有人说，"困境是造就强者的学校"。

也许是吧。虽然心灵已老去很多，但我的精神却越发的饱满。

其实，在非洲，疟疾、埃博拉等并非传染最广的疾病，而是环境和人心。

真希望这里，能尽快好起来。

Part 1   那年那月在撒哈拉

昂松戈任务轮换

1

当地时间，2014年12月1日。

昂松戈——加奥。

清晨5点的昂松戈，天还漆黑一片。此时的非洲马里，已进入凉季，早晚温差特别大。

起床后，大家就开始收拾行囊，并全副武装。

一晃40天过去了。施工任务进入轮换阶段，就要踏上回加奥的旅途，心情真有几分激动。

在昂松戈苦苦鏖战的40个昼夜，已被时间的激流冲进记忆的海洋。

放眼望去，从荒凉大漠到板房耸立，从漫漫黑暗到冉冉灯火。那种"干出来的"成就感，让人感到很踏实。

2

由于我们加班加点的建设，使尼日尔部队比预期提前了近20天进驻。

他们很快接替了营门警戒任务。每逢中国维和车队出入，尼日尔哨兵都会自觉地挺直身子，双脚靠拢，庄严敬礼。

我们也会友好地鸣笛回礼。

如此礼遇不仅是源于外交礼仪，更是战友们洒在红砂与荆棘上的汗水、被板材磨破的件件迷彩和肌肤上留下的道道疤痕，那种夜以继日奋战的斗志，赢得的感动与尊重。

当尼日尔军竖起大拇指不断称赞着"good"，当他们黑色面庞上露出那么生动的笑容时，你会觉得中国军人的确是"了不起"的！而这种"了不起"，就是真干，实干，拼命干的务实精神。

3

车队和车上的人，显然已是归心似箭。

一个多小时的车程，却感觉有一天一夜那么长。

路上的沙丘，歪倒在路中间的沙箱，政府军的路障，尼日尔河畔水田中穿着一袭黑衣的稻草人，都让人觉得越来越近的人间烟火。

一个、两个、三个，默默数着村庄的路牌，当数到第五个时，可以隐约看到加奥了，然后看到了我们想念已久的营房。看见营门前矗立的UN标识，看见空中飘扬着的五星红旗和联合国国旗。看见了分队长董荣强和副分队长万鑫在营门口踱来踱去的亲切身影，和他们不时向着N8公路张望的神情。

就要"到家了"，感觉心跳好快。

负责警戒的装甲车刚一穿过路口哨卡，营门前就响起了热烈的掌声，和首长亲切的问候："你们辛苦了！"

建筑中队也在列队等候。

重新整队报告，他们依次接过我们手中的自动步枪。

昂松戈，艰巨的任务，祖国的荣誉，两个中队在营门前，就这样迅速完成了交接。

Part 1　那年那月在撒哈拉

为了友军的请求

1

当地时间，2014年12月7日。

马里，加奥。

今天午休时，突然响起一连串儿的敲门声。

靠门的邓钞镭一个跃起，拉开房门。

只见一个穿着绿色T恤的黑人眉头紧锁，焦急地站在门口。黝黑的额头上都是密密的汗珠子。

见门开了，那人立刻展露惊喜的表情，"张——骥"，听着他磕磕绊绊的中文，邓钞镭心领神会，回屋叫醒了翻译张骥。

原来，尼日尔营区新建两个电站，请求我们出吊车帮忙。

2

累了一上午，大家都在补觉，下午还得连轴转，中午若是再顶着太阳加班，兄弟们这身体能吃得消吗？

看着尼日尔军渴望的眼神，张骥还是拨通了首长的电话。

听完情况汇报，裴副分队长二话没说，让张骥叫上吊车手和挂钩手，自己亲自带人过去支援。

"走出国门，相处不易，以后你们有什么难处，我们一定会伸出援手的。"

看着裴副分队长这么爽快、给力，前来求援的友军，激动得差点手舞足蹈。

3

电站是尼日尔军专门给抽水泵供电的。

有了它，尼日尔军就不用再冒着危险，到远处费力地取水了。

想到裴副分队长，张骥，李先文和仲亚洲，他们为了帮助友军而放弃了个人休息，并要顶着烈日在沙尘中连续作业，内心就会因他们的善行而感动。

Part 1   那年那月在撒哈拉

有朋自远方来

1

当地时间，2014年12月8日。

马里，加奥。

今天的营区，可谓清水洗尘，窗明几净。

想到"有朋自远方来，不亦乐乎！"连抡动的拖布，仿佛都有了节奏感。

何况那朋友，又是首都巴马科的访客呀！

所以整个上午，大家都在认真清理卫生。

汗水并不足惜，关键是要树立好祖国的形象。

2

下午4点半，联马团客人准时抵达。

他们先是在会议室看了近一时期维和工作的汇报片。

当看到昂松戈尼日尔营区由寂寥无人到板房林立，而且比预想工期提前了近20天。一名带队的官员由衷地赞叹说，中国维和部队的工作标准是一流的！

视频一面播放，分队长董荣强一面用英语向客人做解说。

每讲到精彩处，客人们都会眉开眼笑地拍起巴掌。

客人们还和我们一起共进了晚餐。

几道色香味俱全的中国特色菜，让他们特别感兴趣。

有个随行人员，边吃边不停的请教烹饪方法。

饭后，他们还到娱乐室与我们的人切磋了球技，并参观了我们的图书室。

在图书室，副分队长万鑫向客人们介绍了中国悠久的历史和灿烂的文化，看他们听得出神的样子，我们都暗暗的为自己的祖国感到自豪。

3

想到前几天，在孟加拉河运连施工结识的一位少尉。

少尉有50多岁了，两鬓都已斑白，沧桑的面容挂着笑意。每次见到我们，少尉总是先敬礼，而后操着浓重的孟加拉口音向我们问好。

少尉说，再有几天他就要休假回国了，所以特别兴奋。每天除了认真工作，他最大的愿望就是想去中国旅行。

队里的兄弟们听说少尉想去中国旅行，都热情地向他介绍中国的情况。

少尉说他最想吃的是中国美食。一说到美食，少尉还情不自禁的竖起大拇指，连说好几声"good"。

少尉的向往，难免要勾起我们对家的想念。尤其施工结束时，少尉用他那蹩脚的中文说："中国，我一定会去的！"

我的鼻子差点酸了。

哎，祖国……

Part 1　那年那月在撒哈拉

海运物资到达

1

当地时间，2014年12月10日。

马里，加奥。

今天算是一个好日子。

不为别的，只因为海运物资今天到达。

出国快三个月了，大家所带的生活用品用的都差不多了。

班里几个抽烟的兄弟，香烟都"断顿儿"了。

心早痒痒得不行了。都盼着海运物资早点来。

所以，当早晨的第一抹阳光刺破阴霾射进窗户，我们的心情特别愉悦。

2

在搬卸海运物资的时候，大家都带着一种快乐的心情，格外卖力。

小卖铺前很快就堆满了各种食品和日用品。

小卖铺早已经不是刚到时的"三年不开张，开张吃三年"的境况了。

香烟，饮料，方便面，各种零食，手纸，牙膏，洗衣液，还有好多外文标识的葡萄酒……

平时，有钱没处花。

今天，兄弟们都忘了"节俭、克制"。开开心心地拎回了一袋又一袋物品和食品。

好兄弟不分家。我们把买回的食物堆放在桌上，彼此共享。

有兄弟"炫耀"地对着桌上的香烟、方便面、零零碎碎的小食品，连拍了好几张挂到空间里显摆，结果招来"好友"一顿"拍砖"。

那我们也很乐。

对他们来说，觉得都能笑掉大牙的幼稚举动，在我们却是多么难得。

不经历艰苦恶劣的环境考验，怎么体会得到那种简单的幸福？

3

生活中的快乐总是相伴而来。

午后，队里组织了丰富多彩的赛事活动。

台球赛，乒乓球赛，手工制作，虽然都不是什么新鲜事了，但我们依然搞得如火如荼。

就像中队长郑松涛说的，必要的文体活动，能够调节身心健康，为了大家保持一个更好的工作状态。

在这里，最大的体会，就是学会了尊重。

尊重每一个人，认真对待每一件事情。

也许，这就是班长常挂嘴边上的那句"要成长自己"吧。

Part 1 　那年那月在撒哈拉

首个国家公祭日

1

当地时间，2014年12月13日。

非洲，马里。

今天是首个南京大屠杀死难者国家公祭日。

早操时，分队在加奥营区举行了庄严肃穆的升旗仪式和纪念活动。

想到77年前，那场惨绝人寰的南京大屠杀，想到30多万死难同胞，心里的悲愤和伤痛，无以言表。

今天，对于所有国人都是一个意义重大的日子。

纪念，不光是为了缅怀过去，勿忘历史。作为一名军人，更是为了不让悲剧重演，不让屈辱重现。

2

每当看到五星红旗冉冉升起，脑海里总会浮现很多很多画面。

如果当时没有抗战到死的将士，没有爱国奉献的百姓，没有坚决抗日的信念，我们早已沦为亡国奴了。又何谈现今的我们，深处非洲大地来援助他人呢！

那面鲜红的国旗就是历史的见证。

她从水深火热中走出来，她饱含着伤痛的记忆，她更懂得珍惜和平。

作为后人，我们更加热爱自己的国家。也更加感到身为中国军人的荣光和所肩负的重任。

说心里话，以前，我对这种援助工作认识并不深刻。但今天的纪念活动让我的心灵深受触动。我好像突然领悟了一些东西。

也许正如孔子所说，"己所不欲，勿施于人"。那么，当他人深陷苦痛而渴望获得帮助的时候，作为一个曾经饱经磨难的民族，他怎么可能无视他人需要，而袖手旁观？

"助人就是助己。"这就是祖国母亲的智慧与胸怀啊！

3

如今的中国可以称得上是世界强国。

一个热爱和平、珍惜和平，从不以强凌弱、从不以武力称霸，只靠自身发展和完善自我的国家，才是一个大国应有的风范。

我们为祖国自豪，也将为我们的祖国，奋斗不息，奉献不止。

作为一名维和士兵，我们会尽自己最大努力帮助马里人民，做力所能及的事，帮助他们脱离战乱、脱离贫困，尽早走向和平。向伟大的祖国母亲交一份合格答卷。

Part 1　那年那月在撒哈拉

我们没浪费一分光阴

1

当地时间，2014年12月14日，周日。

马里，加奥。

时间过得好快，好像眨眼间，半个月又过去了。

从昂松戈回到加奥这段日子，变化的只是时间和地域。我们的工作任务并没有改变，兄弟们对待工作的劲头也没有丝毫的改变。

最大区别，就是给东战区司令部建设板房，或是给尼日尔军建设板房。

每周需要完成的任务，几乎是固定了的。

甚至每天连工作进度，也基本相同。

2

周一，铺石头，打底座。

周二，连接板房大架。

周三，上隔板，铺地板。

周四，上隔断和顶棚，联通电源。

周五，安装空调，打钉，以及一些收尾工作。

我们往往都是看看板房架到什么程度，就知道今天是星期几了。

曾经，常听人们感慨时间在无情的流逝。

出国维和的日子，对时间的感受发生了变化。

看看每天所做的事情，就知道时间在我们手上没有流失。

每一分、每一秒的光阴，都被我们凝铸成了一种精神，一种感情。

我不知道，那是不是就是习主席所讲的"中国精神！"

时间在我们眼里，已经变得那么的真实和具体。

真实和具体的你可以随时摸到它，随时感受到它是有温度的。

就像万副分队长在晚上会餐时讲的那样，我们每天都在重复着艰苦的工作，甚至是极其危险的工作，可是每一个辛勤付出的过程，都让我们感到一种存在和价值。我们为此感到很充实……

3

晚上会餐了。这是回加奥后的第一次"火锅会餐"。

下午4点，简单打扫完室内外卫生后，各中队就集合了。

饭堂内，我们有序的各就各位。

分队首长照例要有一个简短讲话。

首长每逢这样的场合，讲话总是有别于正课时间。

我们更爱这个时候的首长，他伴着幽默与诙谐，当然还有亲切与随意。如同重要节日必然要燃放的"焰火"，让人心情大好。

暂时放下繁重的工作压力，让身心得到瞬息的休整。这是必要的，否则，大家的神经总是紧绷绷，不利于持续的战斗。

除了站夜岗的哨兵不能喝酒，其余的每人发了两罐啤酒。因为前两天"海运物资"到来，桌上菜品很丰盛，甚至还有五香花生米。

我们可爱的郑队还为大家献唱了一首孙楠的《拯救》，使得会餐的气氛再次高涨。

气氛活跃起来，在班长带领下，我们开始给其他班兄弟敬酒，借以表达平时工作上相互支持的感谢之情。

碰杯的时刻，你会感受到战友间浓浓的情意，真的就是亲如兄弟。

直到两个小时后，会餐才结束。

俗话说，没有不散的宴席。除了几个"麦霸"仍对着麦克风嘶吼着，饭堂里就剩我们班留下打扫卫生。

偌大的饭堂从喧嚣到空荡，尽管内心有些不舍，但还是快乐地接受了。

也许只有这样，心中才会知道什么是留恋，什么是美好。我们更需要一个什么样的明天。

血与火的历练

1

当地时间，2014年12月21日。马里。

今天的加奥营区，如同一个早到的节日。

下午三点，中国UN城，锣鼓喧天，条幅横贯。

工兵、警卫、医疗三支维和分队官兵，齐聚一堂，共为"维和勇士杯"排球赛，揭幕喝彩。

2

入冬的马里，虽然夜风微凉，但午后，依旧艳阳高照。

"亮出友谊，比出作风，赛出团结"，场上那巨大的横幅，应该是这场赛事的精神所向吧。

上士关绍宇是我们工兵分队的一名好兄弟，他代表全体运动员郑重宣誓：我们一定要以比赛为契机，展示出中国维和部队良好的精神面貌！

随着裁判员"嘀"的一声哨音，比赛拉开了序幕。

第一场比赛，由工兵分队VS警卫分队。

一个是工程建设的旗帜，一个是站岗执勤的标杆，也算"强强对决"。

场下官兵观赛热情，一点不亚于场上冲锋。

加油声和呐喊助威声，一拨一拨的鼓动着耳膜。

鲜艳的五星红旗与联合国的旗帜比肩而立，迎风舒展。

蓝底的大海报与头顶浅蓝色的天空，交相辉映，将赛场点缀得很是醒目。

队员们起跳，接球，拦网，动作利落、漂亮。

双方运动员"咬"得挺紧，比分交错上升。

无论是多回合的攻守，还是精彩的大力扣杀，都能引得观众席一阵欢呼。

我们真是太需要这样的欢呼声了。

连续三个多月的紧张施工，大家都渴望着像这样放松的"吸吸氧"。

"工兵警卫，中国蓝盔，不为第一，只讲友谊！"

响亮的口号，就像金色的麦浪不时鼓荡起来，让人发自内心地想笑。

其实，谁输谁赢，一点都不重要了。

在这异域之邦，我们是永远的一家人。

除了岗位分工不同，我们维护和平、维护祖国荣誉的心是一样的，我们流淌的血液是一样的。

在这片黄沙漫漫的土地上，我们甚至连姓名都是一样的，在这里，我们没有张三，也没有李四，对外，只有一个响亮的名字叫"中国"。

3

火热的撒哈拉，每一顶中国蓝盔都很棒。

球场激战正酣，哨位上却守卫森严。

出　征 ——那一些不能忽略的情愫

执勤参谋曹磊架着望远镜，一刻都不曾放松对营区周边的观察。

下士董庆飞一把95牢牢抵在肩上，脸上的表情那么沉静。

相信，经过这次维和生活，每个人的精神世界变化都非常的大。

也许这就是血与火的历练吧。

Part 1　那年那月在撒哈拉

在非洲过圣诞

1

当地时间，2014年12月25日。

马里，加奥。

今天是西方人最盛大的节日——圣诞节。

老外为了过"平安夜"和"圣诞节"，连休两天。

为了能让尼日尔军节日期间就享受到运动的乐趣，本周一开工，我们就开始加班加点地忙碌了——为友军建一座宽敞明亮的健身房。

马里的天儿，你是知道的。

虽然现在早晚已经凉爽许多，但白天气温依然相当于国内的盛夏。

在"中国速度"精神的鼓舞下，大家终于赶在平安夜的上午建设完工了。

看着友军心满意足的样子，同为维和军人，这也算是我们献给"自己"的一份"圣诞礼物"吧。

友爱，的确是没有国界的。

2

就这样碰巧,在非洲马里过了把洋节。

作为中国军人,我们骨子里只对自己的传统节日感到热情。对洋节并没有多大兴致,但在异国的土地上,我们也要尊重当地的风土人情和风俗习惯。

队里在前两天就买了三头驴。

买的当天宰杀了一头,原本合计剩下的两头能坚持活到元旦。但很不幸,另两头驴没能熬过新年,就提前离世了。

于是,下午的会餐也就从原来计划的烤牛羊肉串儿,变成了烤驴肉。

烤肉也从原来的吃饱吃好,变成了"尝个鲜"。

那味道,实在不怎么样。

当大家吃完准备休息娱乐时,才发现驴肉还剩了小半盆。

于是,有人提议,玩会儿扑克牌。

谁输了,谁就负责把剩下的半盆驴肉烤了吃了。理由是我们不能辜负了炊事班兄弟们起早贪黑的辛劳。

尽管这个提议有点差强人意,但一想到要回报炊事班兄弟的美意,大家都举手通过。

我不敢说那顿烤肉串儿,我吃得"很难过",我怕那头驴听见会掉眼泪。

我不知道,我在梦里会不会怀念一头驴。

那头驴,有着大大的鼓突的眼睛,双眼皮……

3

感觉国外的圣诞节和在国内也没什么不同,至少马里这片土地如此,甚至还没有国内城市里那几条金融街过得喜庆。

当然，我们也没有机会走出去，感受外面的氛围。

但总算是在"本土"尝到了"洋节"的味道。

这也算是一种别样的记忆吧。

等老了，我有了儿子，孙子，当我向他们讲述这段经历，我想我的语气里一定是布满了一种他们无法理解的沧桑……

出　征 ——那一些不能忽略的情愫

元旦前夕的马里

1

当地时间，2014年12月30日，马里。

这一天，也许注定是一个不宁静的日子。

"队长同志，距我营区北侧200米方向出现火光和爆炸声，可能有不明身份的武装人员实施袭击！"

报告声还没有落地，"轰"的一声巨响，霎时撕破了昂松戈的静谧。

裹着蓝黑色头巾的阿西利那一家呆呆地冲出茅草窝棚，面色惊慌而焦虑地望向北方。

而在加奥营区这边，同样的一幕，也凝重而严峻地考验和威胁着每一个人。

关于"小股不明身份的武装人员实施偷袭"的消息，通过对讲机的传导，已经让我们的每一根神经，都确定自己"知道了"。

2

17点32分，才放下锹镐、手钻的兄弟们，谁也顾不上擦一把脸上的汗泥，就迅速顶起钢盔，穿上防弹衣，压弹上膛。

人员都已及时进入战备状态。

18点01分，支援的警戒小组荷枪实弹，全部进入预定位置。

白天还30多度的沙漠，入夜，气温迅速降到10度以下。

当迷彩服贴到身体，皮肤顿时激起一层鸡皮疙瘩。

透过夜视仪的绿幕，四周的每一丝风吹草动都看得真真切切。

22点25分，远处"哒哒哒"又传来几声稀落的枪声。

1点03分，法语翻译朱齐千带来了尼日尔友军的最新战报：两枚炮弹射向联马团营地方向，炮击点位于营区东50米和东北300米。

加奥超级营地一辆汽车被简易爆炸物引爆而起火。

3

不知不觉间，东方已经升起了一抹亮色。

夜间警戒终于解除了。

昂松戈——加奥，又迎来了新的一天——2014年的最后一天，不知这一天是否会平静。

分队首长们也都一夜没有合眼。

也许，远在百里之外的昂松戈更牵动着他们的心神。

据说，昂松戈那边负责警戒带队的四级军士长王振国，一爬出堑壕，竟然兴致极高地吟起了一首诗。

我想象得出他说"剑锋出砥砺，梅香源苦寒"的那番心境。

如同何班长说，以后咱工兵分队95后也可以挑大梁了一样。

动荡的马里，每执行一次任务都充斥着数不清的危险与挑战。

也许正是这种特殊的环境，才使我们这些稚嫩的"青春少年"快速地成长。

出　征 ——那一些不能忽略的情愫

我不知道，我和我的90后小伙伴们，是否已经成为中国马里维和部队一根坚实的栋梁，但"栋梁"二字，一定是我内心所渴望的并要努力去实现的。

马年最后一天感怀

1

当地时间，2014年12月31日。

马里，加奥。

2014年最后的一天。

我将在这里，埋头洗尘，迎接新岁。

回想这一年，发生了很多事，都值得追忆和思考。

2014，堪称是我人生的一个转折。

虽然没有世俗眼中的功成名就，但作为一名维和士兵，我没有一天虚度青春。

这条路，虽然走得很苦很累很险，但因为信念在，仍能苦中作乐，在苦中求作为。

有时，苦了累了，就用心想念一个女孩，设想多年后可能到来的"七年之痒"……

明知那只是个梦。

可谁能不做梦呢。

出　征 ——那一些不能忽略的情愫

在本该相爱的年纪，我却爱上了钢枪。

有时真想为朝思暮想的那个女孩儿，写下心中的诗句，可是写着写着，心灵就会感觉到一种钝痛……

不想，还没有真实的爱过，爱就变淡了。

也许爱变淡了，情就变长了。

2

人的一生，就像这一本书，或波澜曲折，或惊心动魄。

扣人心弦的，往往是转折。

回想这一年的经历，其实，每一年的年终岁尾，都觉得自己又长大了。只是今年更加不一样。

虽然身体并没有像往年一样蹿高，但思想上还是丰满许多。

冥冥之中的一份天意。

一晃，出国快4个月了。

细细品味，如果今年考上了军校，也许就不会体悟现在生活的辛酸苦辣，更不会有这一篇篇饱蘸心灵笔墨的"维和日记"了。

当初只是想用这支笔，记录下自己抛洒在异国他乡的一段战斗的青春。让我的同龄人知道，我曾经是这样"活"的。

可特殊的环境，总会受到特殊的教育和洗礼——从首长到战友，他们都给了我那么多真诚地点拨与热心的鼓励。

我于是发现了，更让我感到震撼的东西。懂得了用明亮的眼睛，注视我的兄弟和我的团队。懂得了用感恩的心，去记录我的兄弟，我的团队。

其实，人一旦走上战场，经受了血与火的考验，你才真正明白什么是人生。在这样一个死亡无时不在威胁着的恶劣环境里，你才更能领会"平安是福！"

就在下午的节日战备教育动员会上，我们又静静地目睹了几天前营地附近被炸毁的汽车画面，每一个被烧焦的黑洞，都那么触目惊心。

无论是在东战区司令部营建地，还是在昂松戈的施工地，都是非常危险的。因为你没法弄清楚哪里是反政府武装的雷区，哪里埋伏着恐怖分子的火箭弹。

在每天的"加奥以东10公里，122火箭弹，荷兰与法军营地之间，无伤亡"，或"尼日尔军人又被炸伤，送医院抢救"等情况通报中，我们总是不免为友军捏把汗，并把心底的一份祝福送给他们，也送给我们自己。

3

可以说，每一天的神经都绷紧着，每天的施工任务都非常紧张和劳累。可是，每当在夜晚的日记中，又留住了兄弟们的一份汗水，留住了我们一天来共同的收获和感动，留住了我们远在异国他乡，大家"拧成一股绳""有福同享、有难同当"的那许多温情画面，我为自己记录下的这一"士兵的青春"，感到小小的喜悦。

我从没想过就是这些微不足道的记录，竟然会引起分队首长的关注与重视。正是因为首长的鞭策与激励，才有了我坚持记录下去的动力。

元旦前夕，有记者从远方来。

分队首长特意点名，让我代表90后维和士兵参加座谈。

没想到我那类似于流水账似的日记，会引起新华社记者的"兴趣"。他们要走了我的日记，更没想到的是，没几天，一个"95后士兵的维和日记"竟然"火"了一把。

据说，两位记者从达喀尔来。

达喀尔，塞内加尔首都。距马里维和战区司令部加奥，直接距离1000多公里。

采访，摄像，当然还有"咔嚓、咔嚓"的照相机。

说不紧张，是假的。

毕竟不是兄弟们平时在一起闲侃，多一句、少一句、好一句、赖一句，都无所谓。

一旦面对采访镜头，感觉我就不再是我，而是代表着90后士兵这个群体在"亮剑"，内心的压力可想而知。

生怕自己观察得不够周到，没能把兄弟们晶莹的汗珠捧出来，让记者知道。生怕自己这颗感恩的心，认识太肤浅，而暗淡了团队的光芒。也生怕自己"出名太早"而遮蔽了一份清醒，辜负了分队首长的培育之恩和战友们平日的关心与关爱之情。因为，我只是这个钢铁集体中一颗最小最小的螺丝钉……

2014，我最想说的是感恩你给我的一切。

2015，我依旧会让这颗感恩的心，延续并奉献自己的青春和热血。回报我的团队，我的祖国。

Part 1　那年那月在撒哈拉

子夜的哨位

1

当地时间，2015年1月1日。

马里，加奥。元旦，假期。

俗话说，新年新气象。

早上，给自己理了一个标准的"军人寸"。

看着镜子中的那个新的我，想起母亲昨天的"留言"——有点瘦。

我龇牙，笑。

心想中午的会餐，务必多吃点，争取像母亲大人要求的"吃胖点"。

虽说是新年假期，但联马团的施工任务是不能耽搁的。

早饭后，我们照常赶赴东战区开工。

2

为了中午的会餐，炊事班的灶火，一早便开始忙活了。

每当从工地风尘仆仆地归来，卸掉一身的风沙，洗净脸和手，端坐在餐桌前准备开饭时，不知为什么，内心都有一种平静的幸福感。

出　征 ——那一些不能忽略的情愫

一个沐浴过战火硝烟的人，也许更懂得"幸福"这两个字有多美丽。

锃亮的餐盘里，满满的九个菜，加上中间叠着的一个小蛋糕，真可谓"十全十美"了。

看来这新的一年，不光寓意着我们的工作生活要十全十美，更寓意着我们的团队全面建设也要十全十美。

今天，维和工兵分队首长为所有在9月份以后出生的战友，补过生日。

异国他乡，物资匮乏，迟到的生日，虽然没有生日烛光，却依然那么令人感动。

大家你一小口，我一小口的，吃得都那么缓慢而节制。

也许只有这样的矜持，才配得上这样的气氛吧。

诚意，心意，感激，像一条清澈的溪流，汩汩地滚动着，浸润着心田里的每一个皱褶。

迎新年，兄弟们都饱饱地享用了一顿大餐，还有一种享受就是美美地睡上一个午觉，好好放松放松这紧绷绷的神经，放松放松这累得都快僵直了的胳膊腿儿。

3

按照在连队时的惯例，元旦这天的晚餐自然是要包饺子的。

各班派人到炊事班领面、领馅。

包饺子，是最能体现一个班级合力的。

和面的和面，擀皮的擀皮，掐陷的掐陷，忙而不乱，井然有序。

一个和睦的班级，就像一个和睦的家庭。

尤其热腾腾的饺子端上桌，边吃饺子边唠家常，再加上涨工资了，这个月，每人最少也能拿到一万六，那种心情，可真是"过年啦"。

晚餐后，指导员把我们几个即将站哨的人员叫到一起，进行一番认真的叮嘱。

这也几乎是惯例了。

因为每逢节日，这儿或那儿的，总会遭到袭扰，何况今天又是新年呢。

就在昨晚半夜，还听见从市区传来枪械的交火声。

所以，警惕，是哨兵的神经。

接近午夜的时候，风中忽然传来穆斯林的祷告音乐。

头顶蓝盔朝远处张望，拔寨而去的尼日尔军营沉睡了好久，此刻又闪起跳动的灯光。

这儿原本是当地的一所学校，大抵是复课的日子临近，军人离开，学生回来了。

夜凉如水，一枪、一弹、一哨位，铁丝网和沙箱堆起的缜密工事只有野鸽子才能飞过。

一双看不见的手，轻轻拨动着腕上的表针，2015年的第一天就这样在子夜又完成了新的一天交替。

兜里揣着的节日计划表满满当当的，除了新加上去的会餐和娱乐活动，一成不变的是联马团的施工任务。

遥远的电磁波不断地送来家乡的祝福，潮水般地在手机里激荡，无论是言简意赅的"新年快乐"，还是大段大段的寄语，贴在胸口都是暖的让人眼圈一遍遍泛红。

时差交错，也隔不断那一缕缕怀乡的情思。

正当我面向祖国的方向，用想象的翅膀仰望我的祖国，问候我的亲人，并向藏在我心灵深处的那个女孩儿说"我想你"时，突然，一阵"哒哒哒"的枪声响过，来不及把情感一一铺开，便被眼前的现实惊醒。

出　征 ——那一些不能忽略的情愫

"各哨位注意，提高警惕！"对讲机里传来分队长董荣强的声音。

迷彩政府军的皮卡紧张得在营区门前乱窜。

擎起望远镜，我将目光一直伸向N8公路，那里的黑夜好像黑得没有尽头，可我多么希望夜幕早些褪去，太阳早些升上来……

Part 1　那年那月在撒哈拉

和平的曙光最珍贵

1

当地时间，2015年1月5日。马里。

虽然新年已经降临，但马里各派的冲突并没有因为跨越了2014就停止，战火依旧在持续，甚至是在升温。

枪声、炮声、还有简易爆炸物造成的恐怖袭击，不知道何时才能够让这片渴望宁静的天空，安静下来。

和平就像是一只灰而瘦的信鸽，它在风沙中那么吃力地拍动着翅膀。

尽管逆境中的飞翔如此艰辛，但它依然在努力地奔向和平的曙光。

2

虽然元旦按规定放假四天，但施工任务并没有停止。

分队首长已经不止一次说过，只要战争没有一刻消失，我们的任务就不能停下来。

抬钢架，嵌墙板，40多度的天气之于马里已经算是温和清凉的好时节。

只是这个时节，早晚温差大得出奇。

最近几天夜岗，温度已低到10度左右的样子。白天还是一身汗。晚上却是冰冰凉。

多亏炊事班兄弟们在饮食上保障到位，不然非感冒不可。

3

再过几天，昂松戈那边的施工任务又开始轮换了。

无论加奥还是昂松戈，施工任务都是一样的，只是那里的环境更加残酷，恐怖活动也更加肆无忌惮。

40多天的驻守，几乎每一天都是枕戈待旦。

除了高标准完成东战区司令部的搭建任务，每个人都默默做好了心理和精神上的换防准备。

听说那边营地沙箱铁丝网被兄弟们又加厚、延长了几百米。

就在新年前后，联马团尼日尔军人以及运输部队的车队，接连遭到恐怖袭击。

尼日尔军人先后有8人被炸伤，据说一名司机的腿当时就被炸断了，但能够活下来，已经是不幸中的万幸了。

而在距加奥60公里的路上，据说有10多辆汽车因突然遇袭，也发生了不同程度的损毁。

类似于这种"交火"或"袭击"的情况通报，近一阶段，显然是多于以往。

大家都在争分夺秒地完善防御工事，不敢有丝毫怠慢。

就像首长叮嘱的，恐怖袭击如影随形，大家在思想上一时一刻都不能麻痹。营区警戒，大家一时一刻都不能松懈。

所以，不管外出执行任务，还是营区警戒，我们都格外小心。

一个星期前炸毁报废的皮卡，一直丢在营区一角。

不用抬眼，就知道夜风又掀起了遮盖的篷布，它那扭曲变形的骨架，黑洞洞的车窗，总似无语凝噎，不知是对战争的控诉，还是对人性恶的声讨。

可恶的战争！

作为军人，我并不喜欢这个字眼儿，所以我要努力捍卫和平。

每晚的新闻联播

1

当地时间，2015年1月6日。

马里，加奥营区。

晚上6点50分，一切收拾妥当，大家都自觉地坐在了电视机前，等着每晚的新闻联播。

收看新闻联播，作为一项基本的生活制度，以前在连队，总觉得平淡无奇。

当来到万里之遥的非洲，每晚准点儿到来的新闻联播，竟成了我们的情感慰藉。

每一个画面都那么熟悉，每一缕乡音都那么亲切。

我的祖国，我的家，我朝思暮想的亲人，仿佛一伸手就可以触摸得到。

不离开故乡，就不知道外面的米有多硬。

不离开父母，就不知道外面的酒有多辣。

这时，才意识到，离开，原来是另一种回归！

窗外，笼罩的是非洲的夜色。

一块巨大的苫布，盖住了黄沙漫卷的国度。

战争消失了，贫困消失了，滋生在这块土地上的恐怖与邪恶也消失了。

此时，在一个中国维和士兵的心底，只剩下一只"鸿雁的思念"。

"鸿雁，带上我的思念"，是这个早晨，父亲发在空间里的一首歌。

来自祖国的旋律，总是暖暖的，让我感到格外贴心……

2

外面的电视信号接收机，是政工组的同志费了很多周折才安装成功的。

为了我们能按时收听到电波里传输的祖国的声音，它每天都在不声不响地接受着高温、酷热与风沙的考验，谁能说它不也是一名钢铁战士呢！

半小时，时间快得总是让人意犹未尽。

今天的"新闻点评"，大家说得最多的还是我们背后日益强大的祖国。

只有强大的母亲，才能给他的孩子以足够的精神支撑。

就拿我们在马里维和来说，当地的居民对我们真可以称得上"热情洋溢"，而联马团官员对中国维和部队更是称赞有加，还有别国的维和队员对我们的那份尊重，除了我们自身的能力素质过硬和严格的组织纪律外，让人"高看一眼，厚爱一分"的，怎么离得开我们祖国这个强大的后盾呢。

3

大家正热烈地"呛呛"，分队首长董荣强夹着笔记本突然来到了前面。

首长有什么新的指示？

难不成又要搞教育？

大家心里一阵猜测。

没想到,首长微笑着说,刚才听了大家谈的感受,都很好,下面我也讲讲学习心得。

我们一下子都安静下来。

"我这里有五句话,拿出来与大家共勉:思想决定行为,心态决定状态,细节决定成败,性格决定命运,本领决定未来。一晃,维和已经3个多月了,对照每句话,咱们大家是不是也对照一下自己每天想的,说的,做的……"

万副分队长也在一边"帮腔"说,分队长可是"抛砖引玉"了,大家都畅所欲言啊……

我们在下面活跃起来,纷纷打开了"话匣子"。

有谈以队为家,爱护营产营具的;有说持之以恒,做好手头工作的;有讲抓紧学习,提升能力素质的……

每个人都联系现实中的自己,给自己画了像,查找了不足,订了改进目标。

字字珠玑,句句肺腑,既触动了自身,又让身边的战友有所启迪和收获。

教育于无形,却走了心,入了脑,个个都还挺激动,也挺高兴。

想到前几天的政治学习,本想问问班长,这是不是就是首长们强调的"转作风"呢?

看见班长头也不抬地在本子上"刷刷"写着什么,就把要问的话又咽回去了。

Part 1 那年那月在撒哈拉

紧急开往加奥机场

1

当地时间，2015年1月9日。

马里加奥。

窗外，沙暴肆虐。

早饭后，大家火速集结。头戴蓝盔，系好防弹衣，架好重机枪。

由于6日凌晨，3枚火箭弹袭击了机场附近的法军与荷兰工兵营地，造成加奥机场部分防御设施严重损毁。

联马团命令我工兵分队紧急出兵加奥机场，执行修复防御工事任务。

2

一边是东战区紧急下达的任务书，一边是越来越猖獗的恐怖袭击。

分队长董荣强毅然决然地代表全体维和官兵向联马团东战区做出了庄严承诺：保证完成任务！

为确保行军安全，分队首长认真周密地组织大家进行了特情处置演练，安全风险评估，工程防护预案，还增设了机动护卫小组，与装甲警戒形成"双保险"。

3

安全抵达预定地域后，我们立即展开施工，抢修被炸毁的防御工事。

堆砌沙箱，安装铁丝网，为驻防机场的联马团友军架设一套活动板房。

狂风夹杂着沙粒，一刻不停地抽打在身上脸上，虽然带着护具，可鼻子、嘴里钻得都是沙子，喘气都困难。

大家埋头苦干了整整一天。

直到完成全部防御设施的修缮加固，人员才撤离。

满目疮痍的场地，一天时间就变得井然有序，使得前来视察工作的联马团民事官员，非常感动。称赞我们为："神奇的中国速度！"

Part 1　那年那月在撒哈拉

上"蓝盔讲坛"

1

当地时间,2015年1月11日。

马里加奥营区。

晚间新闻联播讲评过后,就进入"蓝盔讲坛"这一环节了。

"蓝盔讲坛",是政工组领导和战友们精心筹划的一个演讲活动。

尽管活动提前一天就布置了,但作为即将走上"讲坛"的第一人,心里一直在打鼓。

生怕说不好,辜负了首长平日的教诲和培养。

也生怕对不起战友们的鼓励和信任。

每当心里"没底"的时候,总能遇上老班长那兄长般温和的眼神。

不知不觉间,心中就升起了一股力量。

这种力量,也许就是"感恩"吧。

于是,我演讲的话题,就从"感恩"说起了。

出　征 —— 那一些不能忽略的情愫

2

回眸从维和工兵分队组建以来的6个多月时间，有封闭训练时摸爬滚打的汗水，有国际航班上远赴异国的激动，有初到马里热浪袭人的烦躁，有执行任务互帮互助的协同，有国庆元旦每逢佳节倍思亲的想念，更有传回国内的一张张珍贵维和照片的骄傲与自豪……

将马里维和的画面一一拼接起来，才发现自豪的背后有着那么多人的默默的关心，有着那么多双手的默默托举。

而一路走来，我们还从没有对他们表达过心底的感动与感激。

记得刚到这里不久，大家都有许多的不适应。偶尔也有一些低落的情绪和牢骚。

细细想来，不是远离家乡，不是环境恶劣，不是任务繁重，而是我们的心态改变了。

其实，大家能够在层层选拔中脱颖而出，凭借的不仅仅是自己的一身本领，更有组织的培养，首长的信任，单位的推荐。

机遇与能力如同鸟之两翼，人之双腿，缺一都不可能飞高、走远。

而有时，骄傲，让我们忘记了自己从哪里出发。

每一次锻炼与成长，都来之不易。能参加这次维和任务，真的是我们在座的每一个人的幸运。我们理应怀着感恩的心，干好工作，力所能及地多为分队作贡献，这才是当兵之本。

异国他乡，相处的分秒都是难得的缘分，我们之所以能够在这片撒哈拉沙漠上，头顶烈日、脚踏黄沙，忍受高温酷暑、风沙砥砺、疾病威胁，冒着随时可能发生的恐怖袭击，却依然能坚守信念，稳如泰山，我们也应该感谢首长和战友。

俗话说，"一个篱笆三个桩，一个好汉三个帮"。

正是有了首长和战友间无微不至的关爱与支持，理解与陪伴，激励与引导，才让万里之外马里的中国维和部队营地，像家一样的温暖。就拿我自己说吧，也正是因为身边有好班长，好战友，真诚的关心我帮助我，才有我的成长和进步，使我这么快就适应了环境，并发挥自己的长处，顺利完成组织交给的各项任务。所以，我特别想说，感谢大家。

还记得登上跨国航班时，看着熟悉的风景和亲人们送别的身影，越来越远。那个瞬间，心里真有说不出的滋味。

不过，虽然相隔万里。但亲情从未被阻隔。

在故乡的土地上，母亲时常发来问候的微信，鼓励我要安心；粗线条的老爸，也时常亲昵的一声声叫我"儿子"，叮嘱我好好干，他在等待着我的凯旋；而年迈的爷爷，硬是学会了上网，为的是每周都要亲口嘱咐一遍他唯一的孙子，好好干工作，别给祖国和军队丢脸。

团队，战友，亲人，共同组成了我们人生最温暖的家园。所以，我们有什么理由不感恩？

感恩，报国，是我们这一代青年人永远的责任。

3

"三个感恩"，虽然讲的不很流利，却让我收获了N多掌声。

这就是我的首长，我的团队，我的战友。

不管你说得好不好，他们给予你的永远都是鼓励和欣赏。

为的是让你，永不失掉一份"站出来"和"表达你自己"的勇气。

出　　征 ——那一些不能忽略的情愫

再赴昂松戈

1

当地时间，2015年1月13日。

再赴昂松戈。

今天是和建筑中队任务交接轮换的日子。

一早收拾完要带的物品，心里竟然很平静，不似第一次出征前的忐忑和紧张。

到底是有了些"经历"的人。

暗自笑笑。算是对自己心智上，成熟了一些的肯定。

2

其实，参加维和任务本身就意味着要与艰险相伴。

如果图安逸，当初，也就没必要写请战书了。

回到加奥营区调整的这40天时间，回首每一种经历，都是有意义的。

过了一个圣诞，迎来了新的一年。

眼看时间过半，回国的日子越走越近。

更加珍惜每一天的维和生活。

印象最深的是几天前，赴加奥机场抢修被炸毁的防御工事和为友军架设板房。

那几天的加奥，就像披上了苦闷的面纱。

漫天弥漫着疯狂的沙暴。

像这种恶劣天气，当地人都闭不出户。

我们也可以不出营区。何况我们还面临着昂松戈施工任务轮换，许多事情都需要准备。但当中队长宣布任务时，我们还是没有任何犹豫，就登上了装甲车。

军人心里，不能没有冲锋。

真是战风斗沙的一天。

还得高度警惕恐怖袭击。

那种意志与心智的磨炼，不是常人所能想象的。

3

此次，再登战车，开赴100公里外的昂松戈任务区。

我们的任务是要在37天时间里，完成12套板房的架设，为友军提供"安身立命"之所。

平均3天一套的速度，已被联马团官员誉为"中国速度"。

这神奇的"中国速度"背后，必然有着超常的付出。

这神奇的"中国速度"背后，必然有着"英雄团队"发酵的红色基因。

当我们一路安全抵达，再见昂松戈时，心情也不似第一次了。

那时是"白手起家"，荒凉一片。

现在，原本空荡荡的沙地，经过两个中队历时两个多月的共同努力，已经矗立起20多套漂亮的板房，各种防御设施也修建完毕。从最初我们这一行38人,到现在加上友军已经有近200人的规模。

  我们见证了一个营区从无到有,而这个"从无到有"的奇迹,就是我们维和工兵分队全体官兵,亲手创造的。

Part 1 那年那月在撒哈拉

为荣誉而战

1

当地时间，2015年1月15日，昂松戈。

今天，我们分成两个战斗小组，准备好好比试比试。

哪知当集装箱到达，我们冲劲十足地打开集装箱的大门时，顿时都傻眼了。

好家伙，板房换模样了！

虽然"三合一"和往常一样，但是里面的构造完全不同了。

2

到达新的任务区，各小组正准备一展身手，踢好"头三脚"。

因为，中队长给我们下达的任务是，必须以"二天一套板房"的速度推进。

面对这一"突发情况"，两个小组你看我，我看你，都希望对方能给出一个答案。

不知谁说了句，"不行就对图纸吧。"

大家才回过神来，开始掉头找图纸。

哪知一看图纸，更傻眼了！

满篇英文，看得人脑袋一下子就大了。

这可咋整？

"兵来将挡，水来土淹吧。"班长赶忙调整战术。

一边让我参照图片抓紧时间翻译，一边指挥其他兄弟抓紧搬运板材。

等到卸车时就更热闹了，原本生产商都是按步骤来的，现在全没了章法，甚至连个编号也没有，也不知道哪块挨哪块了。

大家只好又找来尺子，根据经验，一根根，一块块进行尺寸测量。

几个"没想到"，真是耽误了不少工夫。

第一天开工，就这么紧紧张张的。

不过紧张归紧张，通过看图翻译，再加上平时的基本功，工作很快就理顺了。

3

我的英文水平虽然属"半瓶子醋"，但简单的翻译还是派上了用场。

所以，我们比另一组快了几个步骤。

为了能如期完成任务，大家都在加班加点地行动，一直干到天擦黑了，才带回。

晚上利用休息时间，大家又不知疲倦地聚在一起，闷头研究图纸。

两个小组都在较劲，用功。

不断点燃"战斗的火花"。

大家目标一致：这次轮换，必须铆足劲儿，多干一分，就为小组多争取一分荣誉。

Part 1　那年那月在撒哈拉

战斗班

1

当地时间，2015年1月16日，昂松戈。

大家一直在加班加点地干。

今天刚好用3天时间，架好了一套三合一板房。

随后，我们迎来了到达昂松戈的第一个休息日。

原本计划上午洗洗衣服。

刚泡上洗衣粉，班长就让我们班集合去炊事班帮厨。

2

队首长说，大家都很辛苦，一定要注意改善好伙食。

指定炊事班，每周末都要包包子或饺子，还要多添几个小菜。

原本这样的公差，是一班小值日的事儿。

为了体现团结协作力量大，我们就全班上阵了。

大家摘的摘，洗的洗，剁的剁。

真挺忙活，也挺累人。主要是在家没摸过这厨房里的家什儿。

出　征 ——那一些不能忽略的情愫

俗话说得好：不当家，不知柴米贵。

看着眼前这十袋胡萝卜和两大块牛肉，才知道我们每顿饭要消耗掉这么多的食材。

由于牛肉刚从冰箱里拿出来，梆梆硬，很不好切。

一边干活，一边在心里忏悔。

以前，吃饭稍不对口味，心里就会对炊事班的兄弟生抱怨。

现在，终于明白了父亲曾经对我说过的："炊事班，也是战斗班"这句话的深刻含意。

曾经，新兵下连时，让我下到炊事班，我说死不干，认为那不是一个"战斗员"应该干的活儿。

什么事都是自己经历了，才体会到其中的不容易，才知道换位思考。

今天这顿饺子馅剁得很有意义，至少以后我再不会挑食，不会动不动就说菜味不对什么的了。

包括再遇到一些不对心思的事，我也会告诉自己理性分析，不要偏激，更不要轻易指责他人。

虽然第一次拿菜刀，开始有点笨拙，但很快就顺手了。

我和班长先是每人五袋胡萝卜，"咔嚓、咔嚓"这顿剁啊！

其实，不管干什么，如果带着兴趣干，都没什么难的，而且越干越觉得有意思。

3

时间不知不觉就到了10点。

胳膊早已经由酸痛变成了麻木，机械地做着打开，切、剁。再切、再剁。

到最后，看着各种食材终于变成了满满的一盆饺子馅儿，自然是一番欢喜。

剩下包饺子的活儿，就不全归我们了。

面和馅都分发给了各班。

各班包各班的。

相信中午这顿饺子，大家一定会吃得很香。

撒哈拉沙漠的烤串儿

1

当地时间，2015年1月24日，昂松戈。

天气和心情一样，万里无云。只有洗净的蓝色底子。

连一只孤雁也不肯到达。

只有我们中国士兵的蓝盔和荷枪实弹的尼日尔军。

我不知道天上，有没有留下我们挥洒青春的影子。

我只知道，踏在这红色沙地上的足迹。

日复一日，它们就会一点点生动起来。

那一排排的板房，就像这大漠跳动的心脏。

也或者，就是一双眼睛吧。

黑夜，这里总会亮起一盏灯。

2

记得刚到昂松戈的时候，就听裴副分队长信心满满地对大家说，自从咱们分队开进昂松戈，这荒凉的大漠就换了人间。这份奇迹，是大家齐心协力,共同创造的。大家都很辛苦,也都很想念祖国和亲人。现在,时间已经过去一半了,咱们不能松劲儿,还要继续发扬团队的"勇士工兵"精神,完成好后面的施工任务。也请大家放心,虽然咱条件有限,但还是要克服困难,尽一切力量改善好伙食,让大家吃好,不想家。咱还是老规矩,每个周六组织一次活动……

裴副分队长所说的"活动",就是"每周一烤"。

烤,就是烤串儿。

烤串儿对我们来说,就是"活动"。

与其说"美食",不如直接说,是首长的良苦用心。

当然,我没那么聪明,一个小兵,怎么可能揣摩出首长的"心"呢。

这都是一根一根的烤串儿"喂"出来的——

能让大家"吃明白",也是一种带兵之道。

3

于是,这个周六,我们吃的是烤串儿。

马里的这4个月来,分队组织的大大小小会餐有多少,都忘记了。

但在昂松戈这片任务区上,只吃过两次烤串儿。

这是第三次。

但这次烧烤,比起前两次,已是大相径庭。

前两次,由于海运物资未到,那个时候真是要啥没啥。

这次来昂松戈,我们装的可是大包小裹,吃的更是应有尽有。

今天,我是我班小值日。也就是说,一切杂活都是由我来干(主要原因是我每次烤串儿,都是一边熟,一边没熟,所以,我也乐得当'杂役')。

我又抱饮料箱子,又捧花生米辣椒等小零食的,同时,听着班长蹲着

出　征 ——那一些不能忽略的情愫

烤串儿，时高时低的吆喝，也是一种享受。

班长烤串儿真是一绝，外焦里嫩还不拿人。

我们都"挤兑"他说，等你退伍回家卖烤串儿肯定赚钱，他只是默不作声地"嘿嘿"傻笑。

其实我们都知道，班长是三期的最后一年。由于家里原因，今年也是他留队的最后一年了。班长心里肯定有许多难言之隐。

烤串儿好了，我们边吃串儿，边喝酒，边唠着家常。

不知不觉就"酒上三竿"了，也不知怎么就扯到了班长身上……

大家你一句我一句的，现在能记得的也不多了，我只记得班长说：

"在部队的最后一年，我能来到马里参加维和，我十分感谢团首长给我这次机会，让我这12年的军旅生涯不留遗憾！但是，我还是舍不得大家啊，更舍不得这身绿军装。你们要感谢首长给的这次维和机会，一生受用啊！我是个粗人，没多少文化，煽情的话也不说了，只是等我脱下军装的那一刻，你们还能管我叫一声'班长'，还记得我老刘烤的串儿，我也就知足了。"

于是，班长这一愿望被我牢牢记在了心中，等待回国。

而班长的这一"羁绊"在我心底，恐怕也要永留一生了。

Part 1　那年那月在撒哈拉

并不平静的撒哈拉

1

当地时间，2015年1月26日，昂松戈。

早晨的天气微凉。

清风吹透，胳膊上的汗毛竟乍了几乍。

天边的沙漠已经醒来，远远望得见金黄一片。

其实，那金黄不过是阳光的幻影。

这里的沙，更接近于火红。

白天干活的时候，力气都用在了板材上。

晚上睡不着的时候，偶尔会想到正在沙漠深处孤单潜行的某一种动物。

有时是一只负重的骆驼，有时是一头可怜的瘦驴，更多时候是一只火狐。

仰头问天，低头看路。

2

昨天，我把那两辆被炸烂的汽车的惨况存到空间里了。

尼日尔那边的。

出　　征 ——那一些不能忽略的情愫

这就是维和的日子。

每天都面临着看得见或看不见的，枪林弹雨。

父亲给我留言，讲的都是尚武精神。

军人要有血性，要崇尚荣誉，要担当。

最逗的一句竟然是，"增强纪律性，革命无不胜。"

看到这一句，我甚至都有点疑心我出生的年代，是不是错了！

即使我不是活在爷爷奶奶的那个时代，至少也应该活在我父亲母亲他们那个年代，哈哈。

那样我和我父亲极有可能成为可以拍肩膀的好战友。

直到看到父亲最后说："儿子，一定要注意安全呐！"

父亲与儿子的"身份"，才重新得到确认。

3

有人在空间里发了条什么测试之类的玩意儿，就是用你的专业"一句话表白"。

有人发："我是学调酒的，你愿意陪我醉吗？"

有人发，"我是学前教育专业的，你愿意陪我一起哄孩子吗？"

有人发，"我是学厨师的，你愿意陪我'撮'一顿吗？"

又有人发，"我是学音乐的，你愿意陪我唱一曲吗？"

我说："我的专业是学'排爆'的，有人愿意陪我看烟火吗？"

临近晚饭的时候，接到从加奥营区传来的消息：

在上午9点，营门前的人流突然俱增，三五成群的妇女，结伴狂奔的孩子，胡乱穿行的"飙车党"……潮水般涌向我们的"隔壁"——联马团东战区司令部门前。

几十，成百，上千，终于聚集成庞大的人潮。

随后,有人手持麦克高声呐喊,语言不明,情绪激动,像是一场有组织的"游行示威活动"。

分队长董荣强举着望远镜一直密切关注着人群的动向,官兵们已经按照战斗编组,占据各工事掩体待命。

防暴警察,失控的人流,喧嚣的沙尘,还有撞击在装甲车上碎成两半的石块……

据说,直到下午2点,门前才渐渐平静下来。

美丽却仍显瘦弱的撒哈拉,和平的信鸽,看来还在远远的路上跋涉啊。

出 征 ——那一些不能忽略的情愫

发生在撒哈拉沙漠的袭击

1

当地时间，2015年1月27日，星期二。

今天是拉给养的日子。

但是，今天拉给养，跟往常明显不同了。

因为就在昨天中午，中队长给我们下了一道通报。

以往通报，我们都是听一听就过去了，毕竟跟我们中国维和军队没有太大关联。

但是，这条通报却有如晴天霹雳，震到了我们。

原因是加奥东战区司令部门前遭到当地群众的示威游行，也波及到我们营区的安全。

中队长提醒我们，要提高警惕，站好岗。

2

想到前两天被炸毁的尼日尔军车，我的心不由得又揪了起来。

不光担心自身的安危，更惦记着留守在家的那些战友。

他们面临的局势更加紧张。

下午,我便发QQ向同班的郭小龙询问情况。

他说没什么大事,就是来了点人把营区门口给围了,一会儿就走了。

他的轻描淡写,仿佛这是一件小事,无关紧要。

我也不好再说什么。

一夜无眠。

不光是因为今晚有夜岗,同样,我也想到了很多很多。

3

中队长他们拉给养的车,是在早上天蒙蒙亮的时候走的。

我们留守的,则继续架设板房。

他们回来时已经中午12点了。

看着一个个闷闷不乐的样子,我就知道事态远没有郭小龙说的那么乐观。

中午的红烧肉,也不再像以往那么香。

我悄悄问了一同跟车去拉给养的天一。

天一说情况很糟,外面偌大的足球场上满满全是人,加起来能有好几千人。

他们不断往里扔石头和燃烧瓶。

门口的装甲车窗户都已砸裂,幸亏分队官兵机智灵活,及时灭火,没能引发营区火灾蔓延。

"坚守营区底线,保持情绪克制,保护自身安全。"是昨天队务会上,情况处置原则。

由于这些人总是在饭点的时候来,炊事班都不开火了。

兄弟们不光面临着袭击,同时还有饥饿……

出　征 ——那一些不能忽略的情愫

听了天一简要地叙述，我的心"怦怦"跳得厉害。

天一走后，我急忙掏出手机，给小龙发信息："越是紧张，越要从容！兄弟与你同在！"

Part 1　那年那月在撒哈拉

撒哈拉沙漠的"起床哨"

1

当地时间，2015年2月2日，昂松戈。

这一周多来，5点钟的起床哨，从没有一天迟到。

不管哨音是长是短，都改变不了满天的繁星和清早习习的凉风。

2

摸着黑，着装，奔赴车场。

虽然比正常起床时间，早了整整1个小时，可兄弟们依旧感觉，时间紧巴巴的不够用。

因为每天的工作量太大了。

由于加奥地区发生的"突发事件"，分队首长对营区防御又进行了新的部署。

我们今天的任务，除了推进板房进度，还要对防御工事进行再加固。

选在黎明时间作业，有安全方面的考虑，也是为了赶工期。

除了那唯一通往外界的公路默默地向着远方，我们的心已无暇他顾。

只有埋头苦干。

像"老何"的挖掘机。

老何和他那轰轰隆隆的挖掘机，正结结实实地"啃"着沙地。一眨眼，就是一道一米多深的障碍壕。

3

昨天，和加奥那边的兄弟了解情况。

得知我们一号岗北侧的断墙，已被这几天的石块"冲击"出了一个更大的豁口。

不要翘脚就能看得见里面的车场了。

今天，他们也在"抓紧时间堵缺口"。

多加固一分，营区就多一道屏障。

因为，谁也不知道，驻地的群众游行啥时候又会"闹哄"起来……

想到他们那边驻地情况更复杂，真是替他们提着一颗心。

小龙调侃说，没事，今天又有好几颗沙粒蹦到他鞋子里了。

脚硌得生疼生疼的，他都没介意……

想象着小龙说的，"踩着沙粒奔跑，根本顾不上"的样子，我突然觉得，自己应该写点什么了。

Part 1　那年那月在撒哈拉

撒哈拉沙漠的"最后一次给养"

1

当地时间2015年2月4日，昂松戈。

今天的昂松戈，一如既往的晴朗。

今天，也是中队，一如既往拉给养的日子。

我是这周小值日，除了负责刷洗班级碗筷，打扫饭堂卫生，还有就是跟车去加奥拉给养。

这次出动的人数，比以往增加了4个人4辆车，我们11个人赶在清晨，排好队形，早早就出发了。

回望着笔直驶出营区的车队，和车轮带起的尘土，这条长而又长的公路，每走过一次，心里都会生起一层皱褶。

像一棵老树的年轮。

2

加奥当地持续了一周的群众游行，虽然在昨天结束了，但分队首长还是决定从今天起，拉送给养从一周一次，变为两周一次，以减少路途中可能遇到的风险。

今天，是我们此次在昂松戈执行任务期间，最后一次拉给养。

也是在今天早晨，我们听到一个让人振奋的消息——我们要赶回加奥过年。

早在2日那天下午，尼日尔军就已经开始"休年假"了。

看他们表情生动地收拾行囊，一趟趟，轻快地往车上填装物品，真让人羡慕啊。

尽管，我们还要继续坚守，还要顶着沙漠中的烈日，全心全意地帮助他们架设板房，修筑防御工事，但我们还是替他们感到高兴。

因为国情不一样，很多事情也就不一样。

我们更以"奉献精神"为己任，也许这就是一个大国的魅力吧。

而每当我们在当地受到更高的礼遇与赞誉，我们也能感受他国维和队员对CHINA那种崇敬的眼光。

想到前些日子，尼日尔军遇袭，也不知道，那些受伤的士兵怎么样了。

听他们的人说，那天，到处都是"哒哒哒"的嚣叫声，到处都在冒火光，谁遇上谁都得蒙……

3

我们的给养车，一路上都小心翼翼，谨防意外。

当车队路过沿途的村庄，老百姓都友好地向我们打招呼，极其礼貌地给我们让行。

那些穿着简朴的孩子们，更是热情的不得了。

不管男孩女孩，都显得那么单纯可爱。

让我们一瞬间都忘记了加奥街道上的"紧张局势"。

Part 1　那年那月在撒哈拉

我们的车队终于接近昂松戈了,我远远望见了"兵王"老何。

老何依旧收放自如地操作着他的挖掘机,往沙箱里填土。

尽管今天营区的人少了很多,但看看板房的进度,再看看营门前还在加固的防御工事,就知道,"坚守在阵地上"的兄弟们的工作热情,与以往没有任何改变。

无论坚守的,还是归来的,我们都将送走这一天的晚霞。

在明天,继续起航。

在寂寞的撒哈拉,继续顶天立地的事业。

出　　征 ——那一些不能忽略的情愫

被"牺牲"的炸鸡柳儿

1

当地时间，2015年2月5日，昂松戈。

一个极为寂静的清晨。

说它寂静，是因为大漠还没有醒来。

如果不是和张波波站早上4点钟的岗，我大概也和沉睡的沙粒一样在梦中呢。

也的确在梦中。

我梦见自己在蠕动的长龙中，刚好排到一份诱人的炸鸡柳儿。

结果，没吃上就醒了。

被上一班岗的兄弟叫醒的。

我的炸鸡柳儿啊！

2

穿戴好钢盔、防弹衣，拿好夜视仪手电筒，背上95步枪。

把压满子弹的弹夹，揣进兜里。

冰凉的弹夹，沉甸甸的。

脚步，好像也沉甸甸的。

总不会是在为那没有吃到嘴里的炸鸡柳儿，纠结吧。

向着空旷的撒哈拉，我忍不住笑了笑。

我和波波沿着营区，行进的不快也不慢。

波波问我笑啥，我说，"牺牲了"一份炸鸡柳儿。

波波听得一头雾水。

一个半小时的巡逻岗，我将会和撒哈拉一起，由模糊到清晰，直至天空大亮得一览无余。

突然想起一首诗："我头顶的星空啊！"

现在，我的头顶不只是星空，还有凝重的蓝盔。

3

清晨，虽然没有刚来时那么寒凉了，但还是要穿上保暖内衣。

以储存内心的温暖。

等吃过早饭，再脱下。

因为等到上午，气温就会由十度左右迅速攀升到三十三、四度。

这就是撒哈拉沙漠的怪脾气。

为了避免中午的高温，我们在室外的工作，大都是早晨提前半个小时带出。

午饭前，再提前半个小时带回。

而下午的施工，则是晚带出半个小时，至晚饭时，再延长半个小时带回。

即便是这样，在9点钟以后还是会汗流浃背。

一直要持续到下午4点半后，汗水才会逐渐消散。

出　征 ——那一些不能忽略的情愫

但我们还是很感谢队首长"这半个小时"的作息调整。

虽是一件小事，虽然工作量一点也没有减少，但就这来回的"半小时"，让我们心里很凉爽。

Part 1 　那年那月在撒哈拉

昂松戈的"十字绣"

1

当地时间，2015年2月7日，昂松戈。

晴空万里的昂松戈。

我突然从它的落寞中，感受到别样的意味。

人生的意义，不见得非惊天动地。

有时可能就是这些琐碎的针头线脑。

而军人的手，也不只会操枪弄炮，还会对生活表现他的温柔。

这是长冰班长给我上的一课。

今天，他那历时四个半月的"十字绣"，竣工了。

当他绣完最后一根黄丝线，兴奋地向我摊开了他的绣品。

乍一看，满篇的红。

细一瞅，看见一对喜庆的小人在那里作拱手状。

横眉，用黄线绣着四个大字——龙凤呈祥。

出　征 ——那一些不能忽略的情愫

2

长冰班长，山东人。三期士官。

平时不怎么多话，但是个细心人。

刚到昂松戈时，就是他"发明"了防蚊面罩。

说心里话，他刚开始绣十字绣时，我很是不理解。

一个大男人，干吗要干女人干的活。

他却打趣说，这你就不懂了吧，你还小，等结了婚，成了家就知道了。

我还是诧异，"十字绣"跟结不结婚，成不成家，能扯上啥关系？

不解归不解，因为年龄差，权作"代沟"想，再没多问。

偶尔，我也会好奇地凑过去，看上一会儿。

一针一线，都打着十字。

一笔一画，都透着规矩。

不像有些人绣得心浮气躁，乱七八糟。

长冰班长绣十字绣，看得出来，在用心。

有时，长冰会问我，好不好看。

我看了一眼又一眼，却不知道该怎么回答。

我是个不太会说谎的人。

因为，他的绣品，并不符合我的审美。

看我没作答，他却不好意思起来。

摸摸自己的头，像是解嘲似的说，绣着玩呢，第一次绣，没啥经验。

我实在不忍尴尬，便说："不错不错，挺好。"

听我这么一说，他一下来了兴致。两眼放光地问我挂客厅好还是挂床头好？

我便敷衍说:"都行,都好。"

他便不再理我了。

3

长冰班长很节俭。

他用的手机都很旧了,型号也很老了。

班里可能再也找不出这么老款的手机了。

他的手机屏保,是嫂子抱着孩子。

每当晚上点完名在屋里没事做的时候,他就拿着他的手机给全班人看他的两个宝贝,我们也就连带着看他家嫂子。

那是一对双胞胎兄弟。孩子不大,两三岁的样子。

但嫂子很老,至少看着很老。

有时长冰班长会问些,"好不好看,像不像他"之类的话。

我们总是打趣地说,当然像你了,可是千万可别像你谢顶啊!

全班人意犹未尽着,这个笑点。

长冰班长也不介意,总是意犹未尽地看着手机里的孩子。

神情里全是父亲的爱。

柔和与期盼中又似充满了一种自责。

我们都知道省吃俭用的长冰班长一直在攒钱,想给一家人在镇里买套房子。他总说,他苦也就苦了,不想再苦孩子了!等回国了,这一年的维和补助加上以前攒的钱,应该能付首付了……

长冰班长才三十多岁就谢了顶。

想到每一名军人与亲人,大都聚少离多,对家庭都有着这样那样的亏欠。

出　　征 ——那一些不能忽略的情愫

我于是联想到自己儿时，父亲是不是也这样盯着手机屏看我？我甚至想到自己将来，是不是也会像长冰班长这样看着自己的孩子在手机里长大？

想到社会上很多人说的"和平时期军人再没有流血牺牲了"，那是他们不了解军人啊！

Part 1 　那年那月在撒哈拉

昂松戈的"意外事件"

1

当地时间，2015年2月10日，昂松戈。

晴朗的昂松戈，让今天在场的每一个人都感到脸红心跳。

事情发生的很突然。

细细品味一下，"意外"来了，也是件好事儿。

2

事情发生在吃早饭的时候。

就是那么"咔"的一声，悲剧就发生了。

我说的悲剧，是餐厅的门把手突然掉了。

而就在我们安把手的时候，又恰巧被裴副分队长看到了。

我以前说过，裴副分队长是个责任心特别强的人。

什么事都别想瞒过他的眼睛。

果真，他立即停下来问，怎么回事。

我们说，可能是关门时，劲儿使大了吧。

他仔细看了看门把手，随后，脸色就没那么温和了——

"胡扯，这门明明只有两个眼，你说说你们一共上了几个螺丝，去把所有人集合带过来，开会！"

我们都严肃地立在那，听他严肃地"训话"——

"什么是中国速度！不是干得多快，是要在保证质量的前提下，加快速度！本来我们活没少干，累也没少挨，如果因为质量出现问题，你拍拍胸脯，问问自己亏不亏？我们常说，细节决定成败。别小看了一个门把手，它就像是我们的脊梁骨！别我们没走呢，让人在背后戳我们！今天的工作，就是把架完的板房重新检查一遍，要保证每一个螺丝都不能松动！"

3

经过一天的认真排查，虽然耽搁了一些时间，但这样一次"大排查"对我们每个人来说，却是一次不小的心灵震动。

下午，首长又进行了一次全面检查。

看到他脸上又恢复了往日的笑容。

我们才放下心来。

首长对检查的结果很满意。

我们也挺高兴。

他不光肯定了我们的工作，同时，这警示性的一课，很可能会影响我们的一生。

毕竟，大家每天风吹日晒在外劳作，已经4个多月了。

无论从生理到心理都进入了疲劳期。

今天这堂课，算是防微杜渐吧。

就像首长再三强调的，"咱中国军人的荣誉丢不起啊！咱只能增光，不能减彩！"

朱妈妈送汤圆

1

当地时间，2015年2月11日，昂松戈。

早晨起床后，刚刚打开手机，QQ上母亲的头像就"亮"了。

点开一条接一条的信息，每条信息传递的都是母亲的喜悦心情。

母亲告诉我，今天过小年儿，她早早就收到了全国拥军模范朱妈妈托人送来的黑芝麻汤圆。

2

以前就听人说过，拥军妈妈朱呈镕拥军的感人事迹，连习主席都接见过她。

母亲说，作为"维和兵妈妈"，她感到好光荣……

我虽然只是一名普通的维和士兵，但因为这份温暖的传递，让远隔重洋的我也倍觉幸福。

看着母亲的短信，我突然感觉到寂静的撒哈拉，荒凉的昂松戈，因为我们的坚守，竟是这么的美丽。

出　征 ——那一些不能忽略的情愫

同时也印证了父亲对我说的那句话：尽忠，也是尽孝。

3

母亲身体不怎么好。

特别是我出国维和后，她经常睡不着。

我让她去看看，她说没事，可能是"更年期"。

我小时候常在奶奶身边，每次奶奶发了脾气，事后都会一遍遍忏悔，"我这不'更年期'么……"

更年期在我眼里，就是总发脾气。

我于是暗暗庆幸自己，幸好在母亲"更年期"的时候，我出国维和了。

可又想，在母亲最需要人倾听的时候，我却不能陪在她身边，就又很自责。

有一次，我无意中听母亲说，因为非洲和内地时差相差8小时，她总担心我发信息给她时，她睡着了，而没能在第一时间看到。所以，老醒……

我心里突然有点难受。可怜天下父母心，她们总是"为儿女活着"。

就像母亲在最后一条信息中说的："今天是我最高兴的一天，因为儿子让我感受到了自豪，这比我自己获得多少荣誉都更重要。谢谢儿子！"

自从我到了非洲，母亲一直都在担心和牵挂中度过，今天难得母亲这么高兴。

所以，这要感谢朱妈妈！

一份汤圆也许并不贵重，但这份情意太特别了。

这份千里迢迢的拥军情，不只让母亲感到光荣，也让我获得了动力。

面向祖国的方向，我在心里说：谢谢朱妈妈！维和士兵管泰然，向您敬礼！

虽远在异国，但我和我的战友一定不负祖国重托，<u>坚决完成好维和任务！</u>

Part 1　那年那月在撒哈拉

年味儿

1

当地时间，2015年2月12日，昂松戈。

气温在不断回升的昂松戈，年的味道也在不断浓厚。

昨天和小龙QQ。

知道加奥那边，从小年儿就已经开始张灯结彩了。

窗花、春联、红灯笼，大家剪的剪、贴的贴、挂的挂。

整个营区，红火的越来越像个家了。

2

今天一早，各班又接到通知。

为给国内的亲人们拜年，政治处的同志正在抓紧一切时间录制拜年视频。

让大家把4个多月来的工作生活，都认真拢一拢。

每人还要准备几句祝福的话。

班长还特意强调了一下，让我们要有重点。

想到每天都能和父母QQ几句，我决定，还是把这宝贵的"寄语"说给爷爷。

"爷爷请您放心，孙子一定谨记嘱托，完成任务，平安回国！"

班长在一旁提醒说，你这哪是寄语，这是表决心。

我又调整了一下思路说："爷爷不用担心我，您多注意身体，我一定会圆满完成维和任务，凯旋回国！"

班长突然拍了我一把，说泰然，今天咋了，老跑题儿！

班长不说还没事，听他这么一说，我的眼睛一下子就模糊了……

3

由于父母在异地工作，我从小在爷爷奶奶身边长大。

还记得小时候，爷爷骑着电动车送我上学。

大冬天，爷爷怕我冷，每次都要另外再拿一件棉大衣，把我严严实实地裹起来。

入伍后休假回家，爷爷都会去火车站送我，一遍遍嘱咐我，好好干工作，听领导话，别调皮捣蛋。

我知道，虽然我已穿上了军装，可在爷爷眼里，我仍是那个需要他时时操心的孩子。

每次归队都是刚刚下火车，爷爷的电话就打过来了，问我到没到连队。

去年，在即将踏上维和征程时，爷爷又特意坐火车来到部队看我。

每当想起在团队大门口，爷爷流着眼泪嘱咐我要注意安全……心里都很疼。

我在国外维和，爷爷在家里惦念我。

父亲母亲经常会在短信里说，"你爷爷又打电话了，让嘱咐你，遵守组织纪律，别瞎跑……"

Part 1　那年那月在撒哈拉

有一次，当爷爷得知当地民众组织游行活动，形势逼人。担心得好几宿睡不着觉。

有一天，实在忍不住了，就直接把电话打过来了。

爷爷说，"我就想听听我孙子的声音……"

哎，我的爷爷啊！孙子怎会不了解您的心情！

亲爱的爷爷，孙子在非洲的昂松戈，给您拜年啦！

愿您永远健康！也愿您快快乐乐，等着我凯旋！

旧情书

1

当地时间，2015年2月13日，昂松戈。

今天本是个寻常日子。

可心里还是悄悄地把这个日子，做了特别的归类。

也许是昨天梦得有些离奇，也许是一不小心又想起了去年的今日。

还有那封，没有找到主人的旧情书。

2

早晨看到裴副分队长，他脸上满是耀眼的光彩。

毕竟还有5天，就要返回加奥了。

昂松戈，这一阶段需要完成的工作，正在顺利收尾。

在昂松戈，裴副分队长应该是最累的一个了。

毕竟，我们还有轮换。

还可以到加奥透透气。

他不能，他要全天候坚守在这里。

首长常常就像一面镜子。

他们脸上的表情，会自然影响到我们心里的天气。

还好，我从没有看到他不开心。

他让我懂得了什么是"勇士工兵"精神。

3

还有101天，就要返回祖国了。

一说到回国，心里就激动得要死。

就好比说起那个女生。

她的名字，在我心里念了不止一万遍，也许就是这个样子吧。

我忘不了我用整整一个早晨写下的火辣辣的"告白"，虽然它没有到达它想要到达的地方，但我是用了真心的。

在撒哈拉的最后一个周末，再翻出它时，心里依旧是那种"麻辣"的滋味。

上午，我用手机拍下了那两辆被炸烂的装甲车。

尼日尔那边的。

我也不知道，自己为什么要拍下那葬身于战火中的两辆战车。

如今，目睹它们报废成一堆"破铜烂铁"，心里涌起的不知是撒哈拉的苍凉，还是别的什么。

枪林弹雨，军人的勇敢，少男少女的爱情，一封被岁月即将隐藏的老情书。

其实，说与不说又怎样呢

真正爱你的人，并不在乎你在哪里。

因为，我相信两个真正相爱的心，不管怎样都会相伴在一起。

像我爷爷奶奶那一辈人的爱情。

出　征 ——那一些不能忽略的情愫

他们也许从不说"爱",但他们却一定是要地老天荒的。

记得我曾经说过,我羡慕并渴望着那样的爱情。

我不是一个浪漫的人。

但我每天都不忘告诉自己,放眼广袤的撒哈拉,心胸开阔,心怀憧憬。

好好搭建板房,好好修工事,好好站夜哨。

永不失男人的阳刚。

永不失,"勇士工兵"那份坚强。

Part 1 　那年那月在撒哈拉

特别的一天

1

当地时间2015年2月14日，昂松戈。

清早一醒来，心情似乎就和以往不太一样了。

甚至都有那么点迫不及待了。

我憧憬着下飞机时，在候机楼里迎接我凯旋的亲人们——我的父亲母亲，我会扑向他们吗？

虽然我是那样想的，可是，我还是觉得自己会害羞……

可能是心底的"结"太紧了。

一想起自己的叛逆期，心里就会怯怯的不知道怎么好。

也许父母早都不记得我惹他们生气的旧事了。

是我自己心里老横着 道坎儿，隐形的。不知道什么时候，它就会现形。

说起来，我在父母面前是不是把自己裹得太严了？以至很多时候，他们都是不了解我的。

我似乎从小就习惯了，聚少离多的生活。

我不知道其他军人子女，是不是也有我这样的心理。

出　征 —— 那一些不能忽略的情愫

2

还有4天就过年了。

我们也很快就要回加奥了。

想起那天回营区拉给养，早早等在2号岗的兄弟们，一见到我们，就都"呼啦"一下围上来了，那个亲。

大家彼此招呼着，卸车的卸车，装箱的装箱。

蔬菜，米面，生活用品，这通忙活。

给水的杨队长更是早早就加好了一车饮用水。

而常副队长更是细心，他怕大家饿着，抱着一箱饼干也在挨车分发。

给养的总数有限，为了优先保障在昂松戈那边施工的我们，加奥这边主动调整伙食搭配，实行"光盘行动"，尽可能把好的食材留给我们。

一想到这些细节，总让驻守在外的我们心里暖暖的。

3

当然还有一层特别的纪念，今天距回国，还有整整100天。

想到人生的第一个"百日倒计时"，是初三那年的中考，全校1400多名同届生奔赴全市最好的高中，进行百日誓师大会。

选择那样的时间，那样的地点，老师、家长、学生的心情，可想而知。

为了同一个目标，我们挤上了同一座独木桥。

明明知道那是独木桥，但我们没有别的选择。

随后，我们不断地被这样的独木桥，考验着，煎熬着，比拼着。

等待时间归零后，有人欢喜，有人忧愁。

许多往事，就像大家互相传阅，最后被一页页撕成碎片的校园小说。

不过最终，我们总是要和懵懂无知，分道扬镳。

想到今天的"百日倒计时"，个人利益，早已无关紧要。

心里更多的是责任，安全，是家国的荣誉。

出　征 —— 那一些不能忽略的情愫

补　偿

1

当地时间，2015年2月15日，非洲。

还有3天就过年了。

站在撒哈拉沙漠的腹地遥想祖国和亲人。

大家说得最多的一个词，莫过于"补偿"。

2

雷晓刚是我们道桥中队指导员。

他的心愿是回国后要"补偿"给嫂子一个特别的婚礼。

指导员都两次推迟婚期了。

平时，只要我们一提嫂子，指导员脸上就"特别"甜蜜。

这可不是我一个人发现的。

也是，指导员和嫂子都认识5年了，可他和嫂子在一块的时间，还没有他和我们在一块的时间长呢。

我们最爱听指导员笑眯眯地说他和嫂子的故事。

Part 1　那年那月在撒哈拉

故事通常是这样开头的：你们嫂子呢，是一个好女孩，通情达理、善解人意，特别能理解咱军人……

我们在一旁听了，脑海里就会浮现出嫂子美丽的模样。

尽管我们没见不过嫂子，但我们知道嫂子一定是天底下最美的嫂子。

3

班长薛利雷这两天好像也变得"甜蜜蜜"了。

当然，这也不是我"独家"发现。

薛班长就要做爸爸了。

虽然我们不在一个宿舍。

但我早听说，这几天，他在梦里都笑醒好几回了。

他写给嫂子的新春祝福是我在大洋彼岸，盼着你们母子平安！

他还温柔地嘱咐嫂子，记得一定要在第一时间，把宝宝的照片传给他！

班长说等回国了，他要亲手给嫂子做一顿好饭，补偿嫂子……

又是一个"补偿"。

我不知道，我的爷爷当年是不是也和奶奶这样说。

我的父亲和我的母亲也这样说。

而将来，我是不是也要经常用到这个词呢！

想到包新吉乐图班长说，他都8年没回家过过年了。

我就知道，"补偿"这两个字，将成为我们一辈子的事。

出　征 —— 那一些不能忽略的情愫

飘荡在非洲上空的"中国红"

1

当地时间，2015年2月17日，马里加奥。

时光真如白驹过隙。

仿佛刚刚迎来2015年的元旦，转眼就是农历新年了。

"虽然非洲不过年，但咱一定要把中国的年味儿过出来，还要把咱维和工兵分队的士气过出来……"

副分队长万鑫一席话，把大家过年的情绪一下子"扬"起来了。

2

刚刚从昂松戈返回加奥营区。

道桥中队的兄弟们来不及歇口气，便开始着手布置节日了。

兄弟们各有分工，有人给红灯笼穿上铁杆，拧上灯泡，拉上电线。

有人给每个集装箱和板房门前，挂上了半米宽的"中国结"。

这时，雷指导员把准备好的春联和福字也都送到了各班。

"这是谁的大作呀？"

"咱中队还真是有人才啊!"

雷指导员却笑呵呵地说,这得去问保障中队的赵勇指导员啦。

我们接过大红春联,一边夸赞,一边忙着比量高低宽窄。

我和何丰班长搬椅子的搬椅子,取胶带的取胶带。

一上一下,将春联抚平,工工整整地黏在了门口两侧……

3

黄沙遍地的UN城,一下子被涌动的"中国红"点缀得格外明亮。

望着刚刚贴好的横批,我出神了好一会儿。

"履行使命"这四个大字,不仅是战友们信念的坚守,更是我们在新春里共同续写的心声。

正当我们认认真真忙碌着"年味儿",我们分队有名的摄影师邓钞镭手里的相机,已经在"咔嚓咔嚓"快闪了。

对着镜头,我们都卸下了执行任务时保留的那份机警与紧张。

有人对着镜头欢笑,有人做鬼脸,有人摆POSE……

过年了,我们只想把更多的欢乐和笑脸传回祖国去。

出　征 ——那一些不能忽略的情愫

在非洲跨进羊年门槛

1

当地时间，2015年2月18日，马里加奥。

大年三十，注定是一个不眠的夜晚。

自打昨天从昂松戈任务区回来，身心慢慢松弛了不少。

营门口并没有我想象中的那样布满弹痕，而是焕然一新。

只是防御工事又增高了。

当地那场闹得极凶的游行示威活动，显然已经平息了。

此时的营区，树干上，铁架上，路两旁，板房顶，能挂东西的地方都挂满了"中国红"。

除了我们中队因为在外施工，其他班级早都布置得喜气洋洋了。

又是拉花，又是气球，还有窗花之类的手工。

远远看上去，是那么的喜庆。

2

早晨，董分队长在为我们宣读了军区和军里恭贺新春的祝福，还有接下来三个月的工作要求后，各班就都去小卖店准备"年货"去了。

我们备好了冰镇啤酒和一些小吃。

就等着中午会餐的时候，看"春晚"过大年了。

分队首长怕我们过年想家，别出心裁地为我们准备了各式各样的游艺活动，猜灯谜，打扑克大赛，趣味运动会什么的。

又特意让小卖店购进一批电话充值卡，让我们每人都能往家里打个祝福电话，听听亲人的声音，免得亲人们惦记。

毕竟远离故土，相隔万里。

可那份思乡之情，又怎能隔得断呢。

下午，回到班级，我寻觅了个信号较好的地方，QQ给好友，刷着一条又一条的新年祝福。

这之前，我已经给爷爷打过电话。

由于信号不好，时常会没有声音，要么时断时续的。

同样一句话总得重复说上好多遍，才能接续上。

爷爷毕竟年纪大了。

我几乎是对着手机大声在喊了。

估计爷爷那边也在不停地重复着，说着。

爷爷告诉我，"你的日记我都看着了，写的特别好，因为你写得都是别人的故事，心里装着别人的人，将来一定能有出息……"

我明白，我"革命的爷爷"这是给我"定调"呢，是在勉励我。

3

晚上吃的是我们中午包的饺子。

由于要"守岁"，熄灯哨推迟到夜里1点半。

各中队又发了一个给养单元，跨年的饺子，都是各班自己包，自己煮。

钟声响了，我象征性地吃了两个饺子，算是跨过了"年"的门槛……

大年初一为战友点赞

1

当地时间，2015年2月19日，马里加奥。

大年初一，清晨。

天还朦胧着。

窗外就响起了集合站队的口令。

紧接着是装载机、挖掘机等车辆相继启动的声音。

这是我们工兵分队建筑中队的兄弟们，他们将以摩托化行军方式赶赴20多公里外的加奥机场，执行应急直升机停机坪的架设任务。

虽然是节日，可部分官兵并没有休息，依然在加班加点地赶任务。

中午在饭堂，听到路队长跟分队首长说，他们建设的两个停机坪今天就能完工了。

想象着西非大漠上，战鹰起降的气势，我就会想到我的兄弟们抛洒的汗水。

2

听说就在前两天,联马团民事运输车又遭遇简易爆炸物袭击。

联马团为了加强空中侦察警戒力量,所以,急命我工兵分队紧急增援。

董分队长受领任务时,没有丝毫犹豫。

分队长说虽然这几天是我们的传统佳节,但是只要联马团赋予我们任务,我们中国工兵一定坚决服从命令,高标准履行职责使命,全力建设精品工程。永远迎难而上,这就是我们中国工兵的本色!

3

晚饭时,听说上士班长姚震徒手完成80多个绳索的打结固定,手指都磨出了血泡。虽然姚班长不是我们中队的,可我仍为他的拼劲儿感动,并在心里为他点赞。

出　征 ——那一些不能忽略的情愫

年初三这天的运动会

1

当地时间，2015年2月21日。加奥营区。

这一阵的天气，都特别凉爽。

早上还滴了几滴雨滴，算起来这是到达马里五个多月的第二场细雨。

今天是大年初三，一周的调整休息又过了一半。

这不，过年的小高潮也到来了。

维和工兵、警卫、医疗分队三家联合举行了一场趣味运动会。

2

在比赛的前一天，我们中队被分到趣味运动会中五项的其中两项。

一个是瞎子敲锣，还有一个压轴的，是十人十一足跑。

中队长特意召集所有人，告诉我们，这回我们一定要扬眉吐气，打破"万年老二"这个称号，必须要把警卫打败。

大家也是斗志昂扬的表决心。

俗话说，"临阵磨枪，不快也光"。

Part 1   那年那月在撒哈拉

经过整整一天的配合，我们十人十一足从原来蹭小步到后来能跑，不光是训练有个好的结果，更重要的是增强了大家集体的凝聚力，相互包容，相互配合。

三个分队准时在我们的饭堂前的场地集合。

有序地坐好等待着开始，大家都摩拳擦掌，一定要在这次比赛中取得好成绩。

第一局是夹球跑，就是8人四组两两用背夹球跑，每组跑一趟，一共4趟。

由于中途警卫掉了一次球，而医疗分队运动体能方便毕竟不是强项，所以我们第一局就得了个开门红，获得一场冠军。

紧接着是"海底捞月"，就是十个人排成一排依次在两腿间传球，传到最后一个人时迅速跑到第一的位置继续向后传，进行十组，也就是每个人都当一回排头。

比赛刚开始我们就有了一次小失误，整整慢了警卫一秒钟，大家都为之捏了一把汗。当然我们仍未放弃，紧追不舍，在最后关头加速获得了又一局的冠军。

大家都为之高兴。

当然，其他两个分队也不是吃素的，分别在乒乓球传球和瞎子敲锣中得了冠军。

最关键的一局来了，十人十一足。

在抽签中我们第二个上场，听着警卫分队运动员整齐嘹亮的口号声就知道，这又是一场硬仗。

"准备好了吗，开始！"裁判员下令道。

"一二！一二！一二！"看着土道上飞扬的尘土，很快，到达终点了，8秒89，这是警卫分队的成绩。

紧接着我们上场了，看着兄弟们的表情和他们攥紧了的拳头，拼了！

怎么也不能输给警卫。

或许是命中注定，就在最后关头，我们其中的一个绑脚掉了，整体速度一下子慢了下来。

最后我们的成绩是9秒54，仅仅不到一秒之差。

3

我们输掉了比赛。

反常的是，我们并没有抱怨那个人，而是彼此拍了拍肩，就回到了中队。

我们每个人都仿佛承认了这次失败，是因为自己身体素质不行，而没有让那一个人独自承受心理压力。

我望向指导员，看着他淡淡的笑痕。心想，或许，这次比赛，我们同样也收获了成功。

由于医疗分队年龄偏大，但他们同样也没有放弃。

他们硬是磕磕绊绊地"走"到了终点。

也许他们早知道，他们的对手并不是我们，而是年龄。

但岁月的沉积并没有磨灭他们的斗志，他们不服输，更不服老。

比赛结束了，各中队都带回休息。

紧接着，我作为今天的小值日，带着餐具，带队奔向了食堂……

Part 1　那年那月在撒哈拉

大年初五经历的那些事

1

当地时间，2015年2月23日，加奥营区。

今天是周一，既是一周的开始，也是春节假期的完结。

因为明天，我们第三批赴昂松戈施工的中队，又要开拔了。

虽然大年初五这天在国内，依然是休息日。

今天经历了很多事，早上八点，我就和保障一班的人去超级营区领取给养，带队的是李副分队长，而家里，举行的是大力士比赛。

虽然没看到，但是可以想象情景是相当精彩。

各个中队不服输的劲全都落在了力气上，拽车，抬轮胎，虽然不知道究竟是哪个中队获得了冠军，那也是我们工兵分队的荣誉。

代表着我们工兵维和分队并没有在维和期间拉下训练，身体素质棒，课外生活好。

2

继续说领取给养的事。

由于我们中国维和部队也就是工兵，警卫，医疗，三家同时每周一都各自来领取各分队订的给养。

于是，两个小时后，终于轮到我们卸取给养。

这就不得不说保障中队的工作效率，我们总共6个人，硬是将工兵分队155人的一周给养在半个小时装车，结束接收。

原本大家准备带回，这时翻译在核对物资时发现少给了我们一样物资。

多次询问才知是因为他们目前没有了，等运过来的时候再给我们补发。

李副分队长得知了这件事情，当即就去找总负责人，问他到底是怎么回事，什么时候才能给我们发物资，并让翻译原封不动地说："你可以让我们饿肚子，但是不能让即将赴昂松戈施工的弟兄饿肚子干活，你们再这样拖欠我们物资，我们就像马里总部投诉你们……"

作为一名即将赴昂松戈施工的战士来说，我感到很温暖，同时也很愧疚。

在昂松戈，我总是抱怨肉少，秋葵倒是天天有。

谁知，这还是李副分队长极力为我们争取的。

他们宁可家里伙食差点，也要让在外施工的我们吃饱，吃好。

3

下午的时候，分队组织了一次吃火锅会餐。

晚上是三个分队联袂演出的联欢晚会。

整个晚会，其乐融融。

特别是最后三个分队首长集体唱的那首《明天会更好》。

下面掌声不断。

晚会结束后，小龙又亲手为我煮了一碗面。

小龙说，上车饺子，下车面。

这会儿了，吃面就算吃饺子了，权当送你出征。

小龙又说，本来我也合计上去呢，但是没想到又留守，虽不能一起干活了，但还是老传统，临走前吃一碗面，下个罐头，回来再给你接风。

吃了小龙好几盒面和罐头了，他自己平常都没舍得吃。

所以，我很是不好意思。

接着小龙的话题，我只好打趣道："不让你去也是有原因的，你看你要是去了，那咱中队的菜地，谁打理？你可是咱们中队的地主啊！而且，在家也有很多任务，人又少，责任重大。你们不光是我们去施工的后勤队，同样也是家里的先锋队，真又出了像上次那样的'游行示威事件'，还需要你们守护营区，保卫我们的家呢！

出　征 ——那一些不能忽略的情愫

初六一早开拔

1

当地时间，2015年2月24日，加奥——昂松戈，第三次出征。

从昂松戈回到加奥，满打满算，还不到一周的我们又要开拔了。

"年味儿"似乎还没有一下子散去。

红的窗花、对联，中国结，灯笼，它们的热度好像还都在我心里走动着。

当初张贴和悬挂它们的时候，我那么认真细致地审视过它们。

生怕它们歪了斜了，怠慢了，而影响了过年的气氛。

2

贴完最后一个窗花，挂完最后一盏红灯笼，年三十的会餐就开始了。

还记得值班员王振国的哨子和他的喊声——道桥中队集合！

一声响亮的集合声，让中队忙碌的官兵立刻放下了手中的活，迅速在宿舍前仅有的一块水泥板路上列队。

当时，郑队长抬起手腕瞄一眼表，时间是11点45分。

"走，带到食堂准备会餐，看春晚。"

听到那句"看春晚"，大家都忍不住乐了。

因为和国内的时差整整差了8小时。

宿舍到食堂的路总共才50来米，大家却抬头挺胸，号子喊得震天响。

到位落座，各班人合围在野战餐桌前。

小值日都提前打好了饭菜。

整整10个菜，猪牛羊肉一应俱全。

炊事班的兄弟用精湛的厨艺，为战友们献上了春节祝福。

色香味在眼前，却没人动筷儿。

兄弟们的目光都钉在了电视屏幕上。

中午12点整，伴着喜庆的乐曲，"春晚"大幕拉开了。

"第一次大中午看春晚，感觉真奇妙啊！"

"要我说，干脆就别叫春晚了，咱这，艳阳高照的一点也不晚啊。"兄弟们你一句我一句地逗着。

"甭管早晚，快看吧，说不定，一会儿就能看到咱们出镜了。"

何丰班长说的，是我们之前专门录制的"向全国人民拜年"那段视频。

"光看节目可看不饱，大家一齐动筷儿！"

董分队长的话把大家都逗乐了，全体官兵对着丰盛的饭菜，这才想起来该"战斗"了。

"别忘了给哨兵留饭。"班长刘宾华边说边倒出一个盘子，给站哨的梁田备了一份菜。

"拜年来了！"利比里亚维和部队，亚丁湾护航舰队……

大家一直盯到最后，也没找到我们"向全国人民拜年"的视频，心中多少有些小失落。

"虽然春晚没上去，但咱们拜年的视频在中央七套播出了！"

出　征 ——那一些不能忽略的情愫

副分队长万鑫带来的好消息，让我们一下子又活跃起来。

3

带着对"年"的回味，也带着对回国的企盼，我们的车队奔驰在去昂松戈的路上。

陌生的非洲，熟悉的非洲。

就这样不时牵动着我，忽远忽近的思绪……

Part 1　那年那月在撒哈拉

关于昂松戈

1

当地时间，2015年2月25日，昂松戈。

早晨醒来，又是新的一天。

而昨天的这个时候，看的还是加奥的窗外。

直到长长的车队驶出营区，再次奔赴昂松戈施工，我的心好像还停顿在某一处，没有转过弯来。

直到穿过一条赶集的小道，离任务区越来越近。

直到再一个拐角，看见尼日尔军巡逻的岗哨。

直到晚点名，听到第32声响亮的应答，点名戛然而止。

仿佛才确信，原来，我真的又到达了昂松戈……

2

三赴昂松戈。

没有一次是在梦中。

这漫天风沙的昂松戈。

出　征 ——那一些不能忽略的情愫

每一次到达，似都有着不同的心情。

第一次来昂松戈，时间紧、任务重，缺衣少食。

第二次来昂松戈，想到一回加奥就过年，心里还是有着很多的期盼。

而这次，任务不那么重了，吃穿也不那么犯愁了。

同时，这次来，也是时间最短的一次，为期28天。

又是最后的一次。可心里为什么竟有那么多的不舍？

编制也是像上次一样，人员基本上没有调整。

原本，这次我们应该跟建筑中队轮换的，但经过分队首长考虑，最终还是我们中队再赴昂松戈，而建筑中队则去超级营地那边架设板房。

3

每天的工作依旧。

早起晚睡，加班加点。

只是因为今天是大年初七，收工较以前早些。

我也因此有了一次尝试"厨艺"的机会。

这是我维和生涯中的第一次，"掌勺儿"。

不知兄弟们的胃口怎么样……

Part 1   那年那月在撒哈拉

牵　挂

1

当地时间，2015年2月27日，昂松戈。

上午，正在施工地忙碌。

突然接到白干事信息，要我添加报社一位编辑老师的微信。

白干事说，编辑老师在北京，看了你发表在网络上的日记，估计是想和你唠两句。

我扯下面罩，火辣辣的太阳一下子糊到脸上！

我赶紧又把面罩拽上来，遮住半张脸。

想到二月的故乡，此时还冰雪未融，而这里已经又是近40度的高温。

而且，沙漠特有的"大风歌"，也都"唱"过不止一回了。

真是，"漫天黄沙卷，万里无人烟"。

早餐吃的一个鸡蛋，也都消耗完了。

2

编辑老师很是和蔼可亲。

我们虽远在非洲，想到祖国没有一天不在牵挂我们，心里还是暖融融的。

只是，随着时光流转，心理压力也越来越大。

有时，班里兄弟也说，在这里过的每一天，好像都是"同一天"。

哪有那么多东西可记录？

有时，一天到晚累得话都懒得说，到了休息时间，就想睡觉。

以前，母亲总说怕接到我电话，因为我总是向她"提要求"。

现在，反倒是我怕接母亲的短信了。

自从日记被网络"发表"，父母亲都成了"我的读者"。

这"两位读者"不光看，还对所写内容，"评头论足"。

站在父母的角度，也许他们的建议是有道理的。

但我觉得，我们这一代人，应该有自己独立的思想，和自己的言说方式……

3

下午，听说尼日尔部队那边授勋了。

听说3月10日，是联合国为中国赴马里维和部队授勋。

听说授勋的时候，中国驻马大使也会来参加我们的授勋仪式。

光是想想那沉甸甸、光灿烂的勋章，就让人高兴！

高兴归高兴，因为远在昂松戈施工，估计我们参加不上"授勋"了。

熄灯哨响了。

大漠深处，那总是大得出奇，染着一层淡淡橘色的斜阳，也不知转悠到哪儿去了。

想到明天，它依旧还会照亮这片大漠。

照亮这小小的板房。

照亮这小小板房的窗子和人。

我就告诉自己，一定要好好坚持。

Part 1　那年那月在撒哈拉

发生在凌晨的袭击

1

当地时间，2015年2月28日，昂松戈。

凌晨四点，兄弟们都还在熟睡中。

我也是。

巡逻了近一个半小时的岗哨，正准备结束自己黎明前的工作，去叫下一班岗的弟兄。自己顺便再睡上一个"回笼觉"。

这时，"咣"的一声巨响。

将板房里的我们，全部吵醒。

紧接着，用侧墙板搭建的通铺，猛烈地颤动起来。

整个板房，摇摇欲坠。

2

"有炮弹！"

听到对讲机那一头，吼出的声音，我们即刻清醒。

迅速武装，穿好防弹衣，戴好钢盔。

大家齐刷刷站好，时刻准备着。

我们班班长和快反班的班长，同时起身打开了枪柜。

枪和子弹被迅速分发。

随后，我们静静等待着队长的指令！

"各班原地待命，不要出屋，收到后，依次回复！"

这是队长的声音。

紧接着，裴副分队长冲对讲机喊道："岗哨岗哨，什么情况？"

"首长，有一发炮弹打在营区附近，但没落到我们营区内，请首长指示！""随时注意动向，保持高度警惕！翻译迅速联系尼日尔军询问情况，并让他们加强警戒！"

"是！"

屋内极静。

静得连彼此的呼吸都能听见。

班长用微弱的手机屏亮光，偶尔作一下照明。

时间过得如此漫长。

直到对讲机传来："危情解除，各班有序还枪"的命令。

3

我看了下手机，发现时间并没有停滞。

它依旧不紧不慢地向前走着。

距离炮弹爆炸到危情解除，也不过5分钟时间。

窗外的天色，尚不明朗。

我们摘掉头盔、脱下防弹衣。

复又躺在各自的铺位上。

便又睡了……

朦胧中,听到两双脚步,一轻一重的走过板房。

听声音,该是裴副分队长和郑队长。

因为,他们的脚步总是这样。

往往天还没有亮,或是夜还深着。

他们常常就这样,一前一后在营区里巡视了。

出　征——那一些不能忽略的情愫

雷锋的"精神之花"

1

当地时间，2015年3月4日，非洲大漠。

天气一如既往的热。

热，是沙漠的常态。

休息的时候和小龙聊了聊，问问加奥那边的情况。

还有他打理的那些花，草，菜蔬们，这沙漠中的精神田园。

离开加奥虽然才10多天，却感觉过了很长时间似的。

遍地荒漠的日子，每一点绿，都那么值得回味。

2

想起我们的车队每次沿途经过驻地村落时，村子里的大人孩子为什么那么友善和快乐了。

因为，我们是带给他们希望的人。

对于非洲来说，我们中国的蓝盔，何尝不是他们心中昂然的生机和温暖呢。

从早到晚，我们所做的每一项工作，无不是在帮助这片土地。

在这里，大家没有索取，只有奉献。

正像万副分队长在教育课中讲的，我们的民族也曾遭遇过苦难史，感同身受，我们维和工兵分队一定要利用一切机会，力所能及地为当地百姓提供帮助，让中国友谊和雷锋精神，在西非遍地盛开。

自从到马里，大到修路架桥建设板房，传送技术，小到为当地百姓赠送手套，药品，和我们从自己嘴里节省下来的送给孩子们的食品。

我们的一言一行，都是真诚的。

"我们不求他们记住我们的名字，但我们希望这里的孩子记住我们的笑容。"

回味万副分队长这句话，我的心灵世界，好像又感受到了某种触动。

那可能就是一个民族本有的，文化的魅力吧。

3

听白干事说，当地百姓阿耶特还代表驻地十几名雇员到营区表达感谢。

感谢工兵分队的热心帮助，让他们早早搬离了低矮闷热的窝棚，住进了舒适的活动板房。

大概他们也知道，我们分队明天要搞纪念活动，纪念一个叫"雷锋"的人。

通过翻译，他们了解了。

雷锋，是一个特别有爱心的，中国的，年轻人。

出　征 ——那一些不能忽略的情愫

正月十五的浪花

1

当地时间，2015年3月5日，昂松戈。
早晨一起来，太阳就晃到了我的眼睛。
虽已穿戴整齐，可总觉得，哪儿还没有醒来。
莫非，昨晚起来站夜岗，它们被非洲的月光"打劫"了……
真是十五的满月，大又圆。
在这里，没有亲朋团聚把酒叙谈之欢。
有的只是战位上，默默的守望。
为了军人的使命，为了世界的和平。
却总是在那一低头的时候，祖国和亲人就到了眼前。

2

大清早，炊事班就已忙碌起来了。
十五的早餐，自然少不了汤圆。
不知那热腾腾、白胖胖的汤圆端上桌时，炊事班的兄弟们费了多少劲。

"自己包的汤圆,就是好吃,有味!"

"没想到,在非洲还能吃到汤圆啊!"

一不小心,一颗滚圆的汤圆被我一口吞下了肚,烫得我眼泪都出来了。

班长笑眯眯地看我,那笑里有我熟悉的东西。

这个早晨,做汤圆的人和吃汤圆的人,都变得少有的安静。

喜悦,笑容,是这个节日最动人的礼物。

虽然,这个特别的春节,大家的休整都是见缝插针式的。

大部分时间,我们都是在"执行任务"中紧张度过。

但一想到过了这个年,回国的日子就更近了,就都有种抑制不住的激动。

苦累忙碌,也都习以为常了。

今天,板房施工也转入室内装饰环节了。

3

晚上吃过饭,白云天干事到班里来了。

问这问那,大家热热闹闹聊了好半天。

作为维和工兵分队的"记者",估计白干事又在搜集素材吧。

看看每周的"快报"就知道,他很辛苦。

从他那,我们又听来些让人心里既酸又暖的故事——

话说驾驶员柳炳全,入伍没多久,母亲就去世了。每当站夜岗的时候,他都会对着夜空的繁星说话。不知他打哪儿听说的,故去的人会化作天上的星星。对着星星说话,觉得就像妈妈在听……

工程师苗学斌,特意在"情人节"那天,给妻子发了条情意绵绵的短信,诉说自己忠贞不渝的爱情。苗工新婚没到一周,就和我们一起踏上了维和征程。

出　征——那一些不能忽略的情愫

而张展参谋走出国门时，女儿刚咿呀学语。现在，这可爱的小公主都会叫"爸爸"了……

更让人感动的是，硬汉也柔情。

当分队长董荣强面对家中嫂子发来的"家里的事有我呢，希望你当好战士们的'老大哥'，带好部队，干好工作，我和孩子盼着你早日凯旋"的祝福短信，硬汉的脸上，也是"漫天红霞飞"。

白干事道着一封又一封"指尖上的家书"，突然想，我们这一代人，虽然还不能完全领会其中更多的东西，但情感总该是相通的。

就像每唱起那首"阳光抚着神圣的蓝盔，五星红旗飘扬在心中，中国士兵无上光荣，在异国，在他乡，世界为我感动！"

其实，我们又何尝不被自己所感动呢。

Part 1   那年那月在撒哈拉

十六的月亮

1

当地时间，2015年3月6日，昂松戈。

俗话说，"十五的月亮，十六圆。"

我是晚饭后的第一班岗。

面对昂松戈的月亮，不想"举头望明月"，都不可能。

2

索性就思一回故里吧。

想起往年元宵节，一大家子人总会团团圆圆相聚在一起。

那时奶奶还在。

几个舅姥姥姥爷还有姑姑，姐姐们都会一嘟噜、一串儿的来看奶奶。

夜色阑珊，大人们总是要领着孩子们把春节剩下的爆竹全部搬到院外。

各家楼下是噼噼啪啪的鞭炮声，各大商场则绽放着缤纷的礼花。

小家的爆竹，多寓意，吉祥如意。

商家的烟花，既有红红火火的意味，同样也有把竞争对手比下去的意味。

这夜空中的绚丽，自然也就有了"百家争鸣"的模样。

这样的"百家争鸣"，往往让临近居民，街上跑着的孩子过足了"眼瘾"。

等到后半夜，爆竹声歇。

街道上，明显多了些落寞。

举国欢庆的日子，拉下了帷幕。

人们又开始了忙忙碌碌。

路旁的积雪也将融成一摊水。

孩子们脚下的泥泞，踩在教室过道上，一路留下扎眼的印迹。

反正一切的一切，又都将在新的一天，重新开始。

不论男女老少，工作狂、学生党。

都将那些与自己不相干的事，排挤在外了。

仿佛与这个世界没有交集，那些曾经嘹亮的烟火，仿佛也都是别人的事了。

他们只满足于自己的小世界了。

3

今天的我，默默刷着朋友圈。

晒的无疑不是烟花爆竹，或是自家吃的汤圆。

这里，只有"黄沙漫卷西风烈"。

而我，上午将这一周的六合一板房，收尾。

到了下午，又将一套三合一的地基，铺完。

尽管工作单调乏味，但确实也是在进行"新的"交替。

当一味的沉浸在工作中，心里那些繁杂琐事，也就都抛掷在天外了。

晚上，又吃了碗汤圆。

因为，炊事班兄弟们昨天包多了汤圆，我们也就连着"过十五"。

昂松戈的月亮虽然明亮，但在思乡人的眼里，总还是有些许的模糊……

只是当行进在并不安宁的巡逻路上，还得定住心神。

看着围了一圈的铁丝网，和远处满目疮痍的被炸卡车。

再仰头望望圆的月，心底很多东西，仿佛也就这么，释然了。

出　征 ——那一些不能忽略的情愫

联马团营区遇袭

1

当地时间，2015年3月8日，昂松戈。

清早醒来的大脑，总是有着超乎寻常的推算能力。

还有74天，回国。

还有23天，道桥中队返回加奥。

当昂松戈的晨曦像一面镜子，直照过来。

才看清昨夜的梦境，那一直追杀的旅途，没有任何实质意义。

又一个梦魇罢了。

"孔明卧隆中，不即事先主。英雄各有见，何必问出处……"

2

早饭前，值班参谋传达了关于马里局势，最新情况通报。

"某某地，又遭迫击炮弹袭击"的消息，就像时钟的指针，从我们抵达马里那天起，它就从没消停过。

此次袭击，发生在两小时前，马里北部重镇基达尔联马团营区。

Part 1 那年那月在撒哈拉

在联马团营区及周边爆炸的炮弹,有10至15枚。

联马团部队和当地百姓均有伤亡。

尽管伤员目前已经得到积极的救治,但我们的心还是很不舒服。

尽管袭击事发地点,距我部营区342公里,可我们还是觉察到了空气中令人窒息的硝烟味。

战乱的国度,生存与毁灭,几乎就是睁眼闭眼间。

下午,分队组织了一场《反间瞄火器袭击》专题辅导。

在严酷的现实面前,这已不再是简单的授课。

而是如何有效应对,战时的突发情况。

3

"两眼一睁,忙到熄灯"。

其实并不代表着一天工作,已经结束。

战火一天不熄。

就会有一颗又一颗心,不能安枕。

维和任务一天不结束。

就会有一双又一双眼睛,不能入眠。

出　征 ——那一些不能忽略的情愫

迟到的问候

1

当地时间，2015年3月9日，昂松戈。

吃过午饭，和班长走了个"肩并肩"。

也许，班长在有意等我。

也许，是我有意要撵上他。

也没什么非说不可的，只是这样同行而已。

在昂松戈，这最后的日子。

终于可以掐着指头数了。

2

说到昨天是"三八妇女节"。

突然想到，应该给母亲发个"节日快乐"的表情。

虽然是个迟到的问候，说不定母亲会更开心。

母亲应该是在大年初四那天吧，曾给我发过一封信。

说到故乡的早晨，刚刚下过一场小雪……

Part 1　那年那月在撒哈拉

想到今年，不光错过了大雪，又错过了小雪。

最后，连整个冬天也都错过了。

轻轻跺一下脚下的沙漠。

沙漠滚烫而松软。

沙漠，没有冬天。

前两天，兄弟们搬运给养，不小心掉落了一枚鸡蛋。

也就一转身的工夫，它就被晒得冒泡了！

老兵说，午后的地表温度，至少55度以上。

3

想想人在自然面前的承受能力，该是多么顽强。

想想我们青春的肌体。

如果没有一种精神做支撑，又怎么可以抵挡。

在我即将入睡的时候。

母亲果然醒着。

看着她很快回复的，一个又大又红的苹果。

我能够想象到，在昂松戈繁星满天的夜晚。

我的祖国，已近春天。

我的故乡，也已接近明媚的早晨。

出　征 ——那一些不能忽略的情愫

这一天出行顺利

1

当地时间，2015年3月10日。

昂松戈——加奥——昂松戈。

又到了拉给养的日子。

所不同的是今天回加奥，全员9人。

外加两辆水车，一辆卡车。

急匆匆，吃完了早饭。

天还静默着。

透着一层层的碧蓝。

没有风，也就没有梦。

连蚊虫也不知都干什么去了。

这个时候的撒哈拉，更像是一块画布。

只是眼花的时候，会感觉到那画布，忽而静止，忽而起伏。

2

7点半，车队准时出发。

从昂松戈，驶向加奥。

一路的颠簸，就像一架搅拌机。

空气中的热浪，越搅越高。

9点半多了，才到达加奥。

在两地仅距100公里的旅途上，这个速度，是不是挺"蜗牛"的。

把枪放到队部后，大家就开始各忙各的了。

为了不耽搁时间，我得跑步去小卖部。

帮兄弟们往回带东西。

那是兄弟们，等了一周的日子。

吃的，喝的，用的。

大包小裹，塞满了车后座。

3

装完给养。

抽空到四处转了转。

看到这边兄弟们的发型和床头的被子。

就知道，肯定又要检查军容风纪和内务了。

营区的一切，都还是从前的样子。

包括花朵的长势。

不知道，等我们撤回来的那天。

它们就这样一直开着，还是等不及就已经凋零了。

出　征 ——那一些不能忽略的情愫

当车队回到昂松戈任务区时，已经是午休时间了。

因为明天联合国要进行车辆核查，驾驶员们都没休息。

他们在认真地检查和清理自己的装备。

我们几个，悄悄把物资卸下来。

整齐地码放到炊事班。

收工了，回望一眼，这大堆的给养。

算是给这一项工作，画上了一个"不错"的句号。

青春是用来奋斗的

1

当地时间，2015年3月11日，昂松戈。

早饭后，炊事班就开始熬制"防暑降温"的绿豆汤了。

满满一碗下肚，感觉舒服了不少。

头上的汗，好像没刚才那么密了。

上午，又打完了一处地基。

这几天，边干活，大家边讨论"两会"。

尽管你一言，我一语，想起啥，唠啥。

时间竟然也过得很快。

2

大家最关心的，当然还是国防建设这块。

别的说再多，都离不开"最有力的保障"这一条。

没有强大的军队，一切都是被动的。

眼前的现实，就在眼前摆着呢。

想当年，马里曾是加纳帝国、马里帝国、桑海帝国的中心之城，有着悠久灿烂的历史文化。

现今，连年不断的战乱，一座繁华之城，饱经灾祸之苦。

想想那些天真无邪的孩子，就让人感到可怜。

3

有些话题，让人精神很是振奋。

而有些话题，也会让人沉重得无语。

有人说，这很正常，也很公平。

开什么花，就结什么果呗。

可我本人还是喜欢那样一句话，"人的一生只有一次青春。现在，青春是用来奋斗的。将来，青春是用来回忆的"……

Part 1　那年那月在撒哈拉

姑姑也要来维和

1

当地时间，2015年3月12日，昂松戈。

今天心情不错。

姑姑主动加的我。

从出国维和，我们就一直没联络过。

姑姑问这问那，各种问题都问得很细。

包括出国前，打的什么疫苗都问到了。

我本来心里挺感动的，以为姑姑是在关心我。

后来才反过劲儿来，啊，原来是姑姑也要来啊！

2

吃过早饭就开始施工了。

我们的进度已经非常快了。

经过连月来的连续作战，大家都已操练得炉火纯青。

只是，还没到一小时，兄弟们的后背，都又褐湿一大片。

出　征 ——那一些不能忽略的情愫

在外围警戒的尼日尔军，在这火笼般的烘烤中，脸上的表情变得和沙漠一样的深沉。

也许，他们也在期盼，战乱早点平息。

百姓，早点安居乐业。

他们也好早点回家。

接近十点钟的样子，沙暴突然又窜来了。

四野顿时一片昏黄。

大家赶紧抓牢能抓的东西，把头埋到胸前。

那个时候，感觉自己就像一只想要藏起自己的鸵鸟。

但那只是想想罢了。

因为手里的活，是不可能停的。

钉是钉，铆是铆啊。

3

中午饭，吃了两碗。

今天又有我爱吃的菜。

一个豆腐炖鱼，一个鸡蛋炒木耳。

边吃边想，等姑姑来了，不知道，我们是在机场相遇，还是在马里相遇。

姑姑应该是第三批中国赴马里维和部队。

不知她们医疗分队来了多少人。

早上，我答应姑姑，等不忙的时候，给她讲讲出国前，需要准备的东西。

当然，这里有些生活日用品，我可以不带走。

可以打个包，留下来等她。

Part 1 　那年那月在撒哈拉

　　像蚊香片，风油精，一些常用药品，蚊帐，水壶什么的，包括网卡，书籍，都可以留给姑姑。

　　其实好些东西，也是上一批维和部队的兄弟，留给我的。

　　呵呵，一想到，姑姑也要来撒哈拉。

　　心里竟然这么开心。

　　真奇怪啊，我不是天天数着日子，盼着早点回国呢么？

　　盼当然盼了，谁不愿在自己国家里享福啊。

　　但，一个人如果能有一次代表祖国出征的机会，当然也值得高兴。

出　征 ——那一些不能忽略的情愫

时间还是近了

1

当地时间，2015年3月13日，昂松戈。

来昂松戈，一晃又快三周了。

从最开始计划下周二，也就是为期21天的时候带回，变化到第28天带回。

直到最新计划，到3月末带回。

看来，从昂松戈任务区到加奥营区的路，还很漫长。

2

在这三周时间里，我们完成了两套六合一板房架设。

两套三合一板房架设。

外加一个化粪池的维修工程。

累是累，苦是苦。

想家的心情，也是自然。

但工作照干不误。

该如火如荼的时候，该冲锋陷阵的时候。

兄弟们都没啥好说的。

既然来了,不就意味着要吃苦受累,冲锋在前么。

3

距离和建筑中队轮换期内,还有两套板房等在那里。

上午,把这周的板房一一打上胶,工作算是进入了收尾阶段。

下午,难得的休整半天。

这段时间,工作量太大。

从正月初五开进昂松戈,就没怎么放松过。

今天,留下这大把的时间给个人。

突然不知干啥好了。

如果按我本人意愿,想看场电影,想听听音乐,想学一首新歌,还准备打一场游戏。

不过,想归想,还得顾全大局。

兄弟们想搞一次扑克比赛。

名曰:考考智力和配合能力。

我也就只好,"肝胆相照"。

听说,国内第三批赴马里维和部队已组建完毕。

而我们的任务,就快结束。

回国的日子,不再像开始那样遥遥无期。

还有俩月多一点,就要回到故乡国土。

结束这脚踏黄沙,热浪染征衣的艰苦岁月。

近而又近的时光。

想往的,就要变成现实。

出　　征 ——那一些不能忽略的情愫

老红军寄来的叮嘱

1

当地时间，2015年3月14日，昂松戈。

今天一大早，就接到母亲转发来的邮件。

数数，好几封。

这里的信号很差。

一个邮件，得点好半天。

那也不见得，马上能看到。

点不开，就只能凑合着看小图。

仔细辨认了好一会儿，才弄明白大概意思。

原来是一个叫余新元的老红军。

对我们这些在国外维和的90后士兵的叮嘱。

2

刚吃过早饭，一天的施工任务就又开始了。

今天因为是周六，大家都想早点开干。

省出点时间，洗洗衣服什么的。

后来，听班长说，下午就干一个多小时。

给大家预留出，自由活动时间啦。

我在心里给首长点了个赞——

太了解兄弟们的心情了。

上板墙的时候，突然想，老红军是咋知道我的呢？

想着午休的时候，但愿信号能好些。

3

晚上，快熄灯了。

终于从转发邮件的一个伯伯那里，弄明白了原委。

原来，是上次到东北慰问维和部队的朱妈妈，也上老红军家慰问去了。

他们唠着唠着，就从他们那一代人，唠到了我们现在的90后战士。

还唠到一个美国人，1988年出版的一本书。预言1999，不战而胜。世界社会主义阵营，将被他们的"和平演变"，所瓦解。书中甚至还说，当有一天，中国的年轻人，不再相信自己本民族的历史传统的时候，就是他们美国人不战而胜的时候。

当说到这个居心叵测的美国人，伯伯说，老红军立马就激动起来了，义愤填膺地说，"当年，沙俄人用刀片，英国人用鸦片，日本人用弹片，都妄想让我们这个民族屈服，但我们屈服了吗？"

我立即白度到了红军爷爷的一些资料。

网上很多介绍红军爷爷的文章。

红军爷爷家住鞍山。已经93岁了。

当年，雷锋和郭明义当兵，都是红军爷爷给送到部队的。

老红军爷爷一生都在忧国忧民，传播正能量，励志后人……

出　征 ——那一些不能忽略的情愫

　　我大致了解了红军爷爷跨越大洋彼岸的嘱托："红色江山，要代代相传！"

　　我心里突然像揣了一团火……

　　我像告诉自己爷爷那样，请伯伯转告红军爷爷。

　　爷爷叮嘱的话，我们都铭记在心里了。

　　就请红军爷爷放心，我们一定不负使命担当！

　　熄灯老半天了，还是没睡着。

　　我又给伯伯补发了一条信息：请他转告红军爷爷，等圆满完成维和任务回国，我们一定找机会去看望红军爷爷……

Part 1　那年那月在撒哈拉

琐屑的记录

1

当地时间，2015年3月15日，昂松戈。
上午的昂松戈，天气依然燥热。
中午看了一部片子。
明知一出戏，竟又看进去了。
竟又差点看哭了。
对"爱情故事"，依旧如此敏感。
也许是它的音乐太富有感染力了。
也许好的音乐本身，就是一场愉悦的爱情。

2

下午，又一排板房竣工。
又一批尼日尔军可以搬离了低矮潮湿的帐篷。
我们付出了汗水，也收获了笑容。
更收获了自信。

出　征 ——那一些不能忽略的情愫

有时，兄弟们忙起来，也顾不得是不是晒黑、晒伤了。

口罩摘了，手套，护套也都扔到了一边。

当一堆事情夹杂而来，也能够像面对一篇阅读赏析般，心领神会。

人世在循环，天也在循环。

把一切看淡，只管尽力做好自己该做的事。

3

站夜岗的时候，本能的感受得到涌动的风沙。

一直在暗处涌动。

撒哈拉的黑夜，让人看到了黑夜之外的东西。

伙计在沙箱上，摁住了一只不知名的虫子。

样子有点像东北的，"羊毛喇子"。

看见它的头不断扭动着、挣脱着。

很是不忍。

又不好多说什么。

想起一次拉练途中，路过的一座红顶寺院。

"南无阿弥陀佛"的念诵，仿佛要飘出天际。

小声问班长。

班长说，那是受苦的众生在寻求解脱呢。

在这深不见底的，撒哈拉。

我便一心希望，那小虫也能解脱。

Part 1　那年那月在撒哈拉

军人的性格

1

当地时间，2015年3月16日，昂松戈。

今天早饭前。

照例是每周一次的内务卫生检查。

想起刚当兵那会儿。

因为叠内务叠出了光荣感，还高调地在空间里晒了篇"内务日志"。

起初，也曾为叠内务浪费的时间，而牢骚。

牢骚归牢骚，内务还得照叠。

现在懂了。

棱角分明，方方正正的内务，其实是军人的性格。

2

盘点时光的碎片。

从兵之初来到这支部队，慢慢学会了尊重。

学会了忍耐，学会了付出，学会了同甘共苦，学会了低头。

出　征 ——那一些不能忽略的情愫

学会了吃饭睡觉，是一件美好的事。

有一次，连长让我帮他写一个5分钟演讲稿。

从那天起，我了解了什么叫工作。

那次，写到半夜11点，实在写不动了。

连长笑容满面地看着我。

我却看着堆砌在电脑屏幕上的装备，训练，和作风改善等等的文字，一脸空洞表情……

那一瞬间，突然明白自己有多么年轻。

年轻无畏。

年轻同时也代表着无知。

同时，我也知道，连长为什么安排我写这篇演讲稿。

因为昨天发生的一件事情。

我知道自己，得改了。

3

还记得野营拉练的第14天，我们离开了628。

在那个充满乏味，但又不失一丝乐趣的所在地。

每年都有一拨人，生机勃勃地来了，又去了。

而谁也不知道接下来，又会往哪儿去。

一年一度的老兵退役，就像一条抛物线。

于是，在即将离开的那片土地上，总会画上一只又一只眼睛。

仿佛这样，就能代替我们永久地注视着这片土地。

仿佛这样，就能代替我们守护着那个铺位。

这就是，铁打的营盘，流水的兵。

不管经历多少年的时光，都会有人继承这份职责。

Part 1　那年那月在撒哈拉

也有很多人会拿起手机来，拍照留念。

我不知道，他们这么做是为了什么。

因为照片基本洗不出来。

也许他们也知道吧。

也许，只有这样，才会减去些遗憾吧。

那天，当班长喊4班冲锋的时候，我冲得义无反顾。

　我尊重我班长发出的，每一个指令。

是他让我明白，战友之情是凌驾于任何感情之上的。

特别是在地爆连……

一名士兵，只有将自己的生死置之度外，才能骁勇善战。

转眼，又到换岗时间了。

昂松戈。

我拉回这些脱缰的思绪，珍惜着眼前。

这即将，挥去的光阴。

出　征 ——那一些不能忽略的情愫

这一生的缘

1

当地时间，2015年3月17日，昂松戈。

还有两周回加奥。

一早起来，感觉昂松戈的天，又高远许多。

想到回去，就再不会来了。

这一生的缘。

挺有意思。

每天，在固定的轨道和方寸间。

做着我们，该做的事情。

虽身处沙漠腹地，我们却并不能随意走上一走。

想到些什么的时候，也只是让思绪走去那里。

默默的触摸一下什么，就倏地弹回来了。

也许它需要留给这个世界，更多的神秘。

也许当沙漠，也没有了秘密。

这世界也就失去了，真正的自由。

Part 1　那年那月在撒哈拉

2

吃过午饭，姑姑的信息又准时到来。

她基本掌握了，我们在这里的作息时间。

我喜欢姑姑的认真劲儿。

一个有思想的人，应该打"有准备之仗"。

想到姑姑所在的第三批赴马里维和部队。

这也组建半个多月了。

姑姑平时就是医院卫勤分队队员，身体素质应该没问题。

其实，人没有咽不下的苦。

想想自己当初，衣来都不愿伸手，饭来都不想张口。

环境逼到那儿了，不变也得变。

直到今天，我都没忘，2014年6月28日那天。

那是维和分队组建前，最后一次考核。

3

那天，天气格外的闷。

因年龄的关系，我分在五个组中的最后一组。

在3公里考核的起跑线上。

突然，天降大雨。

雨特别大。

大到让我想起了2013年夏天，抚顺发的那场洪水。

当时，全身打透，鞋里灌的全是水。

很快，路上的一块块坑洼，也都积满了。

头两圈还好，到第三圈的时候，呼吸都困难了。

出　征 ——那一些不能忽略的情愫

我拼命仰着头，让雨滴湿润下撕裂般的喉咙。

我使劲呼着气，紧追着前一个人的身影。

那时，别说跨步了，连小跑都不想。

感觉湿透的裤子，已经狠狠缠住了腿。

一不留神，就跌进了水坑里。

那个狼狈……

一去不复返的岁月。

珍贵的记忆，像是一道闪电。

虽短暂，光芒却是挥不去的。

以辩证的观点看，人生总是会得失相伴。

说到底，坚持的就是一种信念。

我相信人也是有磁场的。

一个人有好的磁场。

他才会接收和传递，正能量。

Part 1　那年那月在撒哈拉

昂松戈的雨

1

当地时间，2015年3月18日，昂松戈。

要说今天值得记录的，可能就是昂松戈下的这场雨了。

雨点没多大，但是风大。

这就使得雨滴的重量，也被放大了。

因为打在衣服上的雨，都夹着些许的细沙。

昂松戈也这么任性。

2

眼看雨下下来了。

我们把工作转移到了室内。

雨水是上天，赐给沙漠的珍贵礼物。

当然，我们也都盼着雨季到来。

暴晒的肌肤，就像沙漠中干渴的植物。

需要雨露洗礼。

出　征——那一些不能忽略的情愫

想当初，组建维和分队集训那会儿，也是夏天。

只是国内的盛夏，不同于马里。

3

那是七月份的时候。

天，也是热得出奇。

上午要么搞战术，要么学擒拿。

胳膊和手都磨破了皮。

下午负重5公里，100个俯卧撑，100个仰卧起坐。

负重的时候，水壶里的水，在跑不到一半的路上，就基本全浇在迷彩服上了。

减轻了重量，又稍添些凉爽。

晚上则看新闻，上教育课，抄笔记。

有时还会夜训、打靶。

感觉一天的时间，连贯得没有一点缝隙。

那一阵子，觉得真像是生死煎熬。

甚至觉得，当兵这几年没吃过的苦，现在一下子都吃尽了。

野外训练的时候，兄弟们都在祈求，下场大雨。

以为下场大雨，就能不训练了。

甚至期待着，赶紧来马里维和，过几天轻松日子。

来了才明白，军人的职责里，是没有轻松可言的。

Part 1　那年那月在撒哈拉

窗外面的世界

1

当地时间，2015年3月19日，昂松戈。

不知昨夜那些雨，牵动了什么。

反正今早的风，出奇的大。

可以用，"狂风卷着黄沙"来譬喻了。

所以，队长安排大家上午休息。

习惯了平日的劳作，突然暂停。

我们便都坐在床上发呆。

等着风，什么时候停下来。

2

坐在各自的床上。

我们就那么静静地听着，看着。

窗外的风沙，劈头盖脸的。

门和窗，还有房盖儿，都在响。

出　征 ——那一些不能忽略的情愫

有时呜呜的，像一个老人在哭诉。

有时沙沙的，像狗爪儿在焦急地挠门。

小时候，我养过一只叫杰瑞的黑猫。

他经常欺侮吉娜。

受了欺侮的吉娜，就常常这样抓狂。

吉娜是我从街上捡回家的一只流浪狗。

记得爷爷奶奶当时坚决反对我收留吉娜。

担心它是被遗弃的病狗。

我只好在后院，给吉娜搭了个简陋的窝。

吉娜有着小孩子一样的眼神。

它挺乖的。

也许它知道自己的身份吧。

所以，当杰瑞欺侮它的时候，从不抵抗。

3

时间不知不觉就到了中午。

风沙还没有安静，只是折腾得没那么凶了。

真不知道它们的世界，发生了怎样的事情。

大概呆了十几分钟的样子，兄弟们就都开始活动起来了。

上网的，翻书的，收拾物品的，聊东聊西的。

有的已经开始盘算，回国的时候。

在机场免税店，给自己或家人选什么礼物了。

Part 1　那年那月在撒哈拉

留下了一个中队

1

当地时间，2015年3月20日，昂松戈。

眼看还有10天，就要离开了。

眼看昂松戈的蓝，深了，远了。

尽管连续数天，从沙漠腹地旋过的风力，依然像匹野马。

但我们中队该完成的任务，已经保质保量地接近了尾声。

这两天，工作量、节奏，都缓和不老少。

最主要的，可能还是心情。

随着完工的脚步，它由此得到了一种精神的释放。

2

今天饭量又增加了些。

笑容也是。

还有昂松戈的云霞。

脚下的黄沙，深深浅浅。

出 征 ——那一些不能忽略的情愫

那是我们将，留下来的故事。

它啃坏了我们，一双又一双迷彩战靴。

那些磨损的战靴。

如果用响亮的口号，把它们集合起来。

相信它们，又将站成一个火力中队！

磨损最快的还是手套。

几乎三五天，就洞连洞了。

3

昂松戈的落日和星空。

在世人眼里，有着难得一见的美。

曾读过这样的描述，"初夏季节，你会在这里见到最纯净的夜空，和夜空下的皓月与繁星。"

说的就是昂松戈。

第一次进驻时，我曾用手机拍过它的胜景。

可惜，在后来卸载集装箱时，手机掉下来摔坏了。

再也启动不了照相功能……

万幸的是，还能勉强维持上网。

Part 1　那年那月在撒哈拉

龙抬头

1

当地时间，2015年3月21日，昂松戈。

今天的昂松戈，注定是要热闹起来的。

二月二，龙抬头么。

"龙的传人"。

按照传统习俗，男人洗澡，理发，还要吃些"解馋"的。

如果在家，父亲是要陪爷爷喝点儿的。

如果在家，估计我也得陪着喝点儿的。

2

百度了下，二月二，俗称，龙抬头。

相传二月初二，是轩辕黄帝出生的日子。

龙头节，起源于伏羲氏时代。

"伏羲重农桑，务耕田"。

每年二月初二，"皇娘送饭，御驾亲耕"。

出　征 ——那一些不能忽略的情愫

白居易也有诗云："二月二日新雨晴，草芽菜甲一时生。"

想必这样一个日子，是跟这一年的草木生机一起到来的。

只是放眼望去，这里除了沙漠，还是沙漠。

要说生机，除了零星的低矮灌木，也就是这一排排如林的板房最抢眼了。

3

头发理了，脑袋轻了。

这就算，"龙抬头"么。

俯仰之间，成熟的也许只是一种期望吧。

自然还是规规矩矩的，"板儿寸"。

看不出烦恼的，青春。

呈现的永远是，蓬勃朝气。

理完发，大家你看我，我看你。

都对着这面"兄弟镜"，照自己。

Part 1 　那年那月在撒哈拉

今天全休

1

当地时间，2015年3月22日，昂松戈。

今日的昂松戈，依旧是混沌一片。

风声里夹着哨音，又像是夹杂着含混不清的呜咽。

完全是一幅苦闷的样子。

给窗纱里那个默默关注它的人，也留下一声叹息。

骆驼，瘦驴，蜥蜴，散漫无羁的荆棘。

不知谁更接近于它的宠儿。

它们对那个世界的了解，总该比我们更清晰吧。

也说不定呢。

就像人类自己。

谁敢说，我们看明白自己了呢。

2

早饭前通知，今天全休。

整理个人卫生。

出　征 ——那一些不能忽略的情愫

其实，我们一大早就把睡了一个来月的通铺，彻底清扫过了。

昨天，又有兄弟，身上起了一片红疙瘩。

不受欢迎的爬虫一族，自然又成了我们的俘虏。

这些叫不出名字的沙漠昆虫，体积都比我们经验中的庞大。

有一次，白干事在窗根下逮到一个类似蜥蜴的家伙。

也可能就是蜥蜴。

比印象中的，至少大出两码去。

昂松戈比起加奥，从日常生活到日常工作，当然要苦得多。

在加奥，至少大家都是单独的睡床。

不过，睡通铺的好处是，一个人有故事。

等于所有人，都有了故事。

3

每当熄灯的哨音吹响。

兄弟们肩挨肩地躺倒在通铺上。

我这超常发达的大脑，就会联想到昔日老电影中上演的东北火炕。

一家人，一铺火炕。

不管外面的寒风，怎样的呼啸。

有火炕温暖的夜晚，总是无所畏惧的。

大哥二哥三哥四弟之类的兄弟们。

他们在那样的年代，一岁岁，长大了自己。

而我们这代人，几乎都是独生子女。

人生中不可能有那样的经历。

而在昂松戈，正是这样的夜晚。

我们弥补了，这缺失的记忆。

Part 1　那年那月在撒哈拉

爷爷生日

1

当地时间，2015年3月23日，昂松戈。

今天是爷爷77岁生日。

早起给爷爷打了祝福电话。

爷爷又激动了。

这是出国后，第三次和爷爷通话。

一次是到马里那天，向爷爷报告平安。

一次是春节，给爷爷拜年。

每次，爷爷都这样，急急地问这问那。

生怕自己节奏慢了，我就会从他紧握的话筒里消失。

我听着爷爷气喘吁吁的嗓音，心里有点泛酸。

77岁的爷爷，明显是老了。

他的听力好像也成了一个问题。

总是"啊啊"的问我，"你说什么，大点声！"

出　征 ——那一些不能忽略的情愫

2

早在前一天，接到白干事信息。

今年是纪念抗战胜利70周年。

让大家都写写自己的认识和感悟。

可能是要出一期"蓝盔快报"吧。

在沙漠腹地。

此时，爷爷的激动和叮咛，好像还在眼前晃动。

那是有关爷爷的往事。

还是上小学的时候，爷爷带我回过一趟老家。

爷爷指着已空无一人的一栋老房子说，过去咱家是一溜青砖到顶的房子，可气派了。

看着那就快散架的矮趴趴的老房子，想象着爷爷说的青砖房。

我不知道爷爷想要告诉我什么。

爷爷说，原先的房子，被小鬼子一把火给点着了。烧得啥也没剩。

爷爷奶奶他们那代人，习惯管日本人叫小鬼子。

我到今天也没弄明白，日本人为啥叫鬼子。

当年的爷爷比我还小，可能还不咋记事呢吧。

爷爷说，我太奶奶当时像母鸡护小鸡似的，护着他，跟着一村人半夜三更的逃往山里，要是再慢一点，一家人都完了。

爷爷说，我的太爷爷早年跟着谁谁谁（我记不得了）参加抗日。

被惹急了的鬼子，就到处抓人。

到太爷爷住的村，没抓着太爷爷，就把房子给点着了。

后来，爷爷长到18岁，也像太爷爷一样参军了。

爷爷离开凤城老家的那天，第一次知道，世界上还有一种叫"火车"的车。

3

"没有军人为国牺牲,就没有国的安宁。

国不宁,又怎能有家的幸福。

所以,你要好好工作……"

差不多,每一次,爷爷对我都是这样的叮嘱。

在我心目中,"国家利益,永远高于个人利益"。

像这样的"大政方针",大都是在我小的时候,爷爷在我脑海里种下的。

其实,到现在我也说不明白,"大政方针"的含意。

不过是听得多了,熟了。

就像人们常说,"部队是一个熔炉"。

部队怎么就是熔炉了?

这是我当兵前,常常在心里"画魂儿"的。

出　征——那一些不能忽略的情愫

大使也看了"维和日记"

1

当地时间，2015年3月24日。

昂松戈——加奥——昂松戈。

怎么也没想到。

今天去加奥拉给养，会见到大使。

而且还是个像母亲一样，和蔼可亲的女大使。

2

原来，联合国明天要为驻马里的中国维和部队，授联合国荣誉勋章。

这么隆重的外事活动，中国驻马里大使自然是要出席的。

只不过，大使比别人更早一天到达。

为明天的授勋做准备工作。

想到我们一会儿装完给养，就返回昂松戈了。

想到明天隆重的授勋仪式，由于任务需要，我们中队还将继续坚守在昂松戈。

想到那象征荣誉的勋章，我们在昂松戈的32名兄弟，都不能第一时间见到，甚至轻轻抚摸一下。

心里竟也酸溜溜的。

我向昂松戈那边的兄弟，及时发布了明天授勋的消息。

兄弟们嘱咐我，如果能看到大使，最好照张相片回来。

我回复，你们能不能"现实一点"。

兄弟们说，也不是没有可能。

3

还真被兄弟们说着了。

上午，大使和维和官兵座谈，我有幸也成了其中一个代表。

我和保障中队的李鑫、给水中队的许永福班长，一起坐在会议室里等大使。

我默默按捺住激动的心情，想象大使的样子。

当分队首长陪着大使走进会议室介绍我们几个的时候，我一下子惊讶了。

是个女大使！

大使很温和，肤色很白。

大使的笑容也很亲切。

尤其大使问完我的年龄时说，她的儿子只比我大一点点时，我紧张的心情，一下了放松了。

大使问到我们中队在昂松戈施工的情况。

我就把我们中队在昂松戈这120多天里，架设了多少板房，修建了多少化粪池，帮尼日尔军建成了怎样的防御工事，一件一件跟大使说了。

大使听得很认真，不时还会问上一句什么。

出　征 ——那一些不能忽略的情愫

因为分队首长向大使介绍了我在工作之余，写下的那些维和日记。

大使于是还询问了，我当初记日记的想法。

我说，最初的记录，只是想告诉母亲，我在这边的情况，怕她担心我。

后来就扩展到我爷爷。

我和父亲三代单传。

爷爷年纪大了，对隔辈人可能更疼爱，更惦记，期望也更高。

为了我，70多岁的爷爷还学会了上网。

这样，写日记的时候，就慢慢加进自己的一些心情，好让爷爷了解我的思想。

再后来，分队首长发现了这些日记，给了我很多很多鼓励。

还把日记推荐给了媒体。

这时，我意识到，日记已不单纯是我一个人的经历。

它是我们这个团队共同的经历。

这以后，我便在日记中尽可能多地记录下战友们的身影。

希望通过日记，让外面的人更加了解战友们在国外的维和生活。

给水中队的老班长和李鑫，也都分别讲了自己维和生活中的一些故事和感受。

预定的时间，都超过55分钟了，座谈才结束。

吃完午饭，大使又和我们合了影。

直到登上返回昂松戈的装甲车，我好像还没有从梦中醒过来。

中队长他们装完给养，一直在等我。

这让我心里有点不安，也有点醉氧的感觉。

一路上都在回味，大使母亲一样的笑脸。

和她给予我们的鼓励……

Part 1　那年那月在撒哈拉

联合国为中国蓝盔授勋

1

当地时间2015年3月25日，昂松戈。

清早一醒来，大脑就异常清晰的开始活跃了——

今天，是联合国为中国维和部队授勋的日子。

想象加奥营区，鲜红的国旗伴着蓝天一样的联合国国旗，一起冉冉升起在马里上空。

想象除了我们之外的300多名中国维和部队官兵。

伴着迎风飘扬的旗帜。

伴着联合国会歌，正在营区整齐列队。

庄严地等待着联合国，为我们授勋。

那沉甸甸的"和平荣誉勋章"。

见证了，那一个又一个。

被艰辛与战火浸泡过的昼与夜。

尽管，我们在昂松戈的32名兄弟。

为早日完成这里的施工任务，不能回去参加授勋。

但我们依旧感到光荣。

我们今天的干劲，依旧不会降低标准。

2

三月的马里，有风沙，有热浪。

更有激动人心的，一个又一个，难忘瞬间。

营区的花朵与鸟鸣，一定是早早就醒来了。

那一个个整装待发的方队，一定是经过了千锤百炼的。

还有那一张张青春的脸庞。

他们势必要代表今天，没能迈进方队的我们。

绽放，双倍的精彩……

昨天，在加奥。

我已大致了解了授勋时的一些步骤。

所以，我基本能够勾勒出今天的场面——

上午7时55分，加奥营区，授勋仪式，所有准备就绪。

上午8时，随着指挥员的口令，中国维和官兵4支受阅方队，将迈着铿锵的步伐，喊着响亮的口号，依次走过阅兵台。

授勋仪式正式开始。

上午8时30分，中国驻马里大使、联马团东战区最高民事长官，副司令爱都上校、加奥大区长西递贝先生，联马团副参谋长宋郁上校，将一同走到授勋官兵面前。

把那象征着军人使命，象征着大国责任，象征着无限荣光的联合国"和平荣誉勋章"，一一挂到中国维和官兵胸前。

随后，工兵分队和警卫分队还将进行机械操作和武术表演。

副分队长万鑫代表第二批赴马里维和部队全体官兵，表决心……

3

此时的昂松戈,夜幕已深。

白天的授勋,已成往事。

可窗外的星光,还是那么明亮。

出　征 ——那一些不能忽略的情愫

中国UN城的"国宴"

1

当地时间，2015年3月26日，昂松戈。
这两天的眼神，好像一直没有离开加奥。
连脉搏的频率好像都和那里同步着。
有我和小龙的QQ为证。
24日下午15时27分，小龙说，一路平安。
24日晚21时19分，小龙说，明天给你转播盛况。
25日上午7时，小龙说，授勋前的入场工作，就要开始。
25日11时50分，小龙说，授勋仪式结束啦！
招待各国来宾的午餐，就要开席啦！

2

我无从想象。
中国NU城的"国宴"。
尤其此次宴会嘉宾，不光来自世界各地。

而且，他们的宗教信仰，饮食文化，风俗习惯。

好像都不大一样。

这对炊事班来说，都是巨大的考验呢。

何况我们平日的给养，又很有限……

3

晚饭后，收到小龙发来的又一条信息。

虽只一枚勋章照。

我却对着手机屏，看的比任何一次都长。

小龙没再提别的事。

也许他正沉浸在对一枚勋章的兴奋中。

可我还惦记着"国宴"上的菜品。

想到炊事班昔日的大厨，李红文。

老班长14年的厨艺，应该说"身手不凡"。

就快回加奥了。

如果想了解"国宴"的故事。

我想老班长，肯定最清楚了。

出　征 ——那一些不能忽略的情愫

我的前女友

1

　　当地时间，2015年3月27日，昂松戈。
　　忙忙碌碌的一周又快过去。
　　总的来说，这一周过得有点那个——
　　我和女友，和平分手。

2

　　我们两个，相知、相识的时间不长。
　　而相处的时间就更短，仅一个来月。
　　这个长度，也符合当代年轻人交往规律。
　　往往相互了解不多的情况下，便相处了。
　　再往后，两人熟了。
　　彼此看到对方的优缺点。
　　要么分手，要么继续。
　　对军人而言，异地恋，是所有爱情中的魔障。

很多人因为这个，最终都选择了离开。

更别说我们这些"跨国之恋"了。

虽然分手对我来说有些不甘与失落。

但每想到这些"必然"。

那一丝丝疼痛，也就释然了。

3

薛立雷是我们中队的一名老班长。

过年的时候，家里添了新丁。

每次看他拿着手机，和照片上的儿子幸福地对视。

我就会感动。

我曾问班长，没抱上儿子，就来维和了后悔不？

他说，不后悔。

他说，能来马里维和，是组织信任。咱怎能为个人小家而辜负组织的培养和信任啊！再者说了，即使不出国维和也陪不了儿子太长时间。莫不如，多些精神动力，化思念为信念，努力工作，载誉而归。等儿子大了的时候，跟同学说我爸是军人，还去过非洲马里维和，他会多么骄傲和自豪。

听了老班长这番话，我沉默了许久。

现在，距离回国不到两个月了。

记得女友说，等你回国了，再坐下来好好谈。

等着，"再谈谈"！

于我，也许不仅仅是期待。

更是归来时的一份，念想吧。

出　征 ——那一些不能忽略的情愫

生日盛宴

1

当地时间，2015年3月28日，昂松戈。

昂松戈的晚霞，总是美若琉璃。

远的，近的，静止的，流动的，深的，浅的。

怎么看，怎么美。

看到加奥那边兄弟"晒幸福"。

知道他们，又过生日了。

给在同一个月份出生的维和官兵，集体过一次生日。

是我们团队的老传统了。

2

在马里，每月生日聚餐，几乎都有个小小仪式。

洒水的，扫地的，装饰的，调试音响的。

大家只一个共同心愿。

保证饭堂，温馨感人。

说白了，在国外过生日不容易。

一切都只能在精神上，高标准。

不用说，这一天，炊事班会很辛苦。

班长庞楷桂更是有心人。

每上一道菜，都要吆喝一声，报上菜名。

那些再平常不过的菜，因沾了"生日宴"的光。

也就个个，都动听起来了。

经常把大家逗得，"嗷嗷"鼓掌。

3

生日宴当然不能缺少生日蛋糕。

吃惯了联合国的给养。

偶尔来点"国产"甜点，改善一下。

兄弟们心里，都亲切着呢。

刚出烤炉的蛋糕，透着诱人的香气。

一圈圈果酱，黏满了苹果片。

蛋糕中央还要嵌一朵"盛开"的橙子瓣。

在这饱经战火、物资匮乏的国度。

可能再没有什么比这样一份情意，更让人难忘了。

出　征 ——那一些不能忽略的情愫

文化墙

1

当地时间，2015年3月29日，昂松戈。
计划回加奥的日期再次延迟。
4月7日前的昂松戈，我依然要守护你深夜的寂静。
我依然要忍受你带给我的浅睡眠和时断时续的网线。
没有小卖部，没有卖电话卡的人。
没有一朵花开，更没有庄周梦蝶的闲情。
只一个个忙碌的日子。
偶尔会寂寞，会焦虑。
但更多时候，还是希望与信心并存。

2

午休时，曾和加奥那边兄弟QQ。
知道他们又在创作新一期的"墙报"了。
在食堂西侧。

修维护和平之道，架中马友谊之桥。

是"墙报"的主题，也是我们中队官兵的心声。

王军森是板报组长。

平时，各中队都有自己的作品展示区。

中队长常说，中队"墙报"，就是一面镜子。

映照别人，也折射着我们平常的自己。

为了把"文化墙"，办出亮点，组长王军森没少下工夫。

给中队争了不少光。

3

当然，那上面也有我们的影子。

昂松戈，是"墙报"上不能缺少的主角。

晨曦和暮色，常常就成了那上面的染料。

我们把一天的自己印在上面。

身后的风暴都退去了。

白天的酷暑也退去了。

我们活动在有限的空间里。

正让一身的疲惫，也慢慢退去……

只留下一张青春的面庞。

在荒漠一角。

隐形挂历上，一天的日子，又被轻轻勾掉了一次。

无限惊喜地显示着：

距离回国，还有52天。

距离回加奥，还有8天。

出　征 ——那一些不能忽略的情愫

教育课

1

当地时间，2015年3月30日，昂松戈。
今天下午的教育课，比以往活跃很多。
这很可能，是昂松戈的最后一次教育课了。
指导员雷晓刚看上去也比以往更有神采。
不知是不是因为他新理了发。
还是也和我们一样，心情进入了昂松戈的"倒计时"。
也有人猜测，指导员也许有别的什么喜事儿。
总之，今天下午的指导员让我们"赏心悦目"。

2

当大家挎着小凳，迈着整齐的步伐，进入学习室。
我看见昂松戈的太阳，已向大漠的边缘，慢慢倾斜。
这是鲜有的，不必与骄阳斗争的时刻。
远处的沙丘，泛着美丽的红。

让这个下午，变得更像是一部小说的开头。

主人公就是指导员和沙漠深处的我们。

那零星的灌木，突然跑掉的狍子。

也许不是狍子，但我愿意这样想象。

一只可爱的狍子，它从我的视野里跑掉了……

3

整个下午的课，大家都听得很认真。

关于国防和军队建设，永远都有着讲不完的话题。

尤其是士官长制度试点工作，让我们感受到了军队职业化的进程。

指导员还讲到"新古田会议"为如何做新时期革命军人指明了方向。

讲到《军事体育训练改革发展纲要》。

讲到军人体型评价标准，让体能训练更加有章可循。

丰富的课堂内容，犹如一汪清泉。

悄悄滋润着贫瘠的撒哈拉。

也滋润着，我们维和官兵的精神世界。

出　　征 ——那一些不能忽略的情愫

"蓝盔快报"摘要

1

当地时间，2015年4月2日，昂松戈。

今天是个好天气。

风平，沙静。

虽然还是热得人心烦。

那也比风沙打脸，要好的多得多。

2

本周的"蓝盔快报"，晚上才看到。

我显然不是第一读者。

因为上面有些内容，不知被谁画了道道。

尤其是授勋的部分内容。

其中之一是，陆慧英大使的致辞："中国维和官兵充分发挥新时代国际主义精神，为维护马里和平，传播中马友谊，做出积极贡献。"

另一段是工兵分队副分队长万鑫致辞："在接下来的维和工作中，我第二批赴马里维和部队全体官兵,将继续保持高昂的斗志,坚决完成好后续维和任务,为马里和平做出积极贡献,向党和人民交出满意答卷。"

另有一段是,授勋完毕后工兵分队和警卫分队,进行机械操作和格斗武术表演。

其中,画得较粗的一段线是关于联马团原司令卡祖拉的致辞,他称"中国维和部队精湛的技术和过硬的作风,是各国维和部队的典范"。

3

另一面是关于警卫分队累计警戒执勤天数,武装巡逻次数,提供车队护卫、要员护送、伤病员接送护卫和成功处置民众暴力游行、疑似窥探、抵近侦察、埋设爆炸物未遂等报道。

还有工兵分队完成东战区司令部场地平整,孟加拉河运连滩头防御工事构筑,昂松戈尼日尔营区板房架设,废物处置站建设,加奥机场直升机停机坪构筑等多项施工任务的描写。

在一个小角落里,是二级医院接诊及护理病人的信息。

每个主题,都配有不同的图片。

合上报纸,总觉得还是有一些遗憾的。

至于遗憾什么,我也说不大清楚。

那就留下一点猜想吧。

出　征 ——那一些不能忽略的情愫

周末日志

1

当地时间，2015年4月3日，昂松戈。

今天特别热。

估计外温又在40度以上。

昨天晚饭前，架完了最后一套板房。

今天上午，工作便转入防御工事建设。

2

中午炊事班，加了一道硬菜——羊排。

今天的昂松戈，有客人从加奥来。

建筑中队提前派人为任务轮换，准备各种事项的交接。

上午，一班，二班，为尼日尔军建成了320米的防御工事。

三班，把架完的集装箱吊走了。

下午，我们和建筑中队的兄弟，对工具进行了交接。

3

这两天工作任务不那么重了。

我反倒感觉到有点疲惫了。

也许人怕"闲"吧。

闲了,心里就容易杂七杂八的生长野草……

出　征 ——那一些不能忽略的情愫

这里没有"雨纷纷"

1

当地时间，2015年4月5日，昂松戈。

从昨天就开始盼望，今天如果能有一场雨水就好了。

今天没有，如果明天有也好。

明知道不可能的。

明知道"清明"不在昂松戈。

明知道，"清明时节雨纷纷"，是唐代诗人留给后人的忧思。

昂松戈怎么会有这样的盛事？

2

昂松戈，没有清明。

也没有踏青。

清明节，是中国的传统节日。

据说，清明节起源于古代帝王将相的"墓祭"之礼，后来民间竞相效仿，于此日祭祖扫墓，历代沿袭而后成中华民族一种固定风俗。

Part 1 那年那月在撒哈拉

一早,父亲QQ说,他和爷爷正在回老家的路上。

我想象着父亲和爷爷的旅途。

故乡的天气一定有些阴沉或者潮湿。

两天前,一场不大不小的雨。

父亲说,下了几乎一整天呢。

就在这场雨后,街边的迎春和桃李都绽开了蓓蕾。

柔软的春风,必是多情的花市。

不似这40多度高温的昂松戈,粗砺,烫人。

3

父亲和爷爷是去给奶奶和祖先扫墓。

我不知道祖先们的样子。

我只记得奶奶。

今年是奶奶三周年忌日。

奶奶去世时,四月还没有过完。

我还记得就在前一天晚上,自己写下的一则日志:昨天。一位老人。走了……離開了世界,離開了他的工作地點。回收站……他是多麼和藹可親。雖然他一生都沒有享受到榮華富貴。這位無名英雄,卻在我的眼前不斷飄扬(为无名英雄脱帽。敬礼默哀3分钟……好!礼毕。)

我至今还记得那天的场景。

那个在街边捡拾垃圾的老人,突发心脏病。

一个生命那么轻易地折了。

他使我那天的心情很不好。

晚上,我又偷偷走到医院去看奶奶。

奶奶那时已在重症监护室昏迷43天了。

出　征 ——那一些不能忽略的情愫

我隔着一重重的玻璃门站着。

我看不见奶奶。但直觉中，奶奶是能看到我的。

就像现在，我依然看不到奶奶。

但我总觉得，她在某一个地方，是能看到我的，也看得到昂松戈……

Part 1　那年那月在撒哈拉

昂松戈最后一次交接

1

当地时间，2015年4月6日，昂松戈。

今天是驻昂松戈的最后一天。

距离登机回国，还有44天。

在这片沙漠中。

当真走到了最后一天，却都舍不得离开它了。

6个半月，悄然过去了。

太多太多的汗水，写就了撒哈拉的故事。

这是一项巨大的工程。

2

上午的时候。

我们与建筑中队的殷培，提前完成了各种工具的交接。

明天一早，我们将和建筑中队进行最后一次轮换。

明天，我们将在加奥进行，晚点名。

出　征 ——那一些不能忽略的情愫

可能会有一个短暂的小憩吧。

我们32名兄弟，都还惦记着那光荣的"授勋仪式"。

尽管是分队首长为我们"补授"。

可终归是，一生的铭记。

接下去，我们将到超级营地那边。

继续完成后面的施工任务。

据说，还有最后的13套板房。

需要在回国前建好。

3

想想从最开始，孤零零的4套三合一板房和铁丝网式防御工事。

到现在的45套板房林立，到双层沙箱垒筑的防御工事。

不只是人气大增，更有一股昂扬的士气在。

明天就要离开它们了。

这将是我在昂松戈记录的，最后一段文字。

想想最开始，兄弟们打地铺睡，到现在拿板材搭的"炕"。

从以前的一周洗两次澡，到现在天天冲澡，我们的水还会有剩余。

想想曾经拼命赶工，一周完成四套六合一的板房……

想想初来乍到，几袋榨菜凑合一锅捞面……

想想最初的夜晚，那惊心动魄的人蚊大战……

再想想埃博拉在西非最烈的那段惊悚时光……

一天天，竟然就这么过来了。

开始感觉，似在"熬"日子。

哪知过着过着，就把个"熬"字忘却了。

Part 1　那年那月在撒哈拉

回到加奥

1

当地时间，2015年4月7日，加奥。

终于回到加奥了。

就好像，阔别已久。

细想想，三次开赴昂松戈。

累加在一起的时间，也就120多天吧。

跳下昂松戈的战车。

我知道，距离回国，又近了一程。

2

今天到加奥时，已经10点多了。

中队通知，人员简单休整。

我趁机看望了我们的菜地和菜地旁，盛开的无名花。

去了趟小卖部。

给自己买了包烟和口香糖。

出　征 ——那一些不能忽略的情愫

顺路浏览了中队的文化墙。

估计用不了多久，墙报的主题就该转向超级营地了。

营门外，防御工事好像又加固了。

接近中午的时候，母亲问我到没到，在干什么。

我告诉母亲，已经平安回到加奥。

在休息。

母亲给我发送了一个笑脸。

我没有告诉母亲，我累了，这两天。

也没有告诉母亲，我还在惦念着一段没有可能的爱情。

在敲下这行字时，我闭了好一会儿眼睛。

也许，只是想腾空一下自己的情绪吧。

3

吃过晚饭，查看QQ信息。

才想起今天是母亲生日啊！

"妈，生日快乐！"

本想母亲得明天看到了。

没想到，眨眼就收到了"谢谢儿子"的回复。

此时，国内应该是凌晨两点钟。

母亲是突然醒了，还是没有睡啊？

没敢和母亲多聊。

只盼望她能睡个好觉。

Part 1　那年那月在撒哈拉

奔赴超级营地

1

当地时间，2015年4月8日。加奥。

加奥的早晨，还是与昂松戈不同的。

虽然这边，也还是沙暴天气。

因为，加奥毕竟是蓝盔们的"根据地"。

精神上，相对会放松一些。

经过一天的休整后，中队又接到新的命令。

立即奔赴超级营地，抓紧完成14套活动板房的架设任务。

好不容易结束了，昂松戈繁重的施工任务。

本以为回到大本营，节奏会缓慢一些的。

但任务来了，大家依然积极主动地报名参战。

兄弟们都怀有一种同样的决心。

在这仅剩不到一个半月的时间里，誓为马里人民，尽自己最大努力，做出更多贡献。

出　征 ——那一些不能忽略的情愫

2

早晨7点半。

由一辆装甲运兵车开路，三辆多用途卡车分别携带着电站、电钻、梯子等工具，稳步跟进。

中队长和副队长带队共计22人，奔赴超级营地。

临行前，依旧是简短动员——

尽管还有40多天回国，但是，我们中队仍然要保持高昂的士气。

不辱使命，加班加点，完成好这14套板房的架设任务。

大家有没有决心？

我们都齐声喊："有！"

军人的热血和青春，总是爱这样燃烧。

3

现在，马里已进入热季。

白天最高气温，达45度以上。

为了保证任务质量，按时高效地完成联马团东战区交给我们的任务，我们顶着炎热和酷暑，没有一人掉队，也没有一人懈怠和厌烦。

副中队长说，这就是我们中队的作风。

早上7点半出发，中午11点回营区。

下午2点半出发，晚上5点归队。

一天工作6个小时。

加之来回机动一天，又要花去一个多小时。

所以，工作期间，大家基本没有休息。

往往是干完重活，再稍微干些轻活，就算是休息了。

Part 1　那年那月在撒哈拉

致青春

1

当地时间，2015年4月12日，加奥。

早晨，母亲QQ说，就快回国了，是不是把维和日记拢一下，结个集，纪念这段难得的维和经历。

我告诉母亲，工兵分队首长，早有这方面计划。

不是每个当兵的人，都能赶上这样的机遇，代表祖国出国维和。

所以，不光首长有要求。作为我们自己，也都自觉地利用休息时间，默默书写着"在马里维和的日子"。

因为，这点滴的记录，不光属于我们个人，更属于我们这个光荣的团队。

2

从来到非洲马里那天起，各国维和部队经历的恐怖袭击少说也有上百起。

他国维和士兵，都有不同程度的伤亡。

在一个战乱的国度，生活从没有一天平静。

年初的时候，战火也一度烧到了我方营区。

大家全员战备警戒，两天两夜，连炊事班都没有开火。

不只是维和工兵分队，还有警卫和医疗分队。

在那种特殊环境里经受的洗礼，将是我们一生的精神财富。

在那种特殊地域中凝聚起来的感情，注定了我们一辈子都将，亲如兄弟。

维和的8个月时光，大家能够平平安安度过来，能够"一个都不少"，不容易。

作为这支维和队伍中年龄最小的一名90后士兵，我在这个团队中所获得的温暖与支撑，可能就更多些。

分队首长，中队长，指导员，班长，老兵，每个人都有许多许多故事。

别看他们外表，都沙粒一般粗砺。

其实，他们内心最是多情。

他们处变不惊。

他们勇于担当。

他们更是"血性军人"的代表。

3

再有36天，也或是37天。

非洲，巴马科，马里。加奥，昂松戈。

N8公路，尼日尔河，沙漠。

还有营区外孩子们每天玩耍的沙堆，简陋的足球场，断墙，横在路边的枯树。

那条隐藏了很多很多想法的羊肠小道。

还有大家亲手营建的防御工事，板房，花草，三畦菜地，总是迎风而立的那两根高大旗杆……

我现在尚不知道，当真的挥手惜别时，我会不会对它们一一生出些留恋。

此岸与彼岸。

没有了古道，没有了驼铃，也没有了三毛与荷西。

在这躁动不安的撒哈拉腹地，只有一顶一顶的蓝盔，如同平安的音符，涌动在时空交错的行板上。

也许多年后，它将成为历史中的一个册页。

也许，它仅仅就是我们家族故事中一个不断被演绎的"寻常夜晚"。

想到这些零零散散的维和日记，将要结集。开心之余，心底又有些许惴惴不安。

因为笔力稚嫩，因为自己年轻，因为所看到的有限，很怕人误读了那血与火交织的，维和日子。

又想到，兄弟们都有各自的维和日记。

那就让我们遥相呼应，彼此补充和点亮这段特殊的，远在异国他乡的军旅岁月吧。

在感恩岁月让我学会成长，感恩首长给我关心与支持，感恩每一位编辑老师为我指点迷津，感恩亲人无言激励的同时，我会给"维和的日子"，插上一双有力的翅膀。

我相信，不管再过去多少年。

青春的颜色，都不会改变。

出　征 —— 那一些不能忽略的情愫

马里的芒果

1

当地时间，2015年4月13日。

这就是马里的热季。

45度的高温，总是烤得人大汗淋漓。

而昂松戈那边的温度，往往比这里还要高出一些。

可想而知，在昂松戈施工的建筑中队的兄弟们，会多艰辛了。

2

早晨7点半，大家又准时登车了。

开赴超级营地，施工。

只见石健拎着一桶绿豆汤，比我们更早上了车。

坐上车，有了凉风。感觉舒服了不少。

车座上有一兜饼干和茶。

是联合国配发给我们的。

我拿过一袋饼干对身边的石健说:"哎,健健,你怎么知道我没吃早餐呢?"

吃了两块饼干,我突然意识到,石健刚才只是对我笑笑,并没有答话!

他不说话,就证明了一个问题,车上的饼干,不是给我带的。

想到前两天,有兄弟拿东西换芒果的事,石健该不是也去换芒果吧。

3

说到芒果,就不得不提一下了。

现在的马里,刚好是芒果下来的季节。

国内的芒果,长相扁长而泛黄,一看就是熟透了的。

而这儿的芒果,个头儿又大又圆不说,色泽也并不好看,发青。

凭经验就知道,是又酸又涩的那种。

但是,我想错了。

当真剥开芒果皮,咬上一小口,竟然是酸酸甜甜的口味,很好吃啊。

芒果在这儿,十分的便宜。

常常在路上碰到了,花2000西法就能买回一大兜子芒果。

能有20多个。

基本上是一块钱,一个大芒果。

出国前,知道这里少蔬菜。

母亲给我买足了8个月吃的膳存片,以补充身体所需的维生素C。

芒果下来的这些天,每天至少能吃两个大芒。

膳存片就无需再吃了。

我继续嚼着袋儿里的饼干,看着窗外的风景。

而脑海里浮现的,却是石健拿着饼干和茶去换芒果的情景。

出　征 ——那一些不能忽略的情愫

　　车继续往前开着,很快就过了安检,到达施工地了。
　　我们依次走下车。
　　这时,我看见前边的石健飞快地向我们旁边刨掩体的黑人雇员走去。
　　当石健把袋子里的食品分发出去的瞬间,我的眼神一下子定住了。
　　我不禁又想起刚来马里时,我班何丰给墙外的黑人小孩儿递去的饼干……

Part 1 那年那月在撒哈拉

精神之火炬

1

当地时间，2015年4月14日，加奥。

当我醒来时，起床的哨音还没有到来。

而晨曦，也才要赶路的样子。

也就是说，这个周二的早晨，我醒早了。

我又奇怪地梦到奶奶了。

梦到奶奶，也不能说是奇怪。

我只是觉得，这儿，离家实在是太远太远了……

早饭前，我把梦境在QQ里说给了父亲。

父亲说，再过几天，就是奶奶逝去三周年的日子。

随后，我和父亲，没再接续任何的话题。

2

今天依旧是到超级营地那边，架板房。

这次是用了5天时间，眼看两套六合一板房就要收尾。

出　征 ——那一些不能忽略的情愫

按照计划，回国前，还有12套板房有待完工。

地表温度，已经可以"烤"红薯了。

也就是说，这剩下的一个多月，并不怎么好过。

现实不是梦境。

有时一晚上的梦，可能就把一生都过完了。

就像昨晚，奶奶还是在世时的样子。好像她从没有离开生活，我也并不知道她已经不在了。

她还抚摸了我的勋章。联合国颁发给我们的国际维和二级勋章。

她看得那么仔细。特意戴上了父亲给她买的花镜。

我也还像以往一样，弓身在宽大的沙发里，双手托着下巴，静静地看着她。

她似在听我讲述什么。而我在讲吗？我并不记得了。

因为场景是模糊的，像是在这儿，又像是家。

门和窗子满是阳光……

也许我们就要离开马里这片土地了。

从2014年9月16日第二批赴马里维和第一梯队登机出发，到2015年5月20日第二批赴马里维和第一梯队光荣完成维和使命回国，一共247天。

在这247个日日夜夜中，有着数不清的故事。

出发前的宣誓，第一套板房的架成，远赴距加奥营区100公里外的昂松戈任务区施工。

新年，炮袭，游行，授勋，赴超级营地施工，到任务结束。

有太多太多的事，值得诉说。

这些数不清的故事，有的记录成文字，有的记录在心间。

从组建维和大队封闭集训到登机，一共十个半月。

但凡离别，滋味总是很难说清楚的。

能抹平的伤痕，和曾经发生过的不愉快，都将烟消云散。

想到即将就要回到各自的连队，155个，蓝盔兄弟。

再相聚，必将酣畅淋漓。

3

在这247天中，我们中队三次赴昂松戈施工为期120余天，共架设板房55套，营区设施的修建与完善，可以说，圆满完成了联马团东战区赋予我们的任务。

没有辱没使命。

转眼又要登机了，这次登机，不再是背井离乡，而是回归家园。

8个月，像场梦。

梦醒了，曲终人不散。

握在手里的除了这沉甸甸的维和勋章，还有一份深深的情意。

包括对这片土地的。

特别是姑姑作为第三批赴马里维和医疗分队的护士长，即将来到这片荒凉的热土，继续执行维和任务。

姑姑和侄子，既是任务的交接，又是忠诚的延续。

让五星红旗，在这片炙烤的沙漠上，继续绽放……

我不知道，我是需要奶奶这个听众，还是奶奶惦念她的儿孙。

这仿佛是一个仪式。

只是这仪式，让我也有些惊呆了。

加奥的夜色，默默包裹起了这一切。

今晚的梦境，将又是新的。

想到回国后，奶奶坟头，需要培一捧今年的新土。

今年的花开，就会不一样了。

出　　征 ——那一些不能忽略的情愫

青春随想

1

当地时间2015年4月20日。马里，加奥。

天，依然炽热。

脚下的沙地，就像藏着火炭。

吃过晚饭，接到白干事信息，让我赶写一篇演讲稿。

与青春有关的。

青春，我们正逢其时。

想到人的一生，只有一次青春。

也就更加觉得"青春"这两个字的分量。

作为当代革命军人，军人的青春，注定是用来奉献的。

2

想来，在儿时，人人都有着关于青春的梦想。

或成为运筹帷幄的商贾，或成为菩提树下的僧侣，或成为走向时尚前沿的艺术家。这些，都是我曾经想尝试的。

小学的时候，我就在班里卖过薯片，想长大了，我要成为一个有钱人。

初中的时候，我和两个男生写科幻短剧，想制成动漫，搞成一个产业链。

后来，对周易和佛经产生过兴趣，我每天抄写心经……爷爷奶奶以为我学习很用功，每天看着我乐。

后来发现，当初的梦，仅仅是个梦。

于是，挥挥手，走进军营。

因为耳濡目染，从爷爷到父亲，他们每天讲的都是军旅人生。

16集团军工兵团是一支有着光荣历史、英雄辈出的团队。

在团里，我学习关喜志精神，做关喜志传人，在"板凳妈妈"许月华的教育感召下不断成长。

当我团第一次接到维和命令时我便主动报名，可当时我还是一名上等兵，不具备维和资格。

那一年，出国维和的梦，与我擦肩而过。

父亲安慰我说，他这辈子最大的愿望就是出国维和。可当兵三十载，也没赶上维和的机缘。

3

"寻英雄足迹，当打仗士兵，圆家族夙愿"的梦想，就这样在我心中默默扎下了根。

去年7月，当我团接到第二批赴马里维和命令。我再次请战，终于圆了两代人的心愿。

出征前，母亲叮嘱我，把在非洲维和生活中的所见所闻记录下来，给青春留一份别样记忆。

我记住了母亲说的话，每当夜色阑珊之时，我把一天的劳累和所思所感轻轻敲打在电脑上。

没想到，日记在军网连载并被多家媒体转载，使得我们这支维和分队被更多的人所了解。

这是我所不曾料到的。

为什么一篇普普通通的维和日记会引起关注？

对这个问题，我想了很久。

直到有一天，好像是突然明白了，也许是因为我们，没有辜负这美好青春。

Part 1　那年那月在撒哈拉

报告不能耽搁

1

当地时间，2015年4月25日。马里，加奥。

今天，中队去超级营地架板房。

工作日站岗的任务，就交给了留守的同志。

我恰好是这周的第一班岗。

2

今天这班岗，已恢复到刚来时候的样子。

一小时一轮换。

穿着厚重的防弹衣，身上全是汗，迷彩早都透了。

打开岗楼内的电风扇，反而更热，因为吹出来的风都是热风。

只好一边抽烟，一边大口地喝冰镇的雪碧来降暑。

别以为我们站岗抽烟很不正规，不是的。

抽烟是为了提神，不然总有中暑的感觉……

中午的气温常常会达到46度多。

可想而知，在这种环境下工作是什么样子。

尤其架板房打底座的时候，大家必须戴上手套才能拧螺丝。

因为每一块铁疙瘩都是滚烫的。

不管人有多累，腿有多酸，也不敢坐到铁架或地上，宁可蹲着休息一会儿。因为怕铁架和沙地把屁股烫熟。

出发前，带的绿豆汤，常常不到半个小时就被喝光了。

3

当时间过去40多分钟的样子，岗哨外面突然传来"咚"的一声巨响。

我立即顺声看过去，谁知，那里复又平静了。

平静得像是什么都没有发生。

连一缕灰烟都没看着。

等了片刻，我问一旁的何丰班长，刚才的那一声响，会是什么东西爆炸了？

何班长瞅瞅我说，应该是手榴弹。

看着老班长气定神闲的样子，我心里很是佩服。

我问班长，那咱报告不？

班长说，没事，这爆炸声不是常有么，再说也没炸到咱这儿。

我刚想说，值班守则不是说……

可还没等话音落地，对讲机就传来喊声："二号岗，二号岗，刚才是否有爆炸声响？"

"二号岗收到，在我营区西北方向有爆炸声，据推测，应该是手榴弹。"

"注意警戒！发生情况要及时汇报！"

"是！"

我和老班长对视了一眼，我们两个都忍不住笑了。

Part 1　那年那月在撒哈拉

奉献自己最后一份力量

1

当地时间，2015年5月4日，加奥。

今天，我们要修建一条5米宽20米长的水泥路。

这是到超级营地施工的最后一周了。

对架了7个多月板房的我们来说，修路是个新鲜活儿。

全中队只选了10个人去修路。

中队其他人员，进行装备的保养和营区内防御工事的修补任务。

2

天还是一如既往的热。

不，还是应该说"极热"，更确切。

刚到达施工地点，我们都傻眼了——

原来，是在两套板房之间铺水泥路。

板房上面都封好了顶，搭好了架。

而运送水泥的"两头忙"根本进不去。

看来，只能靠小推车运水泥了。

班长石天宝和中队长研究了半天，最后确定了一个最佳施工方案。

做铁条，刮平沙地，打地基，到和水泥的比例，应该是方方面面都考虑到了。

随后，各项工作都井然有序地展开了。

干活累了，就喝一口炊事班特意冰冻的绿豆汤解暑。

绿豆汤是凉的，但喝到心里是热乎的。

3

中午的时候，在班里留守的启明说，他们擦了一上午枪，下午还要修补班级把头儿的沙墙，真不如跟我们出去干活痛快。

我笑笑说，都是头顶烈日、脚踏黄沙，在哪干还不都一样。

想到在超级营地门口，又看到前两天被炸的多用途卡车。

现在马里局势还是不太平，万一哪天真打起来了，你们这辛苦修筑的沙墙就有大用处了。

启明也笑了，说，是啊，别看我们马上要回国了，但还有下一批维和兄弟们呢，怎么说这防御工事也是我们的一道"生命线"啊，放心，凡是涉及到安全的问题，咱都不会放松警惕的！

一天的时光，说过就过去了，即使快回国了，但大家仍然没有对自己，没有对工作放松，都在保持着高质量、高标准，愿为维和的最后时光，贡献自己最后一份力量。

Part 1　那年那月在撒哈拉

父亲的营养

1

当地时间5月9日，马里，加奥。

还有一周多时间，就要离开非洲了。

回国的各项准备工作都在有序进行着。

清理物品，打点行囊，装箱。

将要带走的，将要留下的，都已分门别类。

昨天和姑姑QQ。

得知她们将于21日这天傍晚从大连周水子机场登机，飞往巴马科。

而我们则是在20日启程离开加奥，飞往巴马科。

这样推算的话，我和姑姑在巴马科可能会有一次"相遇"。

就像上一次，我们和第一批维和工兵分队对接。

不过是一个等候登机回国，一个是等候转机去加奥任务区。

时光交错的时刻，似一代又一代人的悲欢离合。

出　　征 ——那一些不能忽略的情愫

2

昨天母亲已经提示过我了，今天是父亲生日。

母亲大概是怕我忘了。

虽然觉得男人可以粗线条些。

但那一句祝福，总还是不能节省的。

父亲，生日快乐！（原谅我，不习惯用"亲爱的"这样的字样，虽然你是我最亲的人，总觉得男人应该把更多更多想说的话，留在心里说）

3

父亲16岁当兵。

也算是把自己的一辈子，交给军营了。

我知道，父亲热爱部队。

他对部队的热爱，甚至可以用"特别"来形容。

我小的时候，父亲对我来说，是个"陌生"的人。

因为他很少在家。

在我的记忆中，爷爷评价父亲，"爱兵如子"。

而奶奶评价爷爷，用的也是这四个字。

我不知道爷爷当年对父亲什么样，但一想到父亲小时候几乎是在老百姓家长大的，就知道爷爷和父亲平时的"亲密"程度了。

我呢，我和我的父亲？

一个和兵在一起，总是多于和孩子在一起的人。

想来父与子的隔阂总是有的。

我对父亲的感情，可能还是在百年一遇的那场洪水中才建立起来的。

一直在抗洪前线坚守着的父亲，让我体会到了什么是惦念。

Part 1　那年那月在撒哈拉

因为关喜志（关叔叔）就是在那次抗洪抢险中牺牲的。

我知道，父亲视他如手足。

那时并不能体会这种兄弟之情。

维和的这8个月，亲身经历了战火硝烟，也就理解了父亲的话。

也就理解了父亲对部队的感情，还有对军人荣誉的看重。

出　征 ——那一些不能忽略的情愫

祖国，我就要回来啦

1

当地时间，2015年5月11日，加奥。

当晚霞收尽最后一缕光焰，当街区的一切声响都安静下来，当时间自信地指向某一个时刻。

我知道，在马里加奥的日子，就剩下短短的一截了。

可能是10天，也可能是9天。

我们的行程将从加奥转向巴马科，然后从巴马科转向我日思夜盼的祖国。

我们就要大声喊出，祖国，我回来啦！

2

今天，建筑中队也从昂松戈班师回营了。

这就意味着我们工兵分队在昂松戈的工作任务圆满结束。

同时还意味着，我们已经进入了回国的最后准备阶段。

听说我们回国的时间，和孟加拉部队那边的轮换，撞车了。

也就是说，设在巴马科的过渡营，将由孟加拉部队暂住，我们只能自己带帐篷。

上午，我们中队去库房卸出12顶帐篷。

为了保证到达巴马科后，12顶帐篷都能完好顺利地"出勤"，我们中午都放弃了午睡。

兄弟们顶着炎热酷暑，加班加点。

3

晚上的时候，突然看见牛志华拿着一张纸在那儿聚精会神地看，时不时还在上面认真地画着道道。

平时这个时候，他早去健身房锻炼了，这还是头一回见他在屋里老实儿待着。

这是干啥呢？

凑近一看，才知道他在背题。

想起分队这两天，要组织一次党员考试。

想自己就要从一名预备党员转为正式党员了，心里竟也沉甸甸的啦！

出　征 ——那一些不能忽略的情愫

关于今天这个日子

1

当地时间，2015年5月15日，马里，加奥。

今天的马里，天气晴好。

其实，马里的天，大都这样晴着。

偶尔，姗姗迟来的一场雨水，也就弥足珍贵。

早晨，不等太阳升上来，人就醒了。

19年前，一个人向这个世界怯怯地报到。

说"怯怯"，是因为听母亲说，我出生的时候差点儿没命。

一个人在急救室待了七天，我才和我的亲人们"团聚"。

虽大难不死，小时候却一直体弱多病。

所以我的母亲，要比别人的母亲更多一份不容易。

所以，我很怕母亲的眼泪。

所以，更多的时候，我都是"听话"的孩子。

2

QQ空间里，生日的祝福，已经水涨船高。

阳仔排在第五个。

阳仔是我班长。

我出征马里的时候，他正在军校的课桌前挥洒自己旺盛的青春。

阳仔是大学生士兵提干的，比我早出生10年。

阳仔曾带领班级兄弟偷偷喝过一次酒（喝酒的理由，我忘了，应该是为安抚某一个受了创伤的兄弟），结果，就要结束的时候，不幸被导员发现……我的班长包揽了一切责任，一顿写检查。而我那时刚好在厕所里，幸运地躲过一劫。

阳仔与兄弟们的关系，从此由班长升级为"哥们儿"。

从此，我们对班长，言听计从。

从此，我知道，班长的智慧是先"收买人心"。

3

早饭后，依旧是个人准备，收拾物品，工作总结什么的。

班长问到在评功评奖问题上，个人有什么想法。

我说，没想法。

经历了8个月的艰苦磨砺，硝烟洗礼，我坚持下来了，这也许就是最好的收获。

想起母亲一早发在QQ里的生日留言，我觉得人生真的没有什么比用心成长自己更重要的事了。

母亲说，儿子今天是你19岁生日，它是你人生的又一个跨越，妈妈希望你，也祝福你，如意吉祥。心胸开阔大度，要容忍不要计较，要多成人之美，多给人以帮助和温暖。人在生活中都不容易，学会理解关爱，要经得起挫折和考验，就像课本里学的天将大任于斯人……吃得苦中苦，方能领略各种滋味，有历练才有收获和担当。近一阶段，因为维和日记，听到许多对你的赞誉，作为母亲，我都怀着感恩的心，把这看成是对你的激励和对我的安慰，我以你为荣，也心怀忐忑。因为人们期望越高，就意味着你要比别人付出更多。从做人到做事，都要努力完善自己，不要辜负这些美誉。不管别人怎样点赞，作为我们都要有清醒认知，尤其要看到自己的差距，时刻警醒自己的言行。别浮躁，学会沉淀，一定要有好样子。认真踏实，遵守纪律。多读书，丰富自己，一身正气，阳光向上……

与其说，这是母亲送我的生日祝福，不如说是她对我的"人生戒律"。

Part 1 那年那月在撒哈拉

踏上回国的旅途

1

当地时间，2015年5月22日，巴马科。

今天，是先遣分队在西非度过的最后一天了。

昨天，我们已从加奥安全飞抵马里首都巴马科。

刚到巴马科的时候，我们仿佛农民进城。

连看见各种各样的小房子，都感觉很新奇。

巴马科是座古城，历史悠久，依山傍水。

青翠的芒果树，高大的"火焰树"，随处可见。

尤其夜晚的巴马科，灯光初现的时候，还是很美的。

2

回想我们苦战了8个月的加奥与昂松戈，就像是它的另一个世界。

在从加奥飞往巴马科的两个多小时行程里，思绪一直处于激动和兴奋中。

像来时一样，眼前闪过的是送行的人群，是笑脸，是叮嘱，是心领神会。

是一周后，我们在祖国，以同样的喜悦，迎接他们。

昨晚，我们是在过渡营渡过的。

过渡营，还是头一次领略。

四五十人挤在一个大屋里，仅有两个电风扇来散热，热得根本睡不着。

快到凌晨三四点钟了，困得实在不行，才睡了一小会儿。

白天，我们焖了一大锅米饭，打开柬埔寨的单兵自热，就当是菜了。

离家越来越近了，其实少吃或不吃，也并不觉得饿。少睡或不睡，也不觉得困了。

高兴啊！

3

一早吃过饭，我们就出发到机场了。

在巴马科候机楼等候第三批，赴马里维和分队的飞机。

我们的先遣队与第三批的先遣队，将在此完成交接。

一方飞往加奥，一方飞往祖国。

我的心情自然是不一样的。

因为第三批维和队员中，有我的姑姑。

我和分别了8个月的姑姑，将在这里相遇。

当然，相遇是一定的，但能不能见面还得看时间和机缘。

我把能留下的东西都留给了姑姑。

我还给她买了一大袋最好的芒果。

这样，她一到加奥营区就有水果吃。

她一定会和我刚到马里时的心情一样，我希望她也有这种感动。

就像我刚来时，上一批队友留给我的那些感动。

一样的八个月，这种温暖的延续，还是很有意义的。

Part 1　那年那月在撒哈拉

回家真好

1

北京时间，2015年5月23日，祖国。

我们回来了。

到处都是故乡的味道。

到处都是繁荣的景象。

到处都是亲切的身影。

踏实，喜悦，幸福，自豪……

2

当飞机从巴马科经巴黎到达新疆乌鲁木齐，我们使劲儿呼吸着来自祖国初夏的微风，那种凉爽，真是心旷神怡。

飞机一停，我立即开机，给母亲打电话，报告平安到达国内的消息。

母亲大概没想到我会打电话，听见她的应答，满是惊喜和激动。其实，听见母亲久违了的声音，我又何尝不是呢。

说到这儿，我要感谢姑姑。

幸好她准备充分，当我们在巴马科相遇，我把我在马里用的电话卡交给姑姑，便于她和国内保持联络。

没想到姑姑也交给我一张卡，说等你飞到国内，第一时间就可以用它给你妈妈打电话了。

我们握着彼此的电话卡，除了心有灵犀的对视，好像再没什么话说了。

3

飞机再次从乌鲁木齐起飞，到达长春龙嘉机场时，晚点了近20分钟。

还好，不算太晚。

因为这几天都没睡好，按说兄弟们都该睡着了。

可我发现，睡着的人并不多，大多数人似都在想着些什么。

晚上7.30分左右，我们的飞机平安抵达龙嘉机场。

当我拨通母亲电话，告诉她我到长春了。

我问母亲在哪儿呢，母亲竟幽默地告诉我，"她远在天边！"

当机上安检完毕，我们准备按序列下飞机时，我突然看见母亲就站在机舱里！

她的脸上是笑，她的目光里有寻找。

母亲看见我的第一眼，说的第一句话是，"儿子，太瘦了。"随后，母亲又说，"长高了！"

我本能地伸出手去，塞到我手中的是一块巧克力。

当我接过巧克力的瞬间，我好像又变成了一个不谙时事的孩子。

我看见母亲胸前挂着的新闻采访证。

明白了她之所以进来的原因。

当身边的战友一一和母亲招呼着，我看见母亲笑着一一回应着、问候着。随后，我看见她的眼圈红了，湿了。随即，母亲将脸转过去了……

她一定是想到了更多母亲,在这240多个日夜的牵挂和担忧。

此时,一切都已平安着陆。

她一定是在心里代替所有的母亲,在庆幸。

我知道我的母亲,她有一颗美丽的佛心。

Part 2

我的新兵兄弟

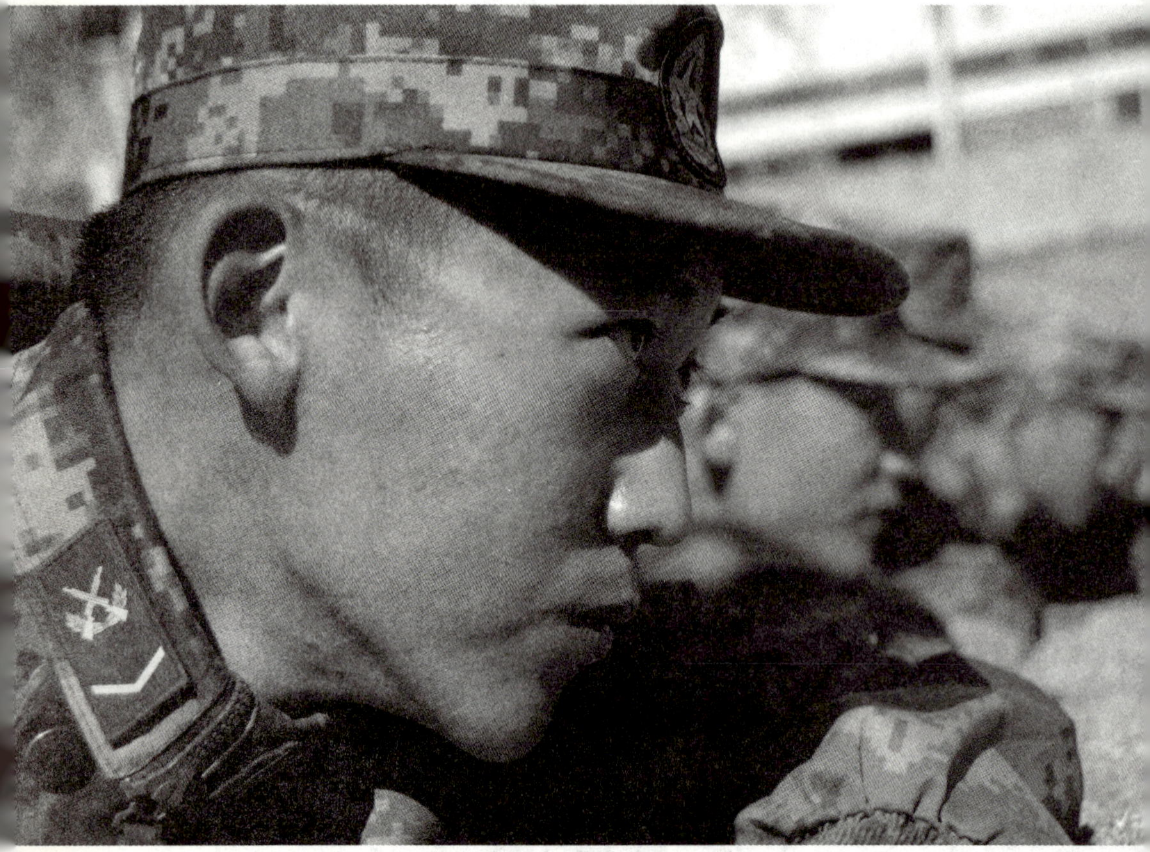

Part 2　我的新兵兄弟

一拆一叠，磨砺好作风

2015年9月10日，今天是新兵来的第一天。

我们排一共四个班，通过抓阄，我班有幸被分到了一个，他叫王善举，一米七七的个儿，虽是东北人，但从长相看，典型的南方兵。询问祖籍，果真，老家是江苏的。

今天是我小值日，等收拾完食堂回宿舍一看，王善举没了，这把我吓得够呛。

听到大教室有动静，过去一看，原来他在叠被子呢！

说实话，这是个意外。我没想，也不敢想，作为一个刚到班级不到一天的新兵，对周围环境还不熟悉，竟能主动跑到大教室自己练叠被子，这让我心里特别感动，兵上进，作为班长能省不少心。

我赶忙走到旁边蹲下，教他怎么压有型好看，叠好后怎么抠角，怎么掐线，一直到怎么摆放。

我突然发现新兵班长并不是我想像的那么好当，正像我们新兵营长计永刚说的，新兵班长那五天假，不是那么好休的一样。当班长不光要有耐心，还得有智慧，新兵来了就像一张白纸，部队的一日生活制度、组织纪律、人格品格等等，都得一笔一笔画上去，画要有基准线，偏了歪了，以后就很难纠正了。用团首长教导我们的话说，你们当班长的是兵的第一任老师，可不能误人子弟啊！你们都是从新兵这个起点一路走过来，想想你们的兵之初，最希望遇到什么样的班长，那个班长，就是你们现在带新兵的样子！说一句最到家的话，你们这些新兵班长平常啥样，带出的兵就啥样！

王善举突然问我，班长，你说军人为什么非得折腾自己呢？

他觉得一床军被，就这么拆了叠，叠了拆了的，真是浪费青春。

我问他，你说我们天天都要吃三顿饭，有没有必要？

他说，两回事儿啊，吃饭是为了身体需要。

我说，叠被子磨炼个性，也是作为军人的特殊需要。这一拆一叠，练的是沉稳思考，轻重权衡，也是改造习气。我们在家的被子，都是父母给收拾，我们习惯了把什么都甩给父母，还觉得是应该的。这到了部队，不说从头开始做人吧，也差不多。

我问王善举，父母舍得把你送到部队，为啥呀？

他说，来锻炼锻炼呗，他们希望我在部队能有出息。

我说，就像这样一步一动，扎扎实实做起，就能实现父母的期望。

一上午很快就过去了，王善举虽然心里有"问号"，但还是很认真地在那儿拆了叠，叠了拆，反复练习着。看得出来，这样的兵错不了。

我后来从班里搬了个马扎凳，边写日记边陪他。

现在的新兵都是90后，甚至是95后。有思想，个性强。优点多，但毛病也不少。

新兵班长主要工作是教，是引导。激发出他们身上一点一滴的闪光点，让他们尽快从一名地方青年转变为合格军人……

前几天看到一句话，写得特别好，我把这句话印进了我们每名新兵班长都有的一个小简介里，我的带兵格言是：处事不必求功，无过便是功。为人不必感德，无怨便是德。

Part 2　我的新兵兄弟

进了一个班，就是亲兄弟

2015年9月12日。微风。昨天，我们一共迎来了两批黑龙江的新兵，每一批新兵基本上分到我们排时都是两三个人。今年这批新兵一共是八批六个省，到昨天为止，黑龙江省就已经来了三批次了。

我们班又来了新成员，叫李响。听说在家时爱打游戏，有点贪玩。这是很多95后新兵的特点。新兵来的第一件事是分班，为了避免出现好兵抢，差兵躲的情况，我们排四个班长协商了一下，就用抽扑克牌的方法分新兵。就是排长把新兵领上楼，集合到大教室后，一个班长手中拿四张扑克牌，从红桃A到红桃4，打乱顺序，新兵抽到几，班长就领走自己的兵。

因为我是排里的一班，就像前天的王善举，昨天的李响，这都是抽到老A，才到了我的班。到班后，班里有个简单的欢迎仪式。先列队鼓掌欢迎新成员，然后互通姓名。再然后，我们彼此搭住一个人的肩膀，围成一个圈儿，吼一声"一班的兄弟，加油！"我想通过这种方式让新兵知道，我们一班是一个温暖强大的集体，不是单兵作战，心里要有集体意识。然后是帮助新兵整理床铺。

出　征 ——那一些不能忽略的情愫

这新兵来的第二件事，就是洗脸。我在班级门口摆上凳子，放上一盆热水。让新兵先洗把脸，既是为了解乏，也是去去尘气，当然也暗含着"洗心革面"的意思。既然都说部队是大熔炉，那么大熔炉肯定有大熔炉的锻造方法，我希望我们班的兵，都能干干净净地从头开始，成为一个出色的兵。

这第三件事，就是喝一口现打的热水，润润嗓子，消除到一个陌生环境里的紧张，更有暖心的意思。新兵初来乍到，紧张，疑心，自我保护，是一种普遍的心理现象。我希望一班能给他们家的感觉，让他们尽快安心，进入状态。

晚上6点，我们班又分到一个吉林辽源的兵。吉林辽源，曾是我们这些新兵班长集训的地方。15天的新兵班长集训，可以说是我军旅生涯中非常重要的一个转折点，当然也是一个加油站。

这最大的变化，还是心态的变化。以前是管好自己就行了。可当了班长，就有了责任。就得学会操每个人的心，想每个人可能想的事儿。像我老班长教我的那样：凡事预则立，不预则废。

新兵营最大的一件事儿，就是不准有打骂体罚，更不能"跑兵"。想想我当新兵那会儿，思想今天一个波动，明天一个波动，有时睡前还好好的，可睡醒一觉情绪突然就变了。从无拘无束，到处处是约束，要想实现从社会青年到军人的这种转变，并不那么容易！

作为班长，虽然年龄上差不了多少，但因为比他们早到部队几年，就要做到像兄长那样，处处给他们关心和指点。感化于无形。语言要暖，不能伤人。关心要实，不能整虚了。即使批评，也要因人而异，考虑每个人的理解和接受能力。

想当初，我也没怎么想在部队长干。现在，不光转了士官，还当了新兵班长。不仅自己适应部队生活，还能去教别人如何适应环境。从当初被

Part 2　我的新兵兄弟

开导的对象,到今天去开导感化别人,这是我的兵之初想都不敢想的。

所以,我很感谢那些一路带我走过来的老班长。我也很感谢这些新兵,他们就像我的一面镜子,让我懂得感恩。让我学会了怎么才是关心和爱护。

和新兵一起成长,也是一门学问。

出　征 ——那一些不能忽略的情愫

带兵需要欣赏的眼光

　　2015年9月13日。今天是我们排站白天的连值日。上午十点,坐了两天一宿火车的陕西兵也到了美丽江城。
　　现在,天越来越凉了,不知道这批陕西兵能不能适应东北环境。
　　我班也分了个陕西兵,眼瞅铺就要住满了,心里越来越高兴。班里的欢迎仪式越来越热闹,掌声也越来越响。
　　平时晚上熄灯后,照理是不允许讲话的,考虑到怕新兵夜里想家,我主要以调节情绪为主,以便他们尽快融入进来。
　　说到就寝,不知怎么的就聊到了晚上睡觉的习惯,李响说他在家的时候通常都是两三点钟睡觉的,一睡就睡到大中午。
　　这时,姜佳言说,你们早点睡啊,要是在我之后睡就够呛能睡着了。
　　李响接了句,你睡觉打呼噜啊?
　　佳言有点不好意思地说,我也不知道,住校时同寝说我打呼噜。
　　李响又说,那我晚上梦游,要是半夜摸你们,你们都别害怕,也别叫醒我。
　　这时候,善举也不甘落后地说,我晚上睡觉好磨牙……

好嘛，这一帮子兄弟晚上睡觉都不老实。

我说，赶紧睡吧，我晚上还有岗。

他们就问，那班长你站多长时间，几点到几点啊？

我说，第五班岗，80分钟，也就是2点50分到4点10分。

他们又问，那过两天，等新兵都到齐了我们是不是也得站岗啊？

我说，你们不用站，咱新兵三连十三个班长轮换，一晚六班岗。

我又顺势说，你看你们班长多辛苦，白天得教你们，晚上还得站岗。你们对我，是一对一的思想，我对你们就是一对N个的思想，这一闭眼就得想你们明天训啥，都有没有什么心理状况，每个人安排多大的训练强度，标准都是什么样，总得循序渐进吧，谁都不能一口吃成个胖子。

李响马上理解地说，那班长你快睡吧，我们也睡，快都别说话了。

就这样，宿舍很快静了下来。

凌晨2点35分，三排班长张令辉来叫我岗。

我起床，先查看了一圈儿，人都在，也没听见打呼噜磨牙梦游的情况。

回想他们睡前说的那番话，我忍不住笑了。

如果你用欣赏的眼光去看每个人，就会发现每个人其实都很可爱。

乐新兵所乐

2015年9月15日。晴朗。

都已经忘了今天是星期几了，时间仿佛不像以前那样重要，追溯到昨天晚上6点半，我班最后一名新兵到齐，河南人，城市兵。

由于我有岗。下午训队列，我把我班打散，安插到各个班训练。俗话说，偷师学艺嘛，集百家之特长，取长补短，这样准没错。

这分配也是有讲究的，我特意把李响分到了二班，让他发现自己身上的不足，改改自己的习气。

回来的时候，我问他，是不是挨"骂"了？

他说，嗯。

我看着他笑说，嗯，那记忆一定深刻，等我下岗再和你细说……

在带新兵的过程中，我通常是边教边问，让他们学会举一反三，然后，互相教、互相学、互相补充。

比如来了一个新兵，我来教第一个人怎么系一字形鞋带，之后，就由第一个新兵教第二个新兵，让他们人人成为教学者。

再比如，昨晚临点名前，我把全排新兵集合起来，统一教了一下军装

Part 2 我的新兵兄弟

的正确穿着。碰巧有一个昨天晚上刚到的新兵理发去了,回来时,我让他站在前面,然后让其他新兵挨个说一下这名新兵着军装出现的问题,这既检验了新兵们是否掌握了着军装时易出现的问题,更重要的是调动了大家的主动性,不光让他们去看,去听,更重要的是让他们去想,去思考,将一堂课讲活了。

明天就是所有新兵到齐的日子,有期待,也有紧张。

新兵营这三个月有三个期,第一个就是开训前一个月,转型期。第二个就是从10月中旬到11月中旬,为过渡期。最后就是半个月的下连期。能不能让所有新兵从一个地方青年转型为一名合格军人,这接下来的每一天,都尤为重要。

现在,总的说来就是一切都在逐渐步入正轨。我班每个新兵至少都知道了自己该办什么事,每个人都有了自己的短期目标,也在向长期目标而努力,班级自然也是蒸蒸日上。

就说这站队集合和内务卫生吧,我班已经好几次遭到连、排长的表扬了。

新兵们乐,我当然更乐。

点评的是新闻，锻炼的是自己

2015年9月20日。今天是星期天，前两天事情有点多没有及时记，怕时间长忘了，今天顺便把它记录下来。

从9月18日开始所有新兵就来齐了。以黑龙江、吉林、陕西、河南、山东、湖北，六省八批次集结，其中黑龙江三批，其他各省各一批。从9月10日到18日，我们工兵团新兵营也算组建完毕。

自打13日开始，生活就接近正轨了。每天早上，出完操，都要打扫分担区卫生。北方的秋天，真是"一叶知秋"，五彩缤纷的落叶，好看是好看，但扫起来也很麻烦，像是总也落不完似的。

17日那天晚上看新闻联播时，有个新闻讲评，我们排自己组织的，这让大家始料未及，绝大多数人都没有思想准备，因为我们要求看新闻时练坐姿，所以大家的注意力更多在练坐姿上。

回到班级后，我跟他们说，不要小看新闻讲评，这既是考验，也是锻炼。

那晚，我拿出了我的维和日记，给大家读了一篇叫《上"蓝盔讲坛"》，讲的是我第一次在战友面前登台演讲，讲"三个感恩"的故事。

Part 2　我的新兵兄弟

意思是告诉大家，不管你在台上讲得好不好，战友们都会给予你鼓励和欣赏。让大家不要怯场，要勇敢地站起来表达自己的观点。

结果，到了第二天晚上新闻讲评时，我班新兵都发挥得特别好。

晚上开班会，我总结说，你们一共有四个让我没想到，一是没想到李响准备得这么充分，二是没想到佳言反应这么快，三没想到刘新能上台，四没想到全班都上台讲评，你们每个人都是优秀的！真棒！

今天是周日，一周的结束，也是新一周的开始。

早晨扫室外分担区的时候，我就在想，既然想把新兵生活的三个月记录下来，那莫不如大家一起写，就以"班长眼中的新兵"和"我心中的班长"为主旨，这对大家来说，肯定是一份难得的收获和回忆。

晚上给母亲打电话，说到我的设想。母亲说，及时把新兵们的点滴进步，邮寄给新兵父母，让父母能够随时了解孩子在部队的成长，让家长放心，这是件好事。得到母亲的鼓励，我和大家讲了想法，大家都很响应。

今天发生的事特别多，不，应该说，自从当上新兵班长后，每天事情都特别多。以后，再慢慢细说吧。

让父母省心是最大的孝

2015年9月21日。今天是周一，下午站岗来着，心里一直想着我班那几个新兵，能不能因为表现不好，挨训。

下午2点钟，全连带到训练场，3点钟带回，回来后上教育课。今天是新兵班长们给大家上课，刚上课没多大一会儿，十三班长郭丙峰就来换我岗。上到三楼，碰巧看到一个新兵家长来了。听说是这名新兵想回家，他妈妈就来了。

我就借机给这名想回家的新兵讲了我的故事。

那时候我是上等兵，马上面临签士官了，我当时想回家，那时候我也有自己的想法，想回去做生意。但是所有人都做我思想工作，让我留。连长、指导员天天找我谈话，当然也包括我的亲人。后来，我被他们说动了。那天，我就给我爸打电话说，这次听你们的，签士官，三年到期我就复员，那时你也别再操我的心了，我这也算尽孝了。

看他不说话，我继续说，我那时也不太理解父母的心情，让父母没少操心。可什么事都得追根溯源，你也问问自己，父母为什么非让你到部队来，是不是因为你岁数小不定性，成天玩，你父母怕你在外面惹麻烦？

Part 2　我的新兵兄弟

看他把头低下了，我继续说，现在咱把根儿找到了，接下来就是土壤，部队是块土壤，回家上学也是一块土壤，这个茎就是你的路，开的花，就是你的结果，你的收获。那该怎么办？现在是不是应该跟你妈妈说，妈我错了，我知道自己这样不对，您放心回去吧，我保证在部队好好干。我又指着营区外面的围墙说，有的人看它并不是障碍，目光能越过它看见对面的马路，看见摆摊叫卖的小贩，看见对面的人家在做饭。而有的人看见的就是一堵高墙，感觉处处都不自由。这就是看待问题的心态，我妈妈曾经跟我说过一句话，"一切困难都会过去"，我希望这句话，也能带给你一点启迪。

"班长，你说得真好。"这时他提出借我手机，说要给家里打个电话。他说的是河南话，我听不大懂。他通完话，把手机还给我后，像是自嘲地笑一笑说："班长，让我再想想。"

我说，可以再想想，能做到无愧于心就好，记住，"百善孝为先"，人在做，天在看，不孝，又怎么能顺呢！让父母省心，就是最大的孝！紧接着，我就听课去了，这节是9班长张令辉讲内务条令。上课的时候，要求班长坐在新兵前面。我后面三路分别是十班，十一班，十二班，十三班其余补齐。

我们已经连上两节课了，大家还都挺胸抬头坐得很端正。

这时候，电话震动了，我看是个陌生号码便挂了。

下午4点50分跑体能，这时才想起还有电话这个茬儿。回拨过去，那人问我是不是认识个新兵，他妈来部队了。

我说是，他说他是出租车司机，他妈妈来这两天总坐他车，他妈给孩子留了封信，让我找到他然后给他回一个电话。

我一下子哽咽了，我能想到一个母亲，得下多么大的决心，鼓足多么大的勇气，临走前不敢看自己孩子一眼，而把想说的话都留在字里行间，让孩子醒悟。我也能想象到，孩子如果不安心，于母亲来说，内心承受的将是多么大的折磨……

多希望每一个新兵，都能明白母亲的心情，在部队好好干，成长为一个让父母放心的人！

Part 2　我的新兵兄弟

军歌，要用心去触摸

2015年9月22日。今天是正式开始训练的第二天，是我开训的第一天。

早7点半到11点，下午2点到4点50分。六个半小时的队列训练，喊了六个半小时。喉咙都已经哑了，从未想过站在前面训练别人也这么累。

以前被训的时候，感觉班长很轻松。纠正纠正动作，累了，就走两圈，并不是什么难事。但是，当真正站在前面，看着连齐步走都走不齐的队列，无论怎么说、怎么教，还是有不会的。那份焦急，就不用细说了。

你如果说，"错了"，他们还常常觉得自己没错啊！只有走到他身前，把他的痼癖动作纠正到位，他们才会"啊"地一声说，班长，原来是这样啊！

每堂课45分钟，一上午4堂课。

因为怕他们训疲了，在每节课中间都有15分钟休息。利用这个间隙，我都组织他们唱唱歌，或表演一个才艺，帮助他们放松紧张的心情。这种课间放松的效果不错，常常在听到哨音后，大家还恋恋不舍。不过，在接下来的训练中，看得出大家都很努力，也确实有很明显的进步。

晚间看完新闻后，是组织学歌。我们工兵团的团歌——《勇士工兵》。

出　征 ——那一些不能忽略的情愫

一听到这首歌，我便想起了我的兵之初。

这首歌，到现在，词虽没变，但韵味变了。

也许是我变了，从当时幼稚的新兵到现在成为一名新兵班长。也只有在这时，我才找到了这首歌的魂。据说，这首团歌是著名词作家胡宏伟写的。

歌词是这样的：

逢山开路，遇水架桥，我们开辟进军大道，进军大道。

炮炸不断，浪打不摇，我们铺筑胜利大道，胜利大道。

嘿！嘿嘿！特别能吃苦，特别能战斗。

开路先锋，光荣写满水长山高。

铁肩担神圣，热血铸忠诚。

勇士工兵的风采，在军旗上闪耀，在军旗上闪耀，在军旗上闪耀。嘿！

全连解散的时候，我留下了我们排新兵。

我讲述了我当初听这首歌和现在听这首歌的不同心境。

我希望能够通过我的心理感受，把我对工兵团精神的理解讲给他们听，让勇士工兵的风采，能够在我们中传承下去，让每名新兵都能用心触摸到，这不朽的军魂，并奉献自己的一份力量。

Part 2 我的新兵兄弟

经历和阅历不是在课桌上堆出来的

2015年9月25日。新兵营从上周起一切就都步入正轨了。

因为各班新兵都分了好几个批次才到齐,即便是早到一天,也相当于比后来的人早当了一天兵。

俗话说,先闻到"味"的,自然就比别人多了"发言权"。

这不,从周总结中就看出一二了。我还是"晒"两篇再说话。

这篇是王善举的。他是第一批第一个来到一班的新兵。也是我新兵日记中出现最早的主人公——

刚到部队一切都是陌生的,初来乍到小心翼翼地保护着自己,生怕自己犯错,我们就像初生的婴儿。在这里我首先见到的是我的排长,不过还没有太多接触就分了班,班长把我领回班级,才发现我是第一批来的,正准备接受上下级观念的洗礼,结果让随和的班长把我的心理防线全部打破,听到的一切和看到的一切,心里总是在对自己说,原来部队是这个样子啊!

出　征 ——那一些不能忽略的情愫

很快，我们就迎来了一个又一个战友，他们刚来的时候跟我一样小心翼翼，不过他们很快就放开了自己。其实我心里多想第一天来的时候就有战友陪我，独自面对班长的那个晚上，我还真有点害怕。班长说，在部队每天都是在过"重复"的生活，把重复的生活过好了，就是不简单了。话听上去有点玄，但我知道这样的生活，将是我以后每天都要面对的。不过，这几天，我和我的班长、战友相处得特别融洽，特别开心，也是我以前没想到的。伴着班长的训斥（偶尔）和同一个屋檐下战友的嬉笑（经常），这样的生活，就好像痛并快乐着的酸爽。

来这里，我们真的会学到很多东西，因为这里有形形色色的人，还有许多想也想不到的事，在统一制度和条令条例下，似百花盛开在我们无处不在的生活中，等待着我们去观察和学习。对于这10天的部队生活，虽然我还没有全部适应，懂的也还比较少，但对班长和战友间的情谊，是不需要用语言表述的。对于这周的总结，我只想说，感谢上天让我来到部队，遇见你们！

这一篇是姜佳言的——

在响亮整齐的掌声中，我走进了军营。我们来自吉林辽源的25个新兵，集中在一起等待前方干部点到自己的名字。

"姜佳言。""到！""新兵三连四排。"

跟随排长走向三楼的一间大屋子，楼梯上站着比我早来的战友。热烈的掌声，表达了他们内心中的热情、友善，以及对新战友的欢迎。排长带了四个新兵，我们排有四个班，抽取扑克牌分班时，我抽到了"A"。

没来部队前，身边的朋友都传老兵怎么欺负新兵，让我内心甚是恐慌。但来到部队之后遇到的战友和班长，都让我没想到。战友都特别热心

Part 2　我的新兵兄弟

地帮助我，耐心地指导我，让我迅速融入这个大家庭。

第一眼看到班长时，没觉得他是非常活跃风趣的人，刚来到楼上看到他的时候，他一边鼓掌，一边说："开心啊，都开心！"配合他笑容茂盛的面孔，我心里就一个字："逗"。分到他班后，我紧张的情绪荡起了涟漪，"这以后的日子，少不了开心。"走进班级时，屋子里有两个人非常热情。我开始以为他们是老兵，显得十分紧张。

"老兵"这个词汇，似乎在来之前就被渲染得特别恐怖。这两个"老兵"又是如此热情，是不是有点"猫腻"？我更加谨慎，没有"轻易"地收下他们递给我的那杯水。

"来，到门口洗把脸，这是规矩。"我看说话的老兵一脸笑，不过，话说这份上了，我就必须得去洗了，心想，"有什么狂风暴雨，你就来吧！"我心里鼓起了一腔热血！可并没有激烈想象中的狂风暴雨，而继续的依然是热情的接待，耐心的讲解。哦！原来他们是比我早到的新兵。

我们班6个人，我是第三个到的，后面还有战友会陆续到达。18日新兵全部到齐！19、20日休息，因为人没到齐，训练也没有步入正轨。偶尔上午或者下午训练一个小时，每晚七点到七点半，是看新闻时间，这让从不看新闻的我第一次了解到国家大事，觉得非常有意义，作为一名军人，我们都有必要了解国家的形势。虽然训练生活没有完全展开，但来了一周多，也让我学会了很多，纠正了自己身上的很多不足。如叠被叠得越来越有形，站姿也直了，坐姿也直了，规矩意识更强烈了……太多太多，经过一周多磨合，越来越适应部队生活，来部队就是为了锻炼自己，我期待下一周的训练生活更精彩！

说心里话，新兵能有这样的认识和觉悟，这也在我的预料之中。虽然两个新兵和我同龄，但他们的学历显然都高于我。我是中专毕业当的兵，到部队后，在连首长的鼓励下参加了团里为我们集中联系的法律函授大专

出　征——那一些不能忽略的情愫

学习。而王善举和姜佳言，一个是大专毕业生，一个是大学在读，都是有思想的"知识青年"。

让我这个"低学历"班长，带这样"高学历"的大学生兵，还真是有点压力。

不过，俗话说，"尺有所短，寸有所长"，我还是满有信心。因为新兵营首长在给我们新兵骨干上课时就说过，经历和阅历不是在课桌上堆出来的，而是在人生的风雨中摔打出来的。

现在的新兵，将来都会超过我，那就让我把所能教给他们的，都早点倒出来吧。

Part 2　我的新兵兄弟

汇款单上写满忠孝

2015年10月5日。今天天气回温了不少。但这早晚的棉袄还是不能离身。

中午的太阳晒在身上，暖暖的很贴心。

后山的落叶还在继续。

晚上开了排务会。

排长说，今天是你们第一次发津贴费，两个月的津贴一共一千三百元，都说说，你们想咋花？

看新兵们都互相打量。排长又说，听管班长说，你们班的都准备把津贴寄回家了？是这么想的吗？

只听我班新兵齐刷刷地响亮回答："是！"

排长接着问，其他班呢？还有多少人也想把钱寄回家的？

刷——，全排人几乎都举手了！

那真是一道壮观的风景！

再看排长，笑容竟那么好看。

我们几个班长脸上的笑容，当然也很好看。

当然新兵们的笑容，更好看。

出　征 ——那一些不能忽略的情愫

看着眼前的他们，突然想起了我小的时候，大概十二三岁的时候吧。那时候，每当过年，亲戚都会给我压岁钱。拿到压岁钱后，我总是小心翼翼地存起来，生怕爸爸妈妈把压岁钱以各种"合法"的理由收走。

那天是初五还是初六我忘了，但记得那是个下午。我自己打车跑到中街兴隆大家庭给我爸买了一盒普洱茶，还买了一包中华烟。我仍然记得回家，把茶和烟给我爸时，我爸说的一句话，爸爸跟奶奶说，"妈，你看你孙子是不是长大了！"然后，他问我烟多少钱买的，我说一百块，我爸笑了一下，没说啥。现在我才知道，中华烟最贵一盒才70元，我多花了30元。我还记得买烟的时候，售货员是个40多岁的阿姨，她用异样的眼光打量我说，这烟是给你爸买的？

那时候我才一米五五，个子矮不说，还瘦，但不知哪来的一股力气，特别斩钉截铁地说："是！"

还记得，也就是这么个事儿，我爸是逢人必讲，说我长大了肯定孝顺。

现在想，他这也许是在跟人"炫耀"他自己吧？这话，一说就是好几年。

但从那以后，我就再也没送过什么东西给他了。但对家里，我还是有"贡献"的，那是我参加维和回来，存的工资和补助。刚回国没几天，团里让我们把银行卡号报上去。我偷偷地报了卡号，生怕家里知道了"没收"。没想到还是被爸爸知道了，然后我工资卡里8个月的工资和补助就全归家所有了。我后来查了下，卡里就剩下个取款机都取不出来的90块钱。

还有一次更有意思的事，那时候我上初二，一个月零花钱就200块钱，这也不够我花啊，怎么办，我就捡起了老本行。为什么说是老本行？这要追溯到我小学六年级，那时候电视热播《火力少年王》，于是乎掀起一股"悠悠球"热，现在我还记得有什么"蓝魔""红魔""原子裂变"，花样有什么"荡秋千""登楼梯"，反正特别火，感受也炫爆了。

Part 2　我的新兵兄弟

我爸也是比较溺爱我，给我买了一个最好的悠悠球，也带动了学校一大批同学跟着买。当时，所有男生每到下课都会拿出悠悠球玩两下。这悠悠球玩时间长了难免会磨损，绳子老化，轴承也不行了，这时我就想到一个主意，卖悠悠球附件和做保养。一个悠悠球，保养一次十块钱，办会员卡享8折优惠。就这么个想法，我还真挣了几百块钱。

继续说这初二，因为我们中午都是自己带饭盒，学校也没有小卖铺，这正好让我钻了空子。那就是在学校卖零食和出租手机、小说什么的。因为我嘴严，我妈始终是不知道的。后来，随着"客流量"加大，需要采购的零食多，书包装不下，我就拿袋子装，碰巧那天我买了三筒"乐事"薯片让我妈看到了，碰巧的是这第二天正好是我妈生日。不过她没说，我也不知道。这下子就误会喽。那天，我妈问我，儿子，买这么多薯片干啥？因为怕被我妈发现在学校卖东西所以不敢说，就支支吾吾敷衍着说，吃啊。我妈一看那么多，自己也吃不完呢，误以为是我准备送她的生日礼物，就乐滋滋地回屋等待明天的"惊喜"了。

我当时心里想的却是，谢天谢地，这事终于瞒过去了！

第二天一早天刚亮我就上学去了，我妈见我一早也没什么"表示"，很纳闷儿，等我走后，就到我屋找薯片（这就是我妈，据说双鱼座的女人就是这么乐观、梦幻）！等放学回家，我妈早在门口等我了。我妈笑呵呵地说："儿子，把薯片藏哪儿了，快点拿出来吧。"我拿不出薯片，只好"坦白从宽"。结果，我第二个月的零花钱就从原来的二百，变成了一百。

过了好久，我才从舅妈那里听说，妈妈那天过生日等我"献"薯片的事。

再后来，每提起这事儿，我和我妈都会"哈哈哈"笑得停不下来。

后来，这也让我悟出了两个道理：父母是这个世界上最好哄的人，你的一点点甜言蜜语对他们来说，都是最大的慰藉。所以，永远不要欺骗父母，让父母开心，除了孝心，更要诚实做人。

再有就是"天将降大任于斯人也，必先苦其心志，劳其筋骨，饿其体肤……"人的潜力是无限的，只有在逆风中学会行走，才能在顺风中奔跑。

还有，俗话说："三十年前看父敬子，三十年后看子敬父。"这话，我是从小听到大的。现在才明白了它的含意，也就是说，由父而子，一代一代的人都要努力做一个优秀的人，光宗耀祖。有点扯远了。我只想说，新兵们把领到的第一份津贴寄给家里，是新兵在成人路上献给父母的"成人礼"。

"我孝心，我顺利。""我们无愧父母，才能有一个无悔的热血青春。"

这是我对自己和我的班，最想说的话。

Part 2 我的新兵兄弟

电话那端的牵挂

2015年10月2日。国庆放假的第二天。

上午组织了一场趣味运动会，下午又搞象棋比赛。

晚上开饭，炊事班又加了两道"硬菜"。

由于节日放假，新兵们都过得轻松加愉快。

细数这国庆活动（营里早早下发了节日期间活动安排），可以说，每一天都是"有滋有味"的，从趣味运动会，象棋比赛，到电子竞技比赛，烧烤，K歌大赛，辩论赛等等，营里还将组织观看红色电影和邀请老党员讲课什么的，每天计划都排得满满的。

这也许就是团首长强调的，节日安排，要物质和精神都要充实丰富起来。

平常休息的时候，我们这些新兵班长就组织新兵玩"三国杀""天黑请闭眼"等集体参与的活动，虽然训练很紧张，也很辛苦，但大家过得都很开心。

过节了，这开心嘛，自然就得加个"特"字了。

尽管昨天休息时，已经把任务布置下去了——写家信。但想到父母念

出　征 ——那一些不能忽略的情愫

子的心情，到了晚上，我还是叮嘱班里同志，每人给家打个电话，着重是问候父母，向父母大人嘘寒问暖，其次是汇报自己近一周的学习和训练心得……

也许是因为经历了马里维和，在远离祖国的异国他乡，才更觉祖国的光荣和家的温暖。

也许是当了新兵班长，才突然理解了当一个"家长"的不容易。尽管，我也曾经不懂事，父母因为牵挂我而吃不香，睡不着的。所以，我特别不希望我带的兵再走"弯路"，而让家长担惊受怕。

尽管，有些河，我知道必须自己去趟过，才知道水深水浅。

像一位女作家写过的那段著名的话：说的是母亲告诉她别走那条泥泞的小路，她却执意不肯，最终吃了苦头。后来，换成她在那里去告诫别的人，而那个人却也不听她的劝告，执意要走。她终于明白了：年轻时，有些弯路不可违。只有自己碰壁，才肯点头。

现在，我就是那个碰壁的人。我站在"母亲曾经告诫过我的"那里，对着后来人苦口婆心地说着，劝着，哄着，有时甚至用威严"吓唬"一下。目的只有一个，希望他们都好，希望他们的父母，在千里之外的家中都能安心睡个好觉。

我发现自从当了新兵班长，我都快变得像母亲当年一样"磨叨"了。虽然以前也当骨干，但那时的班级毕竟不似现在，现在一切都是"新的"，新兵，新班，新路。好比一个老的驾驶员，他的行车纪录是5000公里，但现在，需要他驾驶一辆性能全新的车驶向一段盘山路。他必须小心翼翼地完成使命……

不疼怎么能好病

2015年10月5日。假期快过完了，问题也来了。

通过这一周的总结，可以说，方方面面都不怎么令人满意。

总结原因，也许是新兵们过了这段新鲜劲儿，也可能是他们摸清了班长们的路子，也可能是到了他们露"尾巴"的时候了。

整个这一周，都是在强调内务卫生。由于班长负责打饭，外加这一周都停水，导致室内卫生打扫很不彻底。

虽然有外在因素，但最主要的，我认为还是自身存在问题。

俗话说，"自屋不扫何以扫天下"。自己的被子、铺面都弄不好，又哪来的时间收拾卫生。那天早上，我发火了。这是当兵这几年，第一次发火。

问题来了，如果和风细雨不起作用，我们不如就来个狠的——"刮骨疗毒"吧。

内务卫生，队列训练，条令考试，这是这周三个问题点。

慢，是过程，但总快不起来就是"病"了。

我们先说内务卫生。5点半起床，5点40分集合，别的班在这十分钟之内自己的被子早就叠好放床上了，早操回来只需花个10分钟抠个形。而我们呢，现在叠个被都困难了，5点40分集合出操，6点10分早操带回，其他班在收拾屋内卫生，而我班还在叠被，因为7点开饭需要提前20分去食堂打饭，6点40分就要全排集合带出打饭，叠被抠被至少也要20分钟，哪还有时间打扫屋内和分担区卫生，这也就是我们班的毛病所在，叠被慢！

再说队列训练。训练场上态度近期不认真，嬉笑打闹，排面不齐，自己只顾自己。没有相互配合甚至到现在还有跑步走四步立定法不会的，要么多跑好几步，要么就是忘了摆臂。

最后说到条令考试，上周我班条令考试全排第一。这回，也就是今天下午的考试，虽然算不上倒数第一，但也相差不多，一共5道题，最高55分，最低23分……

说实话，这都在意料之中。这就像是"蝴蝶效应"，南美洲的蝴蝶扇扇翅膀，导致了亚洲产生一个台风。

自己被子叠不好被班长批评心情差导致训练走神，训练走神又要挨批评，整整一天心情都不好，哪还有时间背题？这一串的连锁反应，归根结底还是因为被子。

其实整周出现这种情况也是挺好的，只有差了，才会发现自身不足，才能进步。知耻而后勇么，不受点挫折又怎能见彩虹呢。当然，我也只能这样安慰自己和大家。

现在是下午4点42分，他们打扫完室外卫生后，我把他们的被子全拆开了，让他们模拟早上起床，练速度。

时间到了4点56分。叠被一共花去14分钟。

今天没别的，就是利用休息时间"提速"，我和他们一起压被、叠被、掐线。

看新兵们都默默地用劲。默默地压被、叠被、掐线。屋子里没有了往日的笑声，我心想，挨训了，不好受是必然的。

"刮骨疗毒"，疼，也是必然的。不疼怎么能好病呢！

Part 2　我的新兵兄弟

情感·情况

2015年10月7日。今天是国庆长假的最后一天。

日记突然就写到10月7日了，中间有些断层，主要是一天到晚忙得脚打后脑勺儿。如果今天不是站第一班夜岗，匀出点时间，估计这一天的日记又要"流产"了。早上，连长、指导员给我们新兵骨干开了连务会，布置了下周任务和节日的收心教育。

这两天的天气突然一反常态，中午的最高气温竟然到了26度，这跟前一段时间穿棉袄棉裤相比，简直是天差地别。

不过，明天白天的气温又要回落到13度，这才是入秋的韵味。今天是周三，这周训练三天又休息了。现在，不光新兵盼着周末，班长们也盼着过周末。

每天，"两眼一睁忙到熄灯"的日子，感觉每一根神经都紧绷绷的。

再一想，这一晃，新兵三个月都已经过完了三分之一，顺利地渡过了"适应期"。同样，剩下的两个月训练强度也会逐渐加大，这点我倒不是特别担心，因为截至目前，班里还没出现明显的训练跟不上的情况。

现在唯一比较担心的，就是思想。这些新兵离开父母将近一个月了，这还好些，毕竟孩子早晚都会离开父母，成家立业。关键是那些有对象的，一个月见不到面，只能靠打几次电话来维持爱情，对象往往是战士最容易出现"情况"的，比如他能不能定住心？对象是不是能适应这种异地恋？

根据以往的经验，有百分之四十的新兵在三个月内和对象分手。在全连，估摸能有一两个处下去的就不错了。

所以，这情感的事儿，就像潜在的炸弹，说不准哪天会响，在谁那儿响。

连里让各班及早摸清情况，掌握底数……

Part 2 我的新兵兄弟

十日行一丈，梦就不会遥远

2015年10月8日。微风轻拂，后山上的枝叶又落了一堆。

这儿早晚的温度一直徘徊在两、三度的样子。

营区里的"绿迷彩"都已换成了"沙漠迷彩"。而且早晚都得穿棉大衣了。

起初我还担心南方兵会不适应，没想到他们倒觉得新鲜。这还没入冬，北方的寒气还差着老远呢，所以他们现在感觉"挺爽"。

每周四、周五是固定的政治教育日，今天也不例外。不过今天的教育课，较以往更特别一点。第一堂课是新兵一连指导员讲安全法纪教育。不用说，安全与法纪就是我们新兵营为新兵的"兵之初"，铺设的两条铁路沿线，有了这两条坚固的铁轨，我们才能顺利到达目的地。随后就是营里安排我向大家汇报在马里执行国际维和任务时，在动荡的西非，我们勇士工兵是如何血性担当的。

我的课时间并不长，20分钟。可这一天到晚，忙得也没时间背课，用的还是回国时在团里做报告时的讲稿。完全是靠着"身临其境"讲这堂课。

出　征 ——那一些不能忽略的情愫

课后，听指导员说效果不错，并说我"又成熟了不少"。我的连首长，直至营首长、团首长，他们就是这样，不断地在给我们这些新兵骨干"加油"，使我们不断增强带兵引路的自信心。

我着重要说的是下午的政治教育课。这下午的课完全出乎大家的意料，也完全不是以往端端正正坐在篮球场上听大课了。但大家都明白，这样的形式将更加的有教育意义。下午起床后，全新兵营迅速集合完毕。随后，以排为单位带到饭堂前的那条小道上，刚走上台阶，一股恶臭就扑鼻而来。

臭味是从前边的下水管道反上来的。这条小路，只有不到一百米长，但在这个特殊的下午，它却变得比平时"遥远"了很多，因为那味道实在太熏人了。

这一百米长的小路上一共埋有6个下水管道，以前倒水时，因为垃圾没收拾干净，连同残渣都一股脑儿倒进去了，日积月累，导致整条食堂的下水管道，突然堵塞。只见班长们有的穿雨衣，有的套塑料袋儿，大冷的天，有的甚至只穿一条内裤就下到了坑道，清壁掏泥，全力疏通。

污泥浊水，一桶桶地提上来，又一车车地拉出去倾倒、掩埋，在下面清淤的几个班长骨干，脸和手都冻红了，还要忍着恶臭干活儿，但他们脸上却是那么平静，他们身上又是那么的有干劲和青春的活力。新兵们都目睹了眼前的情景，掏下水管道的并不是传说中的"马里奥"，他们就是我们身边，整日与我们一起摸爬滚打的老兵！他们有时会训人，严厉得让人胆怯。他们偶尔也会"背背手"，让人觉得他们比他们多吃了好多咸盐，有资本。但此时，他们就是一群可爱的老兵，在艰巨的任务面前，身先士卒。参观完后，每名新兵都说出了自己的感受。

我知道在家习惯了"衣来伸手、饭来张口"的新兵们的感受，并不见得有多么深刻，但就像营首长说的，这样一堂教育课，新兵们也许会牢记一辈子。起码有这样四点认识：

一、平时说得再多解决不了问题,只有干出来,才是解决问题的根本。不干,堵塞的管道半点都不会疏通。管道不通,大冷天的,大家就得蹲在外面哆嗦着洗漱、吃饭。

二、平时说出花儿来,也没人信服。身体力行,才能服众。

三、公共卫生环境要靠大家。新兵营这个家不是一个人的家,是所有新兵的家。人人都得尽心尽力维护。

四、日常小事不注意,日积月累就会成为大麻烦。

其实想一想,这又何尝不是做人的道理呢。从新兵到老兵再到骨干,一日行一尺,天天坚持。十日行一丈,就不会遥远。而要想成长为一名合格的士兵,那还会是难事么。

出　征 ——那一些不能忽略的情愫

"体会"应该一笔一画

　　2015年10月9日。开完排务会，排长递给我几页写满字的稿纸。

　　开头一笔一画地写着"体会"两个字。一共4页纸，每个字都写得工工整整，几乎灌满了绿色的田字格。从头看到尾，说实在话，我心里热乎乎的，挺感动。没想到昨天给他们上的那堂课，让新兵感悟这么多。写体会的是13班新兵，江山。听13班长说，江山是哈尔滨应用职业技术学院毕业的，1996年出生的。这个兵平时训练很刻苦，爱动脑筋，爱琢磨事儿。

　　读着江山字里行间的所思所想，让我又重温了一次"昨天"。

　　江山在体会中写道：21世纪的今天，战争的硝烟离我们远去。90后的我们并不熟悉战争的硝烟是什么味道。尽管选择了当兵，但还没有接受过战争的洗礼，直到今天，听班长讲述他的维和经历，他用他和战友们的亲身经历，为我们演绎了何为热血，用他们在马里的行动诠释了何为忠诚，才知道战争，并不像影视剧中表演的那样简单，每位战士要忍受的不光是在战场上直面生死……就像班长讲的中国维和工兵在马里，他们代表的是中国！为了这神圣的称号，每一位战士都奋勇当先，无怨无悔。别人吃不了的苦他们能吃，别人干不了的活他们能干……如果有机会，我很想体验

Part 2　我的新兵兄弟

班长的维和经历,特别的挑战需要特别的血性,特别的任务需要特别的英勇。什么叫有血性?给我最深刻烙印的是班长说的那段话,"人之所以会败,是因为本应奋斗的年纪,说得太多,做得太少。作为流淌在军营中的新鲜血液,年轻的我们就应该在争当'四有'新一代革命军人的道路上,脚踏实地,正确认识自己的责任,并学会承担责任,努力做好自己应该做的,从思想上主动改变,早日成为一名优秀的合格军人!"

说实话,读了江山的体会,我很开心。一堂课能产生这样的效果,说明这堂课是有意义的。

出　征 ——那一些不能忽略的情愫

倾听阅兵足音

　　2015年10月11日。昨晚上教育课，我们迎来了团里"93"阅兵勇士——排长张振超。

　　"人家可是接受过央视专门采访的新闻人物呢！"听李响和班里其他战友的议论，我知道他们和我一样挺激动，早都想领略一下这位阅兵勇士的风采了。

　　听着张排长讲述阅兵中一些鲜为人知的故事，我仿佛走进了训练现场。在那200个日日夜夜里，上至将军，下到列兵，他们步伐铿锵、挥汗如雨，不断向着目标前行。他们用行动让忠诚在嘹亮的呼号中回响，在恢弘磅礴的阵容中再现。

　　我仿佛看到了四级军士长黄立斌，为了国之盛典，两推婚期；看到了干事李卓含泪离开已流过一次产，妊娠反应强烈的妻子，走上阅兵训练场；看到了副连长明晓波身兼数职，为战友们画步幅线，训练时双脚被鞋子磨出血泡，休息时双手又被炽热的沥青地面烫出血泡；看到了上等兵陈明宏，深夜里咬着牙、含着泪在训练场向抚养自己长大，刚刚离世却未见到最后一面的奶奶敬礼。

Part 2　我的新兵兄弟

那一瞬间，我突然明白了，那一张张饱经烈日和风雨洗礼的"阅兵脸"，无数光鲜的外表下，蕴含的都是巨大的付出。

我看到了一个又一个值得我学习的榜样，也梦想着有一天也可以像他们一样披坚执锐，慷慨赴战。

其实，不单单是我，新兵们也都被这一个个故事感动了，所有人都在默默地倾听，默默地回味，默默地思索，作为一名军人的光荣！

会场上爆发出的掌声，连寒夜都变得温暖起来。

就寝前，我给班级布置了"作业题"，每人打3分钟腹稿，比照自己日常的训练动作，订前进目标。

新兵张龙飞在训练时，齐步走摆臂的时候耸肩。每次训练，我都要指出他这个毛病，可他就是改不掉，还振振有词地说，这不赖他，是他上学的时候肌肉练偏了！

每次我俩"较劲"的时候，都是我败下阵来。我只好说："克服！尽量克服！早晚都要改。"

哪知早上出操时，竟出现了"奇迹"！全班从头到尾走得特别齐，摆臂定位、靠脚，都铿锵有力。

我忍住心里的惊喜说，不错嘛，这才有点当兵的样子，怎么了，都受啥"刺激"了？这么出彩！

全班人都不吭声，但他们的表情早就"出卖"了他们。一个个都在那儿咧个嘴，想笑但又明显在那"绷"着。

我有心逗一逗龙飞，就拍拍他说，龙飞，这耸肩的毛病一夜间就改了啊，看来昨晚的梦做得不错，是不是阅兵去了啊！

受到鼓舞的张龙飞特认真地说："班长，我以后肯定更加努力，再有阅兵，我一定要去天安门广场踢正步！"

我说，好啊，好啊！

出 征 ——那一些不能忽略的情愫

我又趁势说,但,阅兵可不是啥人都能上去的,昨天张排长讲的,大家也都听了,它需要经历残酷的严格训练,不是一天两天,也不是一个月俩月,而是每一天的努力!它需要我们从现在起就怀揣军人的使命与担当,以绝对的忠诚和强烈的军人荣誉,向目标奋进!

想上阅兵场的,从现在开始,把每一个动作做标准,不能怕苦怕累怕训!

"来,咱一班的走一个!"我给出手势,我们一班的兵迅速靠拢,哈腰挽臂仰头,聚成了一个圆心,齐声喊道:"一班,乐观向上!一班,永不放弃!"

我发现,每次我们喊完"班规",兵们的脸庞都油光锃亮的。

排长过来调侃说,你班又"点灯"了?

Part 2　我的新兵兄弟

刷盘子，刷出的是亲情

　　2015年10月12日，今天是星期一，又轮到我们排小值日了，因为要负责打扫饭堂，又不能耽误训练，时间很是紧迫。

　　由于很多新兵在家里几乎没怎么做过家务，上次小值日就出现了碗刷不干净的现象。

　　这次我被分配到刷碗小组，看着糊满了洗洁精泡沫的大盆，上百个餐盘和饭碗，还真是压力不小。

　　才刷到一半，排长就开始催我们："快点，咱们不能把训练耽误了。"

　　郝庆斌这时加快了速度，他开始只刷碗的里面，糊弄外边。

　　我正要提醒他，他却说起了在旁边仔细刷碗的江山，"江山你太磨叽啦，像我这样刷一下，差不多就好了呗，排长都催了，赶快，赶快。"

　　可江山却说："你可不能这样弄啊，我要认真刷，往小了说，刷得不干净，吃饭不卫生，很容易生病；那往大了说，这餐盘和碗是给我战友们吃饭用的，干净锃亮，他们才吃得舒心，你不能对战友、对兄弟不负责任，这都是我们的家人呢。"

出　征 ——那一些不能忽略的情愫

江山几句话，把郝庆斌说得面红耳赤。

"这都是我们的家人。"江山说得多好呀！以连为家，这是每名战士都应该常存心中的。

只有平日里把战友当家人，战场上，大家才能齐心协力，一起冲锋陷阵。

从刷碗这样的小事做起，培养这种"战友战友，亲如兄弟"的意识。

晚上点名，我和全连的新兵分享了这件小事，看着他们一个个恍然大悟的表情，我想这就是一堂很好的启示教育课吧。

虽然没人批评郝庆斌，但我想，他以后肯定会认真刷碗了。

Part 2　我的新兵兄弟

天下妈妈的眼泪都是一个味道

2015年10月13日。这几天，好多新兵都落泪了。

他们没想到能够在电视上看到自己的父母，也没想到父母对他们说出的那些话。

前几天，新兵营开展了首月津贴寄父母活动。

班里的姜佳言是兴高采烈地拿着钱给父母打过去的，没想到，家人在前天用微信传来了短片，连队把几名新兵家长传来的短片，集中做成了一个视频。

视频中的母亲流下了幸福的眼泪，"儿子，妈妈想你，你给妈妈寄的钱，妈收到了，把你第一个月的津贴拿在手里，妈妈感觉沉甸甸的，这是我儿子挣到的第一份钱，心里想的不是去买自己想要的东西，而是都给了爸爸妈妈。你长大了，不再是以前那个只会伸手要钱的言言了。你现在是一名光荣的军人，是一名顶天立地的男子汉，妈妈为你感到骄傲。一定要听领导的话，在部队好好干，磨平自己身上的棱角，妈妈爱你。"

姜佳言看着母亲的身影，泪水也不住地流着。我回头望着姜佳言，就那么默默地看着他。我知道，过了今天，姜佳言也是个有故事的男人了！

出　征 ——那一些不能忽略的情愫

那个整天欢笑的姜佳言，又会多出了几分刚毅和坚强。

我忽然就想到"慈母手中线，游子身上衣。临行密密缝，意恐迟迟归。"这句从小就学过的诗句。

对着屏幕上新兵们的妈妈那激动的脸庞，我觉得那也像我的妈妈。

Part 2 我的新兵兄弟

战友,就是可以为你挡子弹的那个人

　　2015年10月15日。今天是我在新兵营最受感动的一天。

　　话说五班长水露麒是连里出了名的硬汉,作风硬,军事素质也硬,可是前天这个硬汉突然倒下了。

　　那天下午战术训练,水露麒一开始就感到了身体不适,可是为了班里的新兵训练不落下,硬是挺了下来。晚上快熄灯时,他开始呕吐,发高烧。看到训练场上"魔鬼班长"倒下了,班里的几名新兵并没有因为可以脱离"魔爪"而庆幸,每个人都愁云满面,围在班长身边手足无措。就在排长要陪水露麒去医务室打针时,几个新兵衣服都没来得及穿就要跟着去。新兵石莹在一旁默默地说,宁可我病了,也不希望班长这么难受。

　　打完针,排长让水露麒好好休息一天,不用去训练了。

　　可他却坚持说自己再吃点药,明早肯定没事了。他担心班里那儿个小子离开他这个班长训练就该落下了。其实,五班长说番话时,他仍旧高烧三十九度二。

　　后来,听排长说,那天他加班写完工作总结后,想去五班看看水露麒,当走到门口时,竟然发现新兵石莹和张翔在给他们班长掖被子,并且把自己的大衣都盖在了班长身上……我的眼睛一下子湿润了，原来不仅仅是班长会在新兵们熟睡之后帮他们盖被子，新兵也知道给班长盖被子！

班长为了新兵的训练，发高烧仍不下火线；新兵看到班长生病，难受的宁愿替他受苦。这就是战友情！其实作为班长，都是用真心去爱这些如弟弟般的战友的。在训练场上的严格，也是为了他们能够快速成长，新兵们理解这种别样的爱，真是最令人欣慰的一件事了。

作为战友，在生活中我们相互关心、彼此照顾，亲如兄弟，将来上了战场，也都能义无反顾地为身旁战友挡子弹的！

Part 2　我的新兵兄弟

"班风"本色

2015年10月16日。天气越来越冷,但大家的心却越来越热乎。从许多表情上判断,他们已经融入新兵营这个家了。

上两节课,练了战术、卧倒、低姿匍匐与侧姿匍匐,虽然动作规范上还有待提高,但至少他们都露出了男人的血性。

在沙地上滑手,用手、臂、肘、膝盖匍匐,疼痛甚至掉皮,都是在所难免的。可新兵们没一个人喊停,一个个都在咬牙坚持。

上午的训练,我给他们画定了一段练习距离,并强调了几点注意自我保护事项。这就不能不说到我班的"班风"了。

每次最先到达的,一定会给后到的加油、鼓劲儿。

在上一组练习中,大家都看到了最后一个匍匐到达终点的阿响,他划破的手腕上,沁出了血迹。佳言马上拿出了他的创可贴。可阿响却满不在乎地说,没事,划破点小皮而已。

想到刚来时,连扫地、刷碗,洗衣服都要教的他们,现在,变得越来越能担事儿了。而且,大家在一块知道相互关心帮助,特别团结。说心里话,从这点点滴滴中看到他们一天一个变化,我每时每刻都在感动中。随

出　征 ——那一些不能忽略的情愫

着时间的推进，训练强度越来越大，大家都挺辛苦。有时看着兄弟们凝重的眉头，流血的伤口，我的心也微微地抽搐。甚至有想让他们停止训练，好好休息一下的冲动。

　　不过我知道，我不能！一块好钢，就要经得起锻造。这是一个军人成长的必经之路。而且，现在只是开始，以后还会有更多的挑战等着他们。

Part 2　我的新兵兄弟

胜利之前是坚持

2015年10月17日。今天后两节课，值班员说练习正步。我心一惊，没想到刚练完战术就练正步。

练正步的第一步就是练抬腿。脚离地25厘米，腿伸直，一直这样保持。每条腿都得练到至少能坚持10分钟。我对其中的痛苦与挑战深有感触。腿根儿外侧肌肉会酸疼难忍，甚至会痛到抽筋。

"加油吧！兄弟们！"我在心里默默地为他们鼓劲儿。

"同志们，这节课我们学习正步，正步是……

下面我们开始练习正步。我说一、大家抬腿，二、放腿，明白了吗？"

"明白！"我在他们铿锵有力的回答中，听到了他们对于学习新动作的兴奋，他们似乎还没意识到他们面临的是怎样的挑战。"抱腹准备，一——"大家抬起腿。"龙飞，压脚尖！""阿新，腿绷直，用力！""善举，不错，保持住啊！诶！佳言，也不错，保持！""阿响，你怎么晃荡了！站稳了！别晃！"时间大概过去了20秒，他们的脚都低了下去，脸上的肌肉微微地抽搐。"我最亲爱的班长啊，喊二啊！"龙飞龇出他那口白牙跟我撒娇。"再坚持1分钟，1分钟谁都别动，有一个动的加30

出　征 ——那一些不能忽略的情愫

秒！""哎，龙飞，你动了，加30秒！""身体别后仰，前倾前倾，说你呢，阿新，你怎么迷瞪了！"

"班长，这腿不听我的了。"

"来，压脚尖，把腿抬高。"

他们的腿都在抖动，任我怎么说抬高，平时对我"言听计从"的兄弟们却怎么也抬不起来，从眼神中流露出来的焦急告诉我，他们已经在拼了。

"坚持吧！兄弟们！坚持住就是胜利！"

"现在依次每人查10秒就可以休息。"

他们眼中露出希望的曙光。"十、九、八……三、二、一！"

"阿响，你还晃，来，再加一轮！"

"班长你给我自己加！我不拖累其他兄弟！"阿响似乎带了哭腔。

"最后一轮！""十！九！八！七！六！五！四！三！二！一！"这回，他们把每一个字音都发得特别重，在我听来，每个数字都透露出坚忍、执着、不屈、拼搏的精神。"二——换腿，一——""压脚尖，腿绷直，身体别后仰。"

又是新一轮的抖动，又是新一轮的忍耐。

两节操课训练抬腿。他们没有一个人中途因坚持不住而自己把腿放下，全都等到我下口令才赶忙放下腿活动活动。

两节操课下来，他们的面部表情不再像之前那样狰狞，只是腿依然会抖，时间久了，高度依然会降低。但我相信他们会以最快速度把这些挑战都克服。因为从他们身上我看到了中国军人坚韧不拔、坚持不懈、艰苦训练、不屈挑战的那种血脉在流淌。

我班队伍正对着值班员，可以看到值班员吹哨下课。在最后一节操课结束前几秒，佳言突然把腿抬高。哨响后，稍晚了会儿才放下。我好奇地

356

Part 2　我的新兵兄弟

问他为什么,他说:"我看到值班员要吹哨的时候,心里有一种解脱的感觉。但一想到我坚持了这么久,并且还能再坚持一会儿,如果现在就放下腿明显达不到最好的训练效果。所以,我把腿抬高,增大点强度,让训练效果更好点。"

佳言的话把我的记忆拉回到了维和前的强化训练场。为了练习端枪更稳,我和我的战友主动在枪托上加沙袋的情景……那一刻,我突然什么都不想说,只有一股股力量在胸中翻腾。

出　征 ——那一些不能忽略的情愫

冬天来了，春天不远了

2015年10月18日。窗外，清晨的秋风又吹落了一片片树叶。

自新兵入伍，秋叶就簌簌而落。昨天夜里的一场秋雨，使得清晨的操场又下了一层厚厚的树叶。

每天早上的必修课，就是带领班级打扫秋天。

开始的时候，对新鲜事物的好奇心，驱使他们把操场打扫得很干净，虽然不掌握要领，却也能很快完成任务。但当训练和其他各项工作展开后，大家渐渐地对扫落叶感到厌倦了。

这时，刘新过来对我说："班长，这叶子我们扫干净了，马上又有新的落下来，能不能等树叶都落干净了再一起扫？"

我半开玩笑地说："阿新，脚下是我们的训练场，落叶不清扫，日复一日，堆积在这里，我们岂不是要踩在树叶上跳舞，那边还有战术场和投弹场，不清扫的话，卧倒的时候，那还不得吃一嘴树叶？手榴弹教练弹扔出去，能不能找回来，都很难说啊！"

大家都哈哈地笑起来。

刘新不说话了。

Part 2 我的新兵兄弟

我继续说:"训练场如战场,不可以有半点含糊!"

这时候,善举说:"班长,这扫落叶和打仗有啥关系啊?"

"咋没关系,班长不老说'一家不扫何以扫天下'嘛!"佳言说道。

善举挠了挠头,说,也是哈。

李响平时活泼开朗,爱说爱笑,但今天的他格外沉默,我看出了他的小心思,问他:"怎么了?又想家啦?"

李响点头道:"嗯,有点,班长,我一看这秋叶吧,就想起在家拉着我对象手在公园里轧马路,天,也是这般冷,快到晚上的时候,我就拉着她的手给她取暖,今年,不能了……"

我拍拍他肩膀说:"场景是唯美的不可直视,但是人要向前看才能前进,岳麓山层林尽染,漫江碧透时也曾回想自己携伴侣曾游的峥嵘岁月,毛主席老人家发出感叹,在兵荒马乱的乱世中谁主沉浮?此后的日子里,毛主席卧薪尝胆,几经坎坷,领导共产党从弱小到强大,开辟了新中国!阿响啊,往昔固然美好,但更加美好的是未来,它要靠今天的勤奋和努力拼出来,你对象一定会理解你现在所从事的伟大事业,她会为你加油的……"

李响说:"班长,我懂了!"

看到李响手中猛挥的扫把,仿佛变成可以刺穿敌人胸膛的钢枪,看到李响眼里坚定的眼神,仿佛变成可以击垮敌人心灵的光芒,看到李响脸上挂着微笑,仿佛在跟对象说着"我行的!"

我会心地笑了,在心里默默地说:"未来是属于我们的,这就是我的新兵,我的班!"

停下笔,看到窗台边秋风带走的最后一片叶子。想起那样一个诗句,"冬天来了,春天还会远吗?"

出　征 ——那一些不能忽略的情愫

自信，贵在重拾

　　2015年10月20日。早晚气温虽零下三四度了，但新兵们尤其南方来的兵，并未觉得怎么冷。平时我们很注意告诉大家加减衣服，防止因感冒导致训练落课，或由于身体不舒服了想家。

　　刘新是我班年龄最小的兵，1998年生的，陕西咸阳人。

　　入伍前，当过4年厨师。业余时间，爱好打乒乓球。

　　平时对动作要领虽然领悟的慢些，但这个兵听话，刻苦。

　　刘新是初中学历。不只是在班里，在整个新兵营都算得上是"低学历"了。当初让他记新兵日记，他就说，怕自己写不明白。

　　我说写不明白没事儿，写啥样算啥样。能"听明白""做明白"就行。这记日记，无非是给自己留下一个"回忆"，别有负担。

　　其他几个兵就在一旁哈哈乐，他也跟着乐。

　　昨天晚上，我让他们几个都谈谈这一周的收获。等别人都说完了，刘新就找出他的日记，说，班长我念日记行不？我说行。大家就"哗哗"鼓掌——

　　今天是我成为一名军人的第8天。

Part 2 我的新兵兄弟

今天好累，早晨整整训练了4个小时，比以往多了3个小时。

具体内容是，停止间转法，跑步走，四步立定法，67式木柄手榴弹训练。

先从停止间转法说起吧，停止间转法有向左转，向右转，向后转，也许是我们前天训练完觉得自己都会了，导致我们今天不虚心，动作不太整齐，以至于班长有些小生气。班长多次强调的内容都没做好，我也红了脸。

在训练的过程中，我就在想，我们是不是可以用一起"喊数"的方式来提高整齐度？刚开始的时候，还是有些不齐，但是在班长的耐心指导下，我们5个人比刚才有了很大进步。

跑步走对我来说好难，班长说我手脚不协调，得加紧练。当听到班长喊："跑步走"口令时，我就一直在跑，总是想着不能出错，不能出错，但还是出错了。在立定的时候比别人多跑了两步，被战友们笑话了好一大会儿。

最后到手榴弹训练，我很激动啊！虽然不是真的，但起码它也是手榴弹啊！前一天，我们的教官就是11班班长，一个严肃的班长。他教我们投掷训练，还给我们讲解了手榴弹都分哪几大部分，还有投手榴弹的注意事项。

扔手榴弹，还是我们班龙飞扔得远，比我远多了，扔了40多米。

以后，我要向他学习！

看着马扎凳上的刘新，认真地念着自己入伍8天后写下的日记，不，是他入伍后的"感受"，或者说，是在表明他现在要努力向战友学习的决心。

宿舍突然变得特别安静，这些平时很愿意嬉闹的人，没有一个人说话。也许，刘新的一番心里话，也引发了他们的联想吧。

我表扬了刘新，顺势总结了三个特点。一是表达清晰流畅，没有拖泥带水，没有大话废话，而且能够正确认识自身存在的问题。二是从中看出，刘新有很强的集体荣誉感。三是他渴望进步。这都是一个好兵应该有的基因。

最后，我又指出刘新在训练中需要注意和克服的毛病。

得到肯定点评，我看见刘新的眼睛都在笑。

我知道他听进去了。而且，他能把日记写得这么有板有眼，很难得。

Part 2　我的新兵兄弟

凝固的历史，奔涌的热血

2015年10月22日。今天是周四，这周的教育主题是"铭记历史，勿忘国耻"。

课堂也从室内搬到了营区外。

上午8点，全新兵营在操场集合完毕。教导员任三军一声令下，我们迅速登车，乘坐"平头柴"驶向了丰满劳工纪念馆。

丰满大坝于1937年开建，到1942年竣工。这是日本军阀在东北的一个"五年计划"——在吉林建设全亚洲第一水电站。

我们都知道，丰满水电站的历史，就是一部中国劳工的血泪史。为了修建大坝，日本用拐骗，非法抓捕，掳掠，强制等卑劣手段，让中国劳工建设丰满大坝，共计有25.5万人。

东北的冬天气温达到零下20多度，劳工们衣不裹体、食不饱腹，每天至少要10个小时的工作时间。在极端恶劣的劳动和生活条件下，劳工们从事繁重劳动，惨遭各种野蛮迫害和残酷榨取，饿死，病死，冻死，累死和被迫害死的不计其数。尸体全部扔在了松花江东岸的孟家东山沟壑。

出　征 ——那一些不能忽略的情愫

"不闻鸟鸣，只闻泣"的孟家东山沟壑，成为日本殖民统治者奴役中国最为有力的历史见证。

在馆内，听到的只有轻轻挪动的脚步声。

走到摆放当时监工用的狼牙棒、监工锤、手脚链展台时，我看见新兵们一个个都握紧了拳头。

这些青春的脸庞，因为有了迷彩军服的衬托，一个个都悄然改变了自己，尽管他们的"军龄"还很短很短，刚刚40几天。

但，就像那首歌唱的"生命里有了当兵的历史"，这一辈子都会和别人不一样了！

出了展馆，走到劳工遗骨展示厅，当看到38具遗体和数不清的不完整遗体时，没有人恶心，也没有人害怕，展厅里留下的只有伤感和哀悼。

"热血男儿矢志能打胜仗永保国之安，"四有"军人始终作风优良夯实戎之基"。

在凝结着苦难、屈辱和抗争的纪念碑前，新兵营首长带领新兵们进行了宣誓。教育大家，作为当代革命军人，应当勿忘国耻，矢志打赢，努力成为一名优秀的新"四有"革命军人。

Part 2　我的新兵兄弟

"大家"是一个人

2015年10月27日。今天下午投手榴弹的时候,成绩不很理想。班长们就让大家做俯卧撑,增加臂力。

因有的人"偷懒",导致俯卧撑怎么也做不完。这时,12班的付志远说了句粗话,埋怨偷懒的人,害得大家跟着他一起"受罚"。

连带着晚上的新闻联播时间,我们排也是站着看的。

看完新闻后,值班的吴超班长让所有新兵站在前面讲两句。付志远第一个站出来说:"对不起大家,我不应该在训练场上说粗话,都是心里着急,觉得训练的时候,我们应该认真才对。都入伍这么长时间了,我们也应该好好反思一下了……"我班的善举接着说:"来部队后,一直听人说'一人生病,全家吃药',开始还不了解这句话什么意思,今天我真正懂了,就是我们应该做好自己,如果自己放松对自己的要求,不光对不起自己,还会连累大家……"

我排新兵几乎每人都说了自己想说的话,有道歉的,有给大家建议的,还有因为感动掉眼泪的,气氛挺感人。

后来,排长示意我们几个班长也说两句。我说,新兵三个月,现在一

出　征 ——那一些不能忽略的情愫

半时间过去了,大家对"战友"这两个字已经体会很深了。什么是战友?战友就是有困难大家一起上,出问题了大家一起扛,谁生病了都能替他分担一班岗,而不是自己扒拉自己的算盘。只有大家拧成一股绳,我们这个集体才是完整的,有力量的。随后,我用新买的"拍立得"相机为大家拍了第一张集体合影,我在相片上写道:战友们,请记住今天!

Part 2 我的新兵兄弟

集体成绩好才是荣誉

2015年10月26日。早上有微风,树叶所剩无几。

下午是室内课,讲的是战备基础。

说到战备基础,最离不开的恐怕就是紧急集合了。

第一节课在班里学习怎么打背包。

因为,连长说第二节课都要在连里拉一动紧急集合。所以,所有班长都花尽了心思。什么"一条龙""两条龙"都是打背包的方法。怎么快,怎么教。

看大家都已经学的差不多了。我合计先在自己班里拉一次紧急集合,看看学的效果怎么样。

结果,最快的一个人,都已经4分20秒了。剩下的,不是忘在背包外扣洗脸盆,就是背包绳压根就忘了怎么系了。

我看善举满头大汗,才5分钟的时间,就跟刚洗完脸没擦一样。见他一直卡在用宽背包绳系两条背带上,我问他:"怎么回事?"

他说,班长,没事,让我再琢磨琢磨。

他抹了把脸上的汗,继续摆弄着他那耷拉在外面的绳子。

出　征 ——那一些不能忽略的情愫

　　我一把抓过背包绳跟他说："你仔细看我的动作啊，我再做一遍，这绳拿住一头，两边一穿，再系个死扣不就成了吗，你看这宽背包绳不就相当于一个O型吗，多简单啊，你咋的了！"

　　他试着又打了一次，恍然大悟道："啊！原来是这样啊，班长我刚才犯迷糊了。"

　　下节课，可能连长又有别的任务，我们以排为单位，各排组织紧急集合，我们排所有新兵都躺在床上听吴超班长的命令。

　　"四排紧急集合！"

　　嘹亮的一嗓子喊过之后，所有人都有序地打着自己的背包，"2分30秒！"

　　第一个到大教室集合的是13班的江山，紧接着是郝晨光，李忧。前三名都是十三班的。

　　我跟吴超说："你看，这13班挺快啊！"

　　他笑了笑说："那可不好说，要计各班整体成绩。"

　　于是，大家开始为自己班最慢的战友着急，但也只能是干着急！

　　最后，12班整体成绩排名第一，13班最后一名。

　　这让大家也明白了一个道理，个人成绩再高也只是个别人突出，集体成绩好才是荣誉。

Part 2　我的新兵兄弟

令人震撼的"约定"

2015年10月27日。周二。

每周晚二十点，我们都会从训练场转向大教室，看中央七台播的"新兵讲堂"。

随后，指导员让我们看的是《我是演说家》。

在此之前，为了准备维和的演讲，经人推荐，我曾特意看了一些。当时给我印象最深的是陈秋实讲的《大东北》，语言很诙谐，也很幽默，这正是我当时所欠缺的东西。

指导员似乎比较喜欢第一季冠军梁植，而今晚看的就是他演讲的《约定》。

这个故事，发生在一个抗战老兵欧兴田的身上。上学时，他们几个同学曾有过一个约定："如果有人受伤了，我们互相帮助，如果有人死了，活着的人要替他收尸。"

为了在战场上能分清彼此，他们在身上都留下了记号，那就是拿刀在胳膊上刻上了自己的名字。

1945年抗日胜利后，他的8名同学全部战死沙场，只有他还活着。

出　征 —— 那一些不能忽略的情怀

他真的遵守了他们当初的约定，用了整整30年的时间去寻找这些战友的遗体。并以一己之力，建了一个烈士陵园，把他们一个一个都接回了家。

后来，他自己也从家中搬了出来，住进了那个陵园。那么真诚地守护着他的战友直到现在……

他的演讲时间不长，只有短短10分钟，我却被震撼了10分钟。

被震撼的不仅仅是他演讲的多么多么好，也不是稿子写的多么多么棒，而是我突然意识到，主人公30多年所执著坚守的，不就是被很多军人视为最珍贵的战友情么！

看完节目后，我们排组织学唱了一首军歌，唱的就是那首"战友战友亲如兄弟……"

Part 2　我的新兵兄弟

温暖的举动比责怪更易让人接受

2015年10月29日。每当听到起床哨吹响的那一刻，对一个军人来说，就意味他一天忙碌的开始。

穿衣服，叠被子，早操，收拾卫生。

总之，所有的一切都要以最快的速度去完成。

天气逐渐变冷，连太阳都不愿早早露面，而我们却已在训练场上热起了身。虽然我们都戴上了手套和防寒面罩，但也敌不过这刺骨的寒风。

就在早操时，我突然发现张龙飞没有戴手套。

手套呢？我问。

张龙飞说："丢了。"

本想说他太粗心，想想还是把话咽下去了，我摘下自己的手套递给他。

张龙飞立马露出愧疚之色，连忙说："不用了，班长。"

我说："别废话，快拿着！"

张龙飞见我如此执着，便接过手套戴上了。

我虽然是他们班长，但更多时候，还是他们的大哥哥。有时，一个温暖的举动，可能比责怪更容易让人接受吧。

出　征 ——那一些不能忽略的情愫

　　时间过得说快不快，说慢也不慢。新兵生活已经过半，虽然有人身上还存在着一些问题，需要引导。但我不会特意要求他们什么，也不会遏制他们的想法。我希望大家都能够自主学习，自己改正，更多地展现自己的看法和观点。大家在一起，既是努力的，也是开心的。

Part 2 我的新兵兄弟

胜利不是嘲笑对手的资本

2015年10月30日。今天是学习枪械分解结合的一天。

对于新兵们来说，枪就像是他们的"小媳妇"。

新兵们对学习分解结合都特别积极，我班新兵也不例外。

我班作为排里的一班，是第一个上的。虽然一周前上过一次分解结合课，但对于第二次摸枪的新兵们还是显得有些生疏。

看得出，龙飞、善举、刘新他们几个，在组装95自动步枪时，脸上的那份焦急。

速度慢，也就是自然的了。

想到后面的班还在等着，我让我们班练了一动就让给其他班练习了。谁知，他们这一练就是五六个来回。

而我班新兵只练了一次。我能感受到龙飞他们心里没说出来的话。我就安慰他们几个说，没事，让他们先练，迟早都能练上。

时间一点点过去，当其他班都轮换着练习完了。班长们就要求掐一次组装枪械的时间。

这时，我班新兵小声说，班长，咱才练了一次，跟练好几次的咋比啊！言外之意，他们觉得"不平衡"。

我拿着秒表高喊了一声，"开始！"大家迅速进入了激烈的比拼中。

时间一秒秒过去，终于有人率先完成了，而龙飞还有好几个零件没有组装，看得出，因为心里没底，更加的手脚慌乱，不知到底该拿哪个零件才好。大概过了3分钟，他才满面通红地把枪组装好。

这时，我听见人群中传来"嬉笑"声，再看龙飞的脸不是"红"了，而是委屈得快要哭了。

我终于忍不住"发火"了，对着其他班长说，时间有限，总得有人做出牺牲，我们一班同志为了大家，自己只练了一回，你们就这样"对待"发扬风格的同志么？！

人群里的嬉笑声突然停止了。

我又说，因练得少速度慢并不是理由，但我们要尊重事实，更要尊重自己的战友，而不是……

事后，龙飞对我说，"班长，谢谢你！"

我说，我也谢谢你们，遇事懂得"谦让"！

这时，善举又跑过来"撒娇"说，"嘿，原来咱班长也有脾气啊！"

Part 2 我的新兵兄弟

暂短的离别

2015年11月1日。今天是星期日。

就在前一天,我接到团里通知,让我去军区参加一个会。好像和"新四有革命军人"表彰有关。我高兴极了。作为一名新兵班长,我们带新兵有两个标准:一个是要让新兵从地方青年转变为合格军人,另一个就是让新兵从合格军人逐步成长为新"四有"革命军人。

俗话说,"班长是军中之母"。作为五个孩子的"妈",新兵会学班长。

所谓,什么班长就带出什么样的兵。我多希望我带的兵,都能成为铁骨铮铮的好兵啊!接到通知后,我兴奋得睡不着觉。同时,又有些小担心,害怕新兵在我不在的这几天里,心散了咋整。我把我的担心告诉了他们。他们认真地说:"班长,你放心去吧,等你回来的时候,一定让你看到更优秀的我们!"

我用目光挨着个把他们"抚摸"了一遍。看见他们的目光都亮得像星星,我这才放心了。

早上5点半,我悄悄起床穿好衣服,准备出发。

出　征 ——那一些不能忽略的情愫

因为营区设施有些陈旧，平常开门的时候，总会有很大的声响。

我极力把开门的动作放轻，以免惊动了他们。

可刚一动作，老旧的木门还是发出了"吱嘎"声。

我屏住呼吸，回头看一眼，果然，人都醒了。

他们什么都没说，就那么眼巴巴地看着我……

我愣了足有两秒钟，才冲他们会心一笑。

那个瞬间，我突然释然了：这是我自己的家啊，亲人分别，还需要语言么！

我于是"摆"了一下头，示意他们接着睡，我很快就会回来的。

Part 2 我的新兵兄弟

一个散发正能量的群

2015年11月2日。没想到一回到家乡，就感受了一个雾蒙蒙的天儿。

到达沈阳后，我想的第一件事，就是我在代表团队"公出"。所以，方方面面都要严格要求自己，为团队树好样子。

我们住在距离"八一剧场"很近的金星宾馆。这次参加会的十几名官兵中，只有3名是战士。听说另两名战士中，一个是在俄罗斯军事比赛中得奖的特种兵。另一个更神，是与越界分子发生了巷战的边防兵。他们都特别优秀。反观自己，就有些微不足道了。这些与会者，都是我军未来的中坚力量。

那些干部都很精干，他们虽然不再年轻，却都散发着一股特别的朝气。

他们很亲和，但又有一双能"秒杀"的眼睛。

那样洞察一切的本领，该是经过长时间的沙场磨砺，凝聚起来的一种气场吧。

我知道，这是一群有故事的人。而一群有故事的人聚在一起，又会发生什么事呢？很快，有人提议，我们要建一个正能量的群。

虽然不到20人，从抗击埃博拉的白衣天使到参加国际维和的勇士，从团长标兵到特种作战团的精兵。每个人身上都浸透着训练场上的汗水，浸透着打赢战场上无数次拼搏的心血与智慧。

这的确是一个正能量特别高的群。

我知道，在以后的每一年中也许都会有几个这样的群"冒泡"，这是一个永远不会解散的群。因为它代表着军人，最崇高的荣誉。

我已经将发生在他们身上的感人故事，记在心里了。就等回去后，和我的班级，我的兵——分享。

我要告诉他们，军人的目标在哪里，谁是我们学习的榜样。

Part 2　我的新兵兄弟

难忘的"人生彩排"

2015年11月3日。还是雾霾天，但丝毫没有影响到我们喜悦和激动的心情。

今天我们进行了第一次联排。可能是因为节目跟自己有关，看得比较认真。说实话，我真的被震撼了！我突然意识到，这就是一个由小人物组成的晚会。讲述的也都是小人物，身边的故事。我想，正是因为这样，所以才特别真实。

我们排在第二个节目。之前有个15人的诗朗诵《报告北京》。讲述的就是这些践行强军目标单位和新一代四有革命军人的成长经历。

我发现了每一个平常人的不平常，每一个小人物身上发生的大故事。

让我想到这样的晚会，何尝不是一本书呢！

不，也许不是一本书，而是千千万万个军人励志、谋打赢的书……

我们每个人都上台抒发了一段感想。

我的感言是：作为90后士兵，面对时代召唤，我用忠诚作答！走向维和战场，我用责任担当！我要用强军实践，磨砺稚嫩的肩膀！让青春梦想，在军营绽放！

出　征 ——那一些不能忽略的情愫

晚上，突然接到一个熟悉的来电。看到来电，我当时心里一紧，因为号码是带班的吴超班长的。第一感觉是，我班新兵是不是惹什么事了？结果，我又想多了。是李响借了吴班长的手机，给我打的电话。

我问李响怎么了，是不是班里出情况了？

李响说，没事班长，咱班都很好，就是大伙想你了，让我问问你还有几天回来……

诶，这个调皮的阿响。一句话，竟然弄得我眼眶都酸溜溜的了。

Part 2 我的新兵兄弟

团长有样儿，兵就像样儿

2015年11月2日。星期一。

按照计划安排，今天的训练课目应该是手榴弹实投。

我们排，还是本周的小值日，负责给全连打饭。

第一次离开新兵营，心里一直不踏实。

我也知道这种牵挂是多余的，因为排长会把他们带得更好。日常训练，其他班长也不会把我班兵落下，他们会根据事先安排，分散到各班进行训练。

晚上给班里打电话，善举说，因为班长不在，没有了"依赖"，他们早早就起来打扫卫生了，大家都更自觉了。

全连手榴弹实投，我们排是最后一批。

他们都穿戴整齐地坐在马扎凳上，耐心等待着。

大家脸上表现的都很平静，其实心里都挺忐忑的。脑海里想象着实投的场面，心中又激动又紧张。激动的是平常在电影里看到的，战士们置身"硝烟弥漫"的场景冲锋陷阵，就要变成真的了。紧张的是班长不在身边，他们几个就像没了主心骨似的，总怕"节外生枝"。

出　征 ——那一些不能忽略的情愫

　　从营区到实投训练场，有一个多小时的路程。

　　到达后，就是调整队形，按顺序坐好，等候命令。

　　善举说，当时看见一位扛着"两杠仨星"的首长走到了队伍前面，手中拿着一枚77-1式手榴弹。人虽然长得有点黑，但很有气势。身手敏捷，说话铿锵有力。他们就猜测，这个人可能是从上边来的教官。

　　后来才知道，这个长得黑黑壮壮的人，竟然是团长！

　　团长反复讲解动作要领和遇到险情时的处置方法，再三告诉大家要消除恐惧，不要紧张，因为每名新兵背后都跟着一名干部"保障"。

　　团长和营长各带一组亲自示范，组织大家投弹。

　　大家心里觉得特别有底，一下子放松不少。

　　善举说，轮到我们班投弹时，按照营长事先教的，拧开弹盖，打开防潮纸，取出拉火环。随后，他们用手紧紧握住弹体，跑到投弹区……虽然心里有一点小紧张，一想到团长在一边看着呢，身后还有干部给他们做"保镖"，心中只有一个念头，好好投，投得漂亮些！

　　善举告诉我，他们几个表现的都挺好，发挥正常。但11班的董镭表现最出色，只见他左手稳稳地拉住拉火环，屏住呼吸，用力一拉，右手将弹用力向前移送之后迅速蹲下。大概2秒之后，"嘭"的一声巨响……

　　董镭整个动作一气呵成，非常漂亮。

　　在董镭干净利落地完成整个动作后，他看见团长黑红的脸膛，立刻绽放出了菊花瓣一样的笑容。

　　随后，他们又进行了新一轮投弹。

　　训练场上那一声声巨响，深深地印记在了他们的脑海里。他们也随着那一声声巨响，明白了：战士生来就为上战场，打胜仗！

　　训练结束后，好多战友都留存了自己的纪念品———一根拉火绳。

　　那是他们军旅人生第一次经历，"炮火"的洗礼，很刺激。

Part 2　我的新兵兄弟

世界上最动听的话

2015年11月4日。今天是周三。

晚上的电话照例是善举接的。善举说，班长，今天都第四天了，你什么时候回来啊，大家都盼着你快点回来呢。我嘴里应着说，快了，马上。从李响到佳言、刘新，再到张龙飞，问完每个人的情况。知道大家都很努力，也都特别懂事，心里踏实不少。善举说，班里工作虽然一切都在顺利进行，但每个人的心里都好像缺了点什么……

我知道善举的弦外之音，他们对班长的"缺席"开始表示"不满"了，呵呵。

善举说，下午的训练，我们班被打散分到三个班。他和龙飞去了13班。由于每个班练习的班队列进度不一样，所以，他和龙飞学得很生涩。龙飞有一次做错了动作，13班班长走过去开玩笑地说："张龙飞！你想家啦！"没想到，龙飞一本正经地说："我想我班长了！"

听到这，我突然感到心头热辣辣的，眼眶湿湿的。幸好隔着电话线，善举看不到我的表情。

一声，"班长，想你了！"何尝不是我们军旅人生中最动情的一句话。你爱他们，他们才爱你。经历了一年又一年的老兵送别，那样相拥洒泪的情景，说真的，我一辈子都忘不了。如果说人生有一种震撼，那么最深的震撼，怕就是这战友间的离别。新兵生活从一天一天的累加，到眼瞅着进入"倒计时"，无论是开始还是结束，就像善举说的，"对于我未来生活中的回忆，它是永远无法磨灭的。"距新兵下连的时间越来越近了，他们即将完成"转身"，在新的岗位上独当一面。电话里，善举跟我说，班长放心吧，我们会更加珍惜爱护这最后的时光！

我发现，善举又成熟了。

Part 2　我的新兵兄弟

佳言，加油

2015年11月5日。今天周四。

晚上的电话是佳言接的。佳言告诉我今天的体能项目是，耐力体能。说直白点，就是跑圈儿。新兵们因为体质的原因，3公里项目大多都不合格。所以，有了这个训练项目。

佳言原来在学校的时候，曾经是短跑队的。所以，他有信心拿下3公里。

每次跑体能的时候，班长们都会带上插有内存卡的播放器，放些音乐，为了大家跑步时能放松一点。平时的训练场分大圈和小圈，大圈800多米，小圈400多米。佳言说，他们今天跑的是大圈。大概跑到四、五圈的时候，浑身就湿透了，汗水顺着脸颊不断地往下淌。很累，感觉喘气儿都累。他和往常一样，很累的时候，脑海里就会出现一个声音说，"停下走一段缓缓吧，停下走一段缓缓吧，停下走一段缓缓吧！"

可是，每一次他都会说服自己。不能因为眼前的一些小苦小累就放慢脚步，成为疲惫的奴隶，任其宰割。自己要勇于挑战极限，战胜苦累难关。

出　征 ——那一些不能忽略的情愫

　　为了实现儿时当兵的梦想，自己离开了疼爱的亲人，离开了青春烂漫的大学校园，来到这充满激情与斗志的军营，就是要立志做一个敢当先锋，敢打头阵的合格军人。让曾经的兄弟们竖着大拇指对别人吹，"我的一个特别铁的兄弟，在部队……"

　　说真的，每次打电话和他们谈心交流，我都会特别特别感动。觉得他们又长大了。我跟佳言说，李响快过生日了，我可能还没回去。早起第一件事，别忘了，全班要送祝福给他……佳言说，放心吧班长，忘不了。要放电话时，我说佳言，加油！佳言说，必须的！

Part 2　我的新兵兄弟

干部骨干是新兵心底温暖的烛光

2015年11月7日。今天周六。李响过生日。

由于上午训练时间紧，中午才给李响打电话，祝他生日快乐。

李响不无遗憾地说，班长，真希望你在。

我说，我人没在，但心一直在班里，和你们在一起呢……

晚上，李响给我念了他的日记：

以往每当快要过生日的时候，我早早就开始筹划，给这个打电话让他带点东西，跟那个说，明天一定要来啊！今天这个特别的生日，好像没有了以前的那种兴奋。

以前，我都是想着怎么做大家开心，但今天这个生日，我最想做的就是给妈妈打一个电话，报一声平安。我也不知道，这算不算是长大了。

平淡的一天，平淡地进行着一项一项生活制度，我却有不一样的感受。

中午时，全排战友给我唱了一首"生日快乐"歌。虽然不在调儿上，可正是因为不在调儿，才给我不一样的感觉。这就是部队，这就是战友。我能真切地从他们的歌声中，从他们的眼神里，感受到他们真挚的祝福。

出　征——那一些不能忽略的情愫

泪珠在眼睛里打转，让我坚强的心柔软了下来。还好，吴班长及时调节了氛围，虽然在这之前有了些思想准备，但真正感受到这种气氛，还是被感动得一塌糊涂。

晚饭时，排长把我和这几天要过生日的七名战友，聚到了一块过"集体生日"。炊事班特意给我们准备了长寿面，虽然不像以前在家那么多形式，但一切都感觉很温暖。

这个生日过得很有意义，我会永远铭记的，谢谢大家送来的祝福，我也在心底给大家许着愿……谢谢部队为我们做的这些精心准备，让我20岁生日变得不平凡，并在我人生之中留下了一个深深的脚印。

随后，善举又给我讲了一个让我感动的细节。

他们几个向排长说明原因后，分别拿了50元钱，买了一些小零食。李响却拿了100块钱。正当大家疑惑时，李响道明了原因。

李响说，班长离开的这些天，其他三个班没少帮助咱们，特别是12班班长吴超，总是在咱们想要懒散时，给咱敲响警钟。每个班长对咱们都用心良苦，所以，他想借今天这个机会给全排买个汉堡吃。

就这样，午饭过后，李响代表全班向全排表达了感谢之情。

善举说，虽然过生日的是李响，没有生日礼物，也不像外面世界那么热闹，但就是这平平淡淡中的真情，让每个人都觉得过了一次有意义的生日。

因为大家在一起。一起训练，一起吃苦，一起流汗，一起……没等听完善举的"一起"，我已经泪流满面了。

我在心里为我的班我的兵点赞。也在心里为我们的排我们的连队点赞。

每个新兵的成长，都离不开班长排长连首长们精神的引领。他们就是我们心底那一支又一支温暖的烛光。

Part 2　我的新兵兄弟

积极向上的心态就是动力

2015年11月10日。周二。

晚上，善举给我讲了今天的训练情况。

善举还说，今天吉林的天儿不错，瓦晴瓦晴的。

早上天蒙蒙亮，他们就开始训练了。都是以前练过的，所以感觉时间过得挺快。快到中午的时候，他们学的是卫生与救护常识，他和战友们很快就掌握了急救要领。考核的时候，班里都以优异成绩通过了。

中午的时候没怎么睡着，几个人念叨班长该回来了。李响说，"班长指定能给咱班带好吃的。"

我听了，笑。

善举问我笑啥？我说没事。心里想的是，这回去给他们带啥呢？

下午训练，练的是引体向上。善举被分到12班训练。善举说，班长，你还记得12班的那个赵恒恒吗？

我说咋了？

善举说，人的潜力真是无限大！他在拉引体向上的时候，本来拉5个及格，他就只拉了3个。结果，他们班长让他做200个俯卧撑。做的时候，

出　征 ——那一些不能忽略的情愫

两腿搭在一个战友肩上。大家都以为他坚持不了多一会儿。谁知，他就那样做做停停，200个俯卧撑真就坚持下来了！以前，他做俯卧撑最多也就做到120，腿还是放地面上，这次他"刷新"了自己的记录。他们班长表扬他了！后来，我跟他交流，赵恒恒说，如果你是一个积极向上的心态，干什么事都是有动力的。如果你不重视这件事，心里都不愿意做，肯定就做不好！

我对善举说，是啊，赵恒恒总结得没错。什么事，都怀着积极的心态去做，就会事半功倍。

善举在电话里好像若有所思了一会儿，突然说，班长，都忘告诉你了，上周咱连来了一个大官，是个将军！听说是副军长。在咱连吃的晚饭。大家心情都特激动。吃饭的时候，连吧唧嘴的都没有了，一片静。估计，掉根针都能听着。

虽然，开饭前，连长讲了将军不是外人，是特意来新兵营看望大家，给大家鼓劲的……连长还讲，让大家要热情，更要注意形象什么的！

善举说，将军挺年轻，看上去挺和蔼。

我脑海里就回想将军的样子，记得维和出征前，我是见过将军的。从士兵到将军，我想那一定是一条很长很长的奋斗之路吧！

善举说，昨晚刘新说梦话了，说的都是什么投弹、拉火绳之类的。上周投弹，刘新老是遗憾自己没有留下拉火环，估计是他看我和李响、龙飞都有吧。

想象刘新平常在班里的样子，我笑笑。叮嘱善举，什么事多带着刘新点，咱班就数他小，要多关心他。他心里有点遗憾是好事儿，下次就知道怎么努力，怎么实现梦想了。

Part 2　我的新兵兄弟

爱的哲学，是一种付出

2015年11月12日。今天周四。

早上7点半，我回到了营区，回到了我的班。到达吉林的第一感觉就是冷，刺骨的冷。可能是因为有江，还三面环山的原因吧，吉林比沈阳要低个四、五度的样子。到班里的时候，正好赶上他们都去吃早饭了。收拾完东西，看了下他们的内务，都叠得有板有眼。当我伸手整理自己的被子时，突然发现好陌生，是那种无从下手的感觉。这10天没叠被，就忘了该怎么去"招待"它了。

被子叠出来后，竟然前面高，中间低，侧面也全是褶子。

我知道，它这是在跟我发脾气呢，好像张着嘴对我说："你都多长时间不管我了……"这个时候，我突然想，一个人的日子不是家，人多了才是家。有房子了也不是家，而是一起生活了才是家啊！这才出差几天呢，连被子都有意见了。正感慨，就听到他们"咚咚"上楼的脚步声。我赶忙站起来，静静地等在门口。推开门，看到我，他们"啊"的一声喊，随后，他们几个一下子就把我抱紧了……

我当时除了笑，大脑好像被温暖给"清仓"了。也许，我早就等着这一刻呢吧。我的班,我的家!他们没有因为我的离开,而陌生。

这也许就是差别吧。

如果你把感情像储蓄一样存储在一个人的心里,不管多久,那感情都不会失去,甚至还会加倍和升温。

记得看过一本书,"爱的哲学"。

我想爱,就是这一种付出。它根本没有哲学那么深奥。

Part 2　我的新兵兄弟

吃的不只是心情

2015年11月14日。今天周六。

早上,因为我们四排在连里值班,而我又是这周在排里值班。

所以,帮厨这么重大的事儿自然就落到了我班头上。

那时候,我正带着班里兄弟们在电脑房打游戏。

排长一个电话,直接帮我"关了机"。

看着正打得激烈的几个兄弟失落的表情,我笑了,我说,军人以服从命令为天职,走吧!虽说好不容易赶上休息,大家都想放松放松,但也无妨,这帮厨也是一种锻炼和放松。为了更多战友们的幸福生活,我们要舍得豁出自己去!

他们虽然还在回头回脑地看,但脚步都已跟了上来。

我于是带着兄弟们,直奔炊事班。

"中午你们连吃火锅!"

这真是一个好消息。炊事班长话音还没落地,我就急忙摸兜打电话给排长:"排长!好消息,咱连中午吃火锅!好好准备准备吧。"

话说得飞快,甚至内心都有些小激动。

出　征 ——那一些不能忽略的情愫

心想，感谢排长让我班来帮厨，让我把好消息在第一时间传达给大家。

现在回想跟排长说的都"好好准备准备"，自己都想笑，吃个火锅有啥好准备的，无非是吃个心情呗。

因为天越来越冷了，大家早就有"吃顿火锅，发发汗"的心愿了。

在炊事班长的张罗下，摘菜，洗菜，准备汤锅，调料，端盘子端碗，应该好好准备的倒是我们啊，呵呵……

刘新、龙飞、李响负责摘洗菜，手都被冷水拔得通红通红的了。

李响说，我今天算是理解了"炊事班也是保障战斗力"了。吃得高兴，就是有心情，有干劲啊！

龙飞说，那等新兵下连你上炊事班得了。

李响说，上不上炊事班是连首长定的事儿，不是你想去就能去，总得挑选素质高的去吧？我么，我，还是去其他班吧。

"你还是先琢磨琢磨你这3公里，啥时不打狼吧！"善举说。

李响突然不吭气了。

听着他们说，我在心里乐。

有时听听他们唠的嗑，你就知道他们每天都在想些啥，有用的，没用的，心里是不是"有事儿"了。这都是学问。就像指导员跟我们讲的，"心理动向"，就是一听，二看，三品。都要琢磨。

只有一点点琢磨透了，才能不出或少出思想问题。

终于到了开饭点儿。

听着这集合站队的口号都比往常响亮。

想必，这吃火锅的热乎劲，大家都酝酿得差不多了。

开吃了。每桌两个酒精锅，热气罩着满桌子的羊肉、鱼丸、豆腐、青菜，还有粉条什么的。只见羊肉、鱼丸都是满锅下，也不管熟透没熟透，一双双筷子就是捞肉，下肉，捞肉，下肉。相反，豆腐和青菜倒显得有些寂寞。

突然想起我那在家吃素食的老妈,不知他看了我在这大口吃肉的情景,是什么心情。记得,每次打电话我妈都要叮嘱我,儿子,你要多吃蔬菜啊!

打扫完饭堂卫生,回到班里时,其他班早都休息了。

但路过其他班门口时,那门缝里仿佛还透着一股麻辣火锅的味。

吧唧一下嘴边残留的火锅油,你就觉得眼前这日子,还真是回味无穷……

出　征 ——那一些不能忽略的情愫

每一颗子弹都要瞄准打赢

2015年11月16日。今天周一，我们终于迎来了第一次实弹射击。

根据上一周在连里组织枪械练习，看教练员教学演示，再加上连务会反复强调的安全问题，所以，今天的打靶进行得很顺利。

因为连队多，人也多。所以，早晨5点半左右的样子，我们就起床准备着了。

窗外，天还没亮，我们都摸着黑儿，整理内务。

6点钟开饭。

6点半的时候，一连就带出去打靶了。

我们排在第二梯队，去靶场。

将近9点钟，我们新兵三连带出了营区。

临出发前，我问他们："都紧张不？"

李响说，"班长，我是一点都不紧张，我还得好好瞄呢，得在连里有个好成绩，给咱班争光！"

佳言倒是务实点，问我："班长，这打枪响不响？这都是头一次打真枪，后坐力大不？"

Part 2 我的新兵兄弟

我笑着回答他:"没事,大家都是头一次,声儿也不很大,跟'八一杠'差远了。再者说了,你不是都见过'九五'枪了吗?别说见过,拆都拆多少回了。下周一才考核呢,有的是时间练。这段时间,你们应该是打十轮靶,够你们爽的了!我要不是参加维和,当兵这么多年也没打过那么多发子弹!好好体验吧,不要怕,按照要领来,有意瞄准无意击发!都没问题。"

一百多号人排成两列,浩浩荡荡地走了30多分钟,上了靶场。

这一路上也没有说话的,没有打闹的。真就有了点兵样!

到了靶场,一共10个靶位,我同几个班长和排长作为保障打靶人员,都各就各位了。

连长负责喊口令。

因为每组打三轮,打完靶,也就11点了。

我班成绩不错,特别是李响,竟然打了满环!我这脸上的阳光,都感觉特别的灿烂。

刚一入队,我就急忙跑到李响那儿,告诉他:"李响,你刚才打了满环!"

本以为李响能兴高采烈地蹦跶起来,没想到他"不屑"地跟我说:"班长,这都信息化时代啦,我早就知道了!"

然后,又扭过头去继续和身边的小伙伴"吹嘘"道:"我那没入伍之前啊,市场不是有打气球换礼品的吗?那时候打中8个就奖励个娃娃,我总得娃娃……不过,这真家伙还是头回整,这把我给'震'的!"

善举在一旁哈哈笑,说气球都爆一串了,快打住吧你。

身后的靶场静了下来,我们整好了队,连长在前面讲评了一下。

随后,伴着喜悦的心情,我们徒步行军回营区。很快,那欢快的"打靶归来"在行进的队伍里就一排排地唱了起来……

出　征 ——那一些不能忽略的情愫

跟时间赛跑，就会冲向终点

2015年11月17日。周二。

"这是一个晴朗的早晨，鸽哨声伴着起床号音。"这是我最近读的一本小说的开篇，讲的就是我们这些90后在军营里建功立业的故事。

我好像也喜欢这样的一种开始。你知道的，军营从不缺少欢歌笑语，这也代表着新一天的来临。

和往常一样，计划正在进行中。十点钟的时候，我们回到连里看完了最后一期的《新兵讲堂》。

新兵营的生活真的快要结束了，20天，好像也就那么弹指一挥间了。接下来的时间，就是迎接各种考核了。别说新兵了，就连我们这些新兵训练骨干，也即将面临着素质认证。

下午，组织他们拉拉单杠和班队列。接下来，高潮才真正开始。首当其冲的就是3公里测试，掐成绩。做完放松运动，随着秒表的读数，他们拉开步子，快速地奔跑起来。刚开始的时候，就想秒表的毫针，你不会轻易地掐准你想要的时间，他们也是一样。

伴随着夜长昼短，天渐渐暗了下来。你已经很难能捕捉到他们的身影了。

Part 2　我的新兵兄弟

跑过三圈后，他们就像秒针，随着跑的距离远了，时间长了，体力消耗的大，速度也就自然的放慢了下来，但双腿还是有节奏地向前运动着。而这时，你有可能在注视着某个人，在心底里为他加油打气，期待着他能有个好成绩。

也有可能卖着呆儿，在想，体能跑完后该进行点啥别的课目。但这些都不重要。重要的是随着第一名的到达终点，你如梦初醒。原本想着的也都烟消云散，下意识地"摁"了下秒表。然后才会发现，时间已经过去10多分钟了。

这一年，我都感觉像这分针，不知不觉的悄然流逝……

在14分23秒的时候，李响冲出了黑雾，到达了终点。

这个一直不及格的小子，猛地抱住我，大声喊叫着："班长！我及格了！我没有扯咱班后腿！"而后嘴就凑过来，我急忙用手扳住他的肩膀，但刚跑完步的他，气喘吁吁的热气还是"喷"了我一脸。估计他自己都没意识到，他快要被这胜利的喜悦和汗水冲晕了。我把脸移开了一点，用力按住他的肩膀说："好！下回你也一定行！"

班里其他几个兵也都跑过来了，他们相互拥抱，拍打，像是服了"兴奋剂"！

黑雾锁着的夜色中，我看到了一双双亮晶晶的眼睛，多么像青春的火焰在燃烧啊……我知道我又走神了，脑海里闪回的竟是那篇《从这里到永远》的故事梗概。

想想，人生不也是这样吗？跟时间赛跑，期待着冲向终点。而后，跟身边你认为最亲的人，一起分享这样的喜悦和青春！

出　征 ——那一些不能忽略的情愫

一张"湿透"的报纸

2015年11月19日。今天周四，按计划安排，上午新兵打靶。

一大早儿，见13班长老郭急匆匆地往外走。我急忙追上去问他，丙锋，干啥去啊？

丙锋说："我回团里考核去，三期往上素质认证。之后就是考干部，然后就是你们。趁这两天给自己加加量吧，没准下周就轮到你们了。我走了啊，早考完，早完事。躲得了初一，躲不过十五。"

那你去吧，别没考过，又得补考。排里可少不了你这老将，都指你镇场子呢！

"别扯了你，好了，我走了，一会儿该赶不上车了。"

想想宋健得留家陪病号，丙锋再一走，这全排就剩我和吴超俩班长了。

还好，上午的射击，我们排实弹射击任务完成得很顺利。而且，成绩都不错。

没想到中午的时候，丙锋就回来了。划拉两口泡面，又继续参加连队任务去了。

下午体能训练是在室内进行。

Part 2　我的新兵兄弟

11班长拿了一摞报纸往过走，大家都很好奇，心想，难道班长们大发慈悲，不搞体能了？

只见宋健拿着报纸笑呵呵地跟他们说，今天的训练量，就是把这报纸打湿，谁先湿了，谁先回班休息。

大家都目瞪口呆地看着他，仿佛是听到了天方夜谭。

宋健喊了声，还不快点！

大家赶紧把报纸铺到地上，又是俯卧撑又是蹲起啥的。

但不管做啥，都有一个统一的特点，就是把头使劲往前伸，不肯浪费一滴汗水。

丙锋拿着全排考试成绩单说："你看看你们，还有不及格的，有的人还不只一项，我们士官今天考试都三十好几的人了，那都没一个不及格的。咱连最老的那个四期班长，在部队都最后一年了，36岁，跑3公里还12分呢，你们呢，一个个年轻力壮，都想啥呢？"

一句话，把新兵们的脸都"造"得通红。

但这话，等于是给他们打了一针兴奋剂，眼瞅都来了干劲。

5点多钟的时候，大家用两手捏着湿透了的报纸走回了班级。

善举还特意把报纸留下来，收到了柜子里。善举说："我要把它一直留到我退伍时带回家！"

我心想，等着吧，说什么也得趁周日大扫除的时候，把它扔了，全是臭汗，那还不得捂长毛了啊！

守护，是军人的光荣

2015年11月21日。今天是周六。

收拾完卫生刚要下楼洗衣服，没想到，平时一甩衣服就"嘎吱嘎吱"响的洗衣机，竟完成了它光荣的使命，坏掉了。

这洗衣机打眼一看，就是个"老兵"了。

双桶小鸭牌洗衣机，半自动，左边是洗，右边是甩。

我们以往洗衣服时都要先放上半桶水，然后再放脏衣服和洗衣粉。

就这么个大家伙每天乐此不疲地工作着。我们休息，它不休息。不知陪伴了多少届新兵，又洗了多少件迷彩服。

即使这样，它还是在每周一的时候，焕然一新地站在那儿，跟我们一样，每周一，精精神神儿地上岗。

我猜它经历过太多的沧桑岁月了，即使再怎么保护，它那已被岁月磨灭的心，也该休息休息了。

我问其他班长："唉，你们说，还能修好吗？"

"够呛了，时间太长了，修它犯不上。"

我内心"揪"了一下，仿佛是在说，它已经错过了最佳的抢救时机，仿佛是在说它老了，牙口不好了，也干不了活别再治疗了，那纯属是烧钱！病人家属抓紧在病危单上签字吧！

我突然恨它，恨它为什么这么无情地撒手人寰！

我也爱它，爱它为我们默默地做了那么多，那么多！

想起它的从前，才发现它的每一次转动，仿佛都是在跳舞。

舞动着，是那样的潇洒。赢得周围人的喝彩。而这回，也许就是它最后的"绝唱"了吧？还好，它是牺牲在了它的舞台上！

我想，它一定还会在这里，在这里望着它熟悉的一切。即使上了天堂，在天上望着的，还是那一抹军绿色，由绿变黄，由黄变绿，周而复始。

我想，它一定还会在这里，在这里等着，因为它想知道，这里是一个大熔炉，是每一名军人的开始。

我想，它一定还会在这里，在这里守着，因为它要守护着自己的责任，就像我们守着祖国的大江南北一样。

这是它的使命——守护！

努力和奋斗收获的果实，才有味儿

2015年11月22日。今天是周日，但全团都没有休息。

还有两周，新兵就要迎接全团考核了。加上年终岁尾，老兵即将退伍，事情特别多。连里今天组织了一次摸底考核。

排长在考核前做了鼓舞人心的动员。承诺，谁考核成绩优秀，就奖励一份桶面套餐。

上午进行的是救护防护，5×10米往返跑，百米，拉单杠项目。善举和李响的成绩有点小意外，其他三个都很理想。佳言就更突出一些。

下午是3公里，我给他们鼓劲。考好了，班里也会有相应的"优惠政策"。

善举和李响的3公里成绩，一直在及格边缘上晃荡。所以，他们两个心里会有点小忐忑。

最让人放心的是佳言。这家伙气势越来越强了。而且做事沉稳，用他自己的话说，"面部表情很平静，但平静的湖面下通常隐藏着湍急的暗流"。最近看看他把自己吊在暖气管子上，不断加码练习就能看出来，他要发力了，好事儿！

Part 2　我的新兵兄弟

晚点名，排长对考核进行了总结。还在全排表扬了我班的姜佳言。佳言得到了排长的"桶面套餐"！

晚上，他和班里的战友一起分享了他的美食。

佳言对我说，"班长，这桶面是我吃过的味道最美的桶面。因为调味它的不只是那儿包调料，还有我的努力和奋斗收获的果实。"

我拍拍他，突然感觉这一天过得好圆满。

出　征 ——那一些不能忽略的情愫

做最好的自己，是对父母的爱

2015年11月23日。周一。

佳言最近进步很大。昨天的俯卧撑和一百米摸底儿，全排第一，其他项目也都是全排前三。让我特别开心。

今天中午，佳言又收到了他妈妈的来信。算是"好事成双"。

晚上，我鼓励佳言，昨天你把排长奖励的桶面套餐都和大家分享了。一会儿，把妈妈的来信也和大家分享分享吧，让我们都感受一下妈妈的温暖。

佳言想了想说，行，那谁来念？

我说，李响，让李响念——

儿子，今天是你到部队的第53天，尽管上午有些小忙，但我还是在休息的一点时间里关注军报，每天关注军报是我这一天最重要的也是必不可少的一件大事，或许也是支撑我整个精神世界的一件大事吧。

我在军报的每天更新中找寻着你的消息，每一篇班长日记我都要看上十几遍，简直就要背下来了，因为那里能让我思念你的心得到一丝宽慰！可是在静下来的时候我依然无法控制我的眼泪，尽管我知道我的眼泪流得

Part 2　我的新兵兄弟

太没出息,你要比我坚强得太多太多。和你相比,我真的是一个不称职的妈妈了!但这就是母亲,我想天下军人的母亲一定和我是一样的矛盾心情,而这种心情用任何的词语都无以表达。这是一种既欣慰又心疼,既安心又牵挂的情绪。作为一个思想要求上进,品行兼优,才华兼备的小兵的妈妈,我是骄傲的,我的儿子能够在霓虹闪烁、物欲横流的时代里,放下优越的大学生活,投身到艰苦的军营中,心中是怀有多么宽广的人生规划和梦想。反思,作为妈妈的我是不是应该好好向儿子学习了!

自从你迈出军旅之路的第一步开始,我似乎都在拖你的后腿,我每天都会悄悄地流眼泪,每天都在迫切地等待你的电话,甚至有时不思茶饭,夜不能寐。记得一次来电话我问你,"儿子,想家吗?"

你说,"你们要是都不想我,我就不想你们了!"儿子,这是你不让我们想你,但我知道你一定会想我们的,因为军营的训练中要吃太多的苦,要流太多的汗,甚至于血泪。这些对于一直被捧在手心里的你来说是一个巨大的挑战……

每一次你来电话都告诉我,你很好,吃得好、穿得暖、住的好,训练不苦也不累,我知道你这是在安慰我,不让我牵挂。我庆幸生命中有一个这样优秀的儿子,我感谢儿子给了我兵妈妈这样一个光荣的身份,在今后的人生旅途中我要向儿子学习,共同进步。

信念完了,宿舍里一片静。

住言,李响,善举,刘新,龙飞,眼睛都红红的。

每次我们分享兵妈妈的来信,班里都会这样静得出奇,而且安静中都会裹挟着一种温暖明亮的东西。

得好一会儿,气氛才又一点点活跃起来。

我称它为,养心的时间。养每一个人的心,也包括我。

出　　征 ——那一些不能忽略的情愫

　　随后，大家都讲了本周给家打电话，说了哪些话让妈妈特感动。妈妈又说了些什么，让自己特开心。
　　我发现，大家几乎有个共同的感受，都说，虽然离家远了，可是心却离妈妈更近了。而且知道了，做最好的自己，就是对妈妈的爱……

Part 2　我的新兵兄弟

痛苦难受时，能坚持住就赢了

2015年11月24日。周二。早上起来的时候，感觉越来越冷了。

早操时，大家都戴着防寒面罩呢，那都觉得刺骨的冷。好像这广阔的平地，都是风口的感觉。每跑一步，脸都会吹疼，仿佛要裂开一样。

连我这个排值班员，心里都在祈祷着早操能早点结束。期待着能多跑一跑，让身体热起来。其实已经跑了三圈了，身体还是在忍不住打颤。估计脂肪层又薄了，得增增肥了。

一声清脆的哨声，解救了我们。队伍带回后，我们迅速跑到二楼水房，把水流调到适当的温度，反复地使劲搓手。一下解脱了寒冷的束缚，仿佛都能感觉到热水冲刷手时，手上的细胞都变成了一个个小颗粒，在热胀冷缩着。

这寒冷的北方，连去水房冲冲手，都成了一种享受。本周是我们排最后一周打扫饭堂。现在大家干起活来都比以前快多了。基本上20分钟就能把食堂收拾得一尘不染。

晚上，和善举谈心。他跟我说，班长，你没生我气吧？我说，为你高兴还来不及呢！这家伙知道我的话外音。

昨天，他的3公里成绩是13分55秒。是他第一次过关。

我说，当时怎么想的？

他说，"我当时跑得很干脆，抱着'跑死也要死在路上'的豪情壮志，拼了！心里默念着，不要减速，大步跑！班长，虽说我的成绩距离优秀还有很远的距离，但有些东西需要的不仅是努力，更多的是一种信念。我总是不够自信。"

我说，谁都有这样的时候，痛苦难受的时候，只能坚定一个信念：走下去，坚持住，你就赢了！

Part 2　我的新兵兄弟

成熟的标志：毅力、拼搏和团结

2015年11月23日。今天是周一，下午3公里考核，也是第一次掐班成绩。

我班前段时间测试，只有两人3公里及格。一个是什么都很优秀的姜佳言，一个是不太稳定的李响。

所以，这一周的重点，我要求全班至少4人达到及格成绩。

张龙飞虽然手榴弹投得远，但体能实在太差，往往要16分钟才能跑完。

我和他分析原因时就总结了一条：不是身体素质不行，而是惰性。他每跑到三、四圈时就不想使劲了，自己给自己放松，那速度能上来吗？

但这些都不是我今天要考虑的了。因为今天他们不再是五个人，而是一个人，是一个整体！

临跑前，我又特意强调了一遍："记住！是整体及格，至少4人进14分半。我不管你们用什么办法，没办法就自己想办法！"也许只有这样，我才是他们心目中的"狗头老高"，他们也才是那个"许三多"。

"开始！"我摁下了计时，然后走向终点。仿佛将他们的身影置之度外，走进了自己的世界。一步，一步，向着远航。像站在舰板上的水手，慢慢举起了望远镜，看着彼岸浮动着的水草。真正地把一切抛在脑后，什么都不想，享受着这短暂的时刻。

可是，太快了，为什么我选择了直线走到终点？要是我选择随着他们拼命地跑步走上一圈，走到终点，那我会多开心？但我又必须给他们一个决绝的背影。

独自冥想着，享受着，这份空旷，孤独和阳光。

"第三圈，6分钟！"我对闯进视野的张龙飞喊道。

责任不得不让我瞬间清醒过来。我看到全班成绩最好的佳言，正带着张龙飞跑。我心里笑了一下。我知道，"班集体"这个观念，他们已经融入心里了。之后，我寻找着其他人的身影。可能是已经跑过去了吧，都怪我幻想了这么久……

在7分半的时候，我看到了王善举和李响，应该是第四圈。

8分钟的时候，我再次看到了张龙飞。我对他喊道："快点！还剩6分钟，就剩三圈了！"

他没理我，可能是已经拼到极限了吧。我突然跟了上去，和他一起跑。一边跑，一边报时间，"8分30秒，快点！这圈还有一半了。"

"9分半，快点，再快点，再不提速就要不及格了！"

还剩最后一圈的时候，排长叫停了我，让我履行好裁判员的职责。

我们班第一名是李响，紧接着是王善举，13分半。14分钟是姜佳言和张龙飞。

张龙飞大口喘着粗气，上气不接下气地喊着班长——我们班——全及格了！

我喊了声："各班查人！"

14分15秒，刘新到达终点……后来，我问他们几个，是什么让你们都有了超越自己的能力？李响说："班长，我总觉得后面有人撵我，我当时就想一定不能让他超过去！"王善举说："我一直紧追着李响，我就想，一定不能让他把我甩了！"张龙飞说："班长，我当时就想我一定得及格，我不能拖累佳言！"

最后，刘新说："班长，我跑第二圈的时候腿崴了，我当时就想一定不能因为我班里不及格！"

就这样，我班3公里全及格了。

他们用行动有利回击了，一些人对90后行与不行的各种说词。3公里，说长不长，说短不短，却是新兵们走向成熟的一种标志。

这次小考核，也让我与他们形成了短暂的对立面。

那一声哨音，仿佛是冲锋的号角。让我从中看到了毅力，拼搏和团结，还有一个美好的真正属于他们的远方。

采访的是我，写的是新一代士兵

2015年11月24日。今天是周二。晚饭前，连长突然叫住我，让我坐4号车回团里，有采访任务。

我急忙回班收拾东西，登车。

路上，我知道了来采访的是军区报社的孙副社长。

要说孙副社长，我和他可是有过很多次见面了。最近的一次见面，应该是今年6月份，他带我们去鞍山拜访老红军余新元爷爷。

余爷爷虽然90多岁了，但思维极其敏捷，他给我们上了一堂生动的党课，讲的都是抗日故事，一讲就是两个多小时。可以说，那一堂党课对我的人生影响极大……

我心里正琢磨孙副社长这次来，会采访点啥？车已到了团部。

听主任说，孙副社长坐的动车要七点多钟到站。

八点半，主任让我上楼准备。

没想到刚一进门，我的军礼还没等敬完，首长就笑呵呵地说："小管，你准备讲10个故事，不讲完不许睡觉。"

我笑了。紧张感一下子消失了。

Part 2　我的新兵兄弟

孙副社长可亲可敬，又特别幽默，还愿意开玩笑。不了解的话，看着一点都不像是个首长。就这样，我和首长整整唠了两个多小时，眼看着到11点了，我还在意犹未尽地讲着新兵们的趣事。直到主任进来提醒，我才意识到首长也是花甲之年了，他又坐了那么长时间的火车，下了车也没有休息……

首长说："小管，你有地儿住没？没地方咱爷俩在一块住。"

我说："首长，有，楼下给我留床位了。请首长早点休息。"

出门前，首长说，明早要去新兵营看看，还要采访采访我带的班。

我说好啊，欢迎首长！作为他们的班长，我对他们有信心！

第二天吃完早饭，我们就坐车回到了营区。

我把我班人都叫上来了，首长却说："小管你出去，该忙忙你的去。"

我便站在门外，左等等，右盼盼，焦急地等待。时不时透过门窗探头看看里面的情况，像极了等待在产房外面的"丈夫"。然后，心里安慰自己，"没事，我班人特别优秀，相信他们都能很好地展示自己。"

一直到10点半，猛地听到开门声，我的心才放下来。

趁首长和教导员在前边走的工夫，我悄悄问他们："跟首长唠得咋样？"

"班长，我们跟首长唠得可好了，首长可随和了……"他们说。

送别时，我跟教导员站在楼下，目送着首长离去。

车驶出营区了，教导员才跟我说："小管呀，你知道不？这孙副社长一出手就是大稿！老厉害了！写的全是贴近兵心的事儿，基层官兵背后都管他叫'贴心记者'。"

出　征 ——那一些不能忽略的情愫

没有不好带的兵，只有不会带兵的人

2015年11月25日。周三。

在带新兵前，有人跟我说，现在新兵不好带啊。

我就想，为啥现在的兵不好带？难道说以前的兵就好带么？

我想了好长时间，也想象不出来以前的兵啥样。

现在的兵我是了解的，独生子，家庭条件优越，没吃过苦，相反，福都没少享，也可以说是在糖水里泡大的。

我班有个新兵，来部队的时候，带了一大堆内衣内裤。

记得他当时跟我说："班长，我在家没洗过衣服。"

我笑笑说，啥意思？难道内衣脏了，你不准备洗就扔了？

兵看着我不吱声。

我说，我教你。

我想我带出的兵，首先要让他们学会自立，从日常生活开始，要什么都会干。

其次是能独当一面，要干什么像什么，人人能挑大梁，敢担当。

这第三么，要有很强的崇尚荣誉的心。自古以来，军人都要有一颗崇尚荣誉的心，视军人荣誉高于一切，才能拼死打胜仗。

我曾暗暗希望我带的兵，都能成为最优秀的兵！

兵没有好带不好带这一说，我自己就是个例子，我就是从那时候过来的。我有深刻体会。

上次采访，首长也问了我一个问题："小管，你说，现在新兵为什么不好带，是班长问题还是新兵问题？"

我毫不犹豫地回答，是班长问题。

部队越来越正规化，一些"土政策土办法"现在行不通了，班长还是按照老的办法带新兵，肯定不行。比如说，不许打骂体罚。有些新兵班长觉得自己当新兵的时候就是被"打骂"出来的，不打不骂不成才。

时代变了，如果新兵班长观念不变，管与被管者就有了距离。

90后有很多优点，学习能力强，自尊心强，理解快。所以，要辩证地看待行与不行，以强化优势带动弱势，说白了就是激励加严厉，把新兵往道儿上领。

作为新兵班长，都是连队的中流砥柱。不仅要让初来乍到的新兵适应新环境，我们也要从心理上走出旧观念。

只有我们变，新兵才会变……

出　征 ——那一些不能忽略的情愫

本色不会改变

2015年11月27日。今天周五。军里首长来我们团蹲点，一是检查老兵退伍工作，再一个检查新兵营的新训工作。

上午，领导组织新兵座谈。我们班佳言参加了座谈。回来的时候，我问他座谈都谈什么了？

佳言说，首长问我们对部队改革有什么看法，有什么期许，有没有信心。

我笑着问他，咋回答的？

他说，我光听他们说了。大家都说了挺多，都说支持部队改革，期待军队越来越好，国家越来越强大。

大家也期待着，随着改革，军人保障也会越来越好，军队越来越有凝聚力。如果军人将来职业化了，军人的社会地位有了保障，军人没了后顾之忧，就能一门心思想打仗的事。

前两天看新闻，其中有一条说的是军队改革，说的是什么会改，什么不会改。我觉得总结的特别好。比如说，"有一种服从永远不改，叫做军令，雷厉风行""有一种纪律永远不改，叫做军纪，令行禁止""有一种信念永远不改,叫做军魂,坚定不移""有一种凝聚永远不改,叫做军心,众志成城""有一种站立永远不改,叫做军姿,顶天立地"……

它说出了军人的本色和固有的血性担当。

不管怎么改,说到底,军人,军规,军魂,军心,真的是永远都不会变的。

认真和听话，也是一种能力

2015年11月29日。今天周日。早晨下雪了，天气回暖。

因为准备考核，今天又没休息。写教案，训练，周总结，忙得不亦乐乎。开完排务会，紧接着就是班会。

一周讲评时，排长对姜佳言和其他班几名新战士提出了表扬。说他们训练刻苦，进步幅度大，让其他同志以他们几个为学习榜样。

这已经是佳言连续3周被排长点名表扬了。

佳言为班级争得了荣誉。开班会时，我也表扬了佳言。佳言最大的特点是认真和听话。

认真，是一个人学习的态度。而听话，则是一个人自我约束，自我反思的能力。就说这样一件小事吧，新兵到部队后，连里每晚都会组织新闻讲评，平时也会抽空组织大家观看《我是演说家》，锻炼大家的语言表达能力。

佳言就特别有心，打电话托妈妈把《我是演说家》中优秀选手的演讲稿都打印出来，寄到连里。

空闲时间，他不光自己认真地学习语言技巧，还拉着班里战友一块学习。使得全班语言表达能力都有了很大提高。

每次新闻讲评和日常组织的故事会,我班新兵都有不俗的表现。

再举个例子,同样一件事布置下去,总有人当场好像明白了,过后又忘脑后去了。这样,同一件事,对不同人就有了不同结果。

佳言之所以进步大,是他能把话听明白。只有听明白,才能做明白。同一件事,他才能够举一反三……

所以,任何时候,都不能小看了认真、听话。

出　　征 ——那一些不能忽略的情愫

老兵的背影，也是我们的背影

　　2015年12月1日。小雪。今天是老兵退伍的日子。早晨7点多的时候，还没吃早饭，我们整个3号营区都动了起来。
　　所有新兵从连里一直站到营区门外，门口停了一辆尼桑大客车，送退伍老兵去车站。
　　7点半，伴随着一阵鞭炮声，老兵们穿着摘掉了军衔的冬常服，从各自的连里走向营门口。他们身旁紧跟着一两个帮忙拿行李的，然后是连长、指导员和曾经一起奋斗过的战友。
　　告别了熟悉的生活，熟悉的营区，无论怎么想，都让人觉得心里酸酸的。
　　人们大都默默地走着，偶尔有说笑，那笑容竟显得那么牵强。
　　此时，站在两旁的新兵们，掌声也没有以往那么响亮。
　　想到前几天，老炊事班长还将自己用心摸索累积的一本菜谱，送给了他们中的一个。文书将板报样本也郑重地给了他们新兵，一名老驾驶员还向一些新战友传授了如何克服冰雪路面车轮打滑问题，还有的老兵昨天还在陪他们站最后一班岗……

Part 2　我的新兵兄弟

一个个场景，就像一个个轮回，那么温暖，又那么苍凉。

雪下得大起来了！

吴超说，每年老兵走的时候天都会下雪……

车已经驶出了营区。我看到新兵们似乎还没有回过神来。

佳言眼睛红红地说，班长，我可能再也忘不了老兵们的背影！

我说，是啊。因为，那也将是我们的背影……

说再见，意味真正走进军人的行列

2015年12月9日。日子一晃就到了新兵营结束的时候了。

这些天有些小忙碌。迎接上级组织的新训课目考核，上教育课，整理物品，大扫除，组织大家谈心，为新兵下连做各项准备。

今天一大早，善举把他给女友写的第二本日记交给我，让我帮他邮到他女友的大学里。沉甸甸的日记，就像一个又一个沉甸甸的日子，我相信在这三个月的时间里，不只是善举，每个人都收获了一个全新的人生。

望着即将告别的新兵营，此时才感觉出了一种轻松。好像从肩上一下卸掉了一个很重很重的"包袱"。其实也不是包袱，而是新兵班长的责任书。

从一个地方到另一个地方，既是终点，也是起点。

中午吃饭的时候，突然接到一个电话。一问，才知道是佳言的妈妈。我问她是不是要找佳言，佳言妈妈说，不是，只是想跟我唠会磕儿，问我新兵下连后，还当不当佳言的班长了。我说应该不是了。佳言妈妈说，佳言给她打电话，说下连后真希望我还是他班长。她担心佳言换了新的环境会不适应。我笑着安慰她说没事，佳言表现很出色，要相信他，在哪都能行……

Part 2　我的新兵兄弟

　　回首走过来的日子，这三个月的新兵生活也是我军旅生涯的一个小小转折点。从新兵班长集训到新兵下连，经历了很多刻骨铭心的事，有哭有笑有痛，更有成长和收获。

　　还记得在他们到来时的那一次班务会，我说："三人行必有我师"，这句话应验了。从他们身上所学到的东西，让我终身受益。这就是基层。如果班长骨干放下架子，又怎能带不出个"虎狼之师"！

　　为人要谦和，不张扬。就像我班的班训，"做人不必求功，无过便是功。为人不必感德，无怨便是德。"

　　班长和新兵还是有很多不能说的秘密的。

　　我不知道他们的秘密，但也不必知道，每个人都会有秘密，就像人和人有了距离才会看清对方。

　　我只知道，我们永远都是一个集体，一个命运共同体，就像他们优秀，我值得骄傲。我优秀，也值得他们炫耀一样。

　　应该说，我们都留下了很多很多。

　　每个人至少都有一张自己的新兵照，和一个班合照。

　　我想，这照片能一直放在他们的钱包里，直到他们结婚。钱包里可能换成结婚照，要不然，我相信他们是不会换的，因为这是他们军旅生涯中重要而又美好的时刻。

　　收拾行李的时候，我把放在报刊架上的"维和日记"拿了过来，把"班训"写了上面，随后，我们每个人都在上面签上了自己的名字。

　　他们几个抽签，确定这本"维和日记"就先由张龙飞保存。并商定，谁退伍了就回来看看。离开部队后，每人保存一年，每年抽时间小聚一下，进行一个"交接仪式"……我知道，这本日记只是一个载体。

　　很快就要举行"授衔仪式"了。那将意味着，他们真正走进了军人的行列……

胜利的一代 / 王雷

品读管泰然事迹，不禁想起了他撰写的百余篇维和日记。

"人间私语挟裹世界风云，战士情怀激扬青春岁月。"管泰然百余篇蓝盔日记，是在写他的战友们，也是在写他自己，不仅让人感受到了维和官兵"唱响绝对忠诚之歌给国人听，展示中国军人风采让世界看"的革命豪情，而且让人看到了作为90后士兵的他，"新梦换了旧梦，千折百转尤向前"的破茧蝶变。

今天的管泰然从昨天走来。这个"走"的过程，是一个不断将"小梦"融入"大梦"，最终将个人理想抱负融入中国梦强军梦的过程。某海防团"海归硕士"王川阳是这样走来的，2012年年底，在中国梦强军梦的感召下，他毅然放弃国外就业意向和优厚待遇报名参军，尽情挥洒汗水浇灌梦想、唱响青春之歌；某特种作战团"特战精兵"曾昇铨是这样走来的，2004年入伍以来，他坚持把"练打赢、当精兵"作为不懈追求，实现了从羸弱新兵到特战精兵、从传统精兵到信息精兵的跨越；某摩步旅"追随父辈足迹感念党恩、精忠

出　　征 ——那一些不能忽略的情愫

报国"的藏族战士降巴克珠是这样走来的，在他的引领和感召下，该旅李红龙（白马旺杰）、冲麦、杨武（扎西多吉）、康勇（泽旺德吉）、庚呷罗布、扎西泽仁、白马本松7名藏族战士用雪山般圣洁的忠诚和牦牛般坚实的脚步追梦军旅，"长白山下走来8个康巴兵王"在白山黑水座座军营传为美谈；某装甲旅退役战士郑春光是这样走来的，2014年农历除夕，他为保护人民群众生命财产安全冲进火海，献出了年仅23岁的生命……

曾几何时，不少人对80后、90后青年存在这样的质疑：自私自利、过分自我，是即将"垮掉的一代"；身体并不缺钙，但精神之躯却存在"骨质疏松"现象……还有人在网上说，80后、90后官兵是从小"被宠坏的孩子"，娇气有余、血性不足，上不了战场、打不了仗。

"管泰然"再一次告诉我们，新一代青年官兵是胜利的一代！

"管泰然日记"再一次告诉我们，新一代青年官兵是胜利的一代！

"管泰然日记效应"再一次告诉我们，新一代青年官兵是胜利的一代！

新一代青年官兵是胜利的一代，具有历史必然性。中国梦强军梦是历史的、现实的，也是未来的。中国梦强军梦是我们的，更是青年一代的。实现中国梦强军梦，每名官兵都在圆梦的伟大序列中，而新一代青年官兵是这个序列中最富有朝气、最富有梦想的群体。

新一代青年官兵是胜利的一代，新一代青年官兵要有这样的担当和自信。"青年兴则国家兴，青年强则国家强。"青年一代有理想、有担当，实现中国梦强军梦就有源源不断的强大力量。新一代青年官兵必须肩负起"一代更比一代强"的使命责任，唱响"实现强军梦青春勇担当"之歌。

新一代青年官兵是胜利的一代，这是一个根本态度问题。相信青年，就是相信未来。事实告诉我们，新一代青年官兵具有很强的可塑性，只要用党的理论把他们彻底武装起来，主流价值观一旦注入他们的血脉，他们就会成为无坚不摧、所向披靡的钢铁战士。要坚持不懈地用中国特色社会主义理论体系最

跋

新成果武装官兵，紧而又紧、实而又实地抓好用习主席系列重要讲话精神铸魂育人工作，把新一代青年官兵培养成为有灵魂、有本事、有血性、有品德的新一代革命军人。

"认识自己"是大智慧。

"自己教育自己"是真正意义上的觉醒。

梦想有翼，青年有责；梦在前方，路在脚下。新一代青年官兵是胜利的一代，胜在"胸怀中国梦、献身强军梦"，胜在"圆梦有我、无我不行"，胜在"既仰望星空、又脚踏实地"。让我们整理好行装开始新的出发吧，胜利的一代！

二〇一六年一月一日

（注：作者系沈阳军区善后办政治工作组宣传保卫处处长）

后记

说说我的家

现在流行这么一句话，"我不知道自己怎么来的，但我知道怎么走的。"

这话要我说，我会改一下，我得先知道自己是怎么来的，然后考虑自己往哪儿去。人重要一点，是不能忘了追根溯源。如果寻根，就不能不说到我的家了。

我出生在军人世家。我也不知道用"军人世家"这个词，对不对。姑且先这么说吧。

关于爷爷和奶奶

爷爷和奶奶都是军人。如果再往上数，爷爷和奶奶的二叔又都是军人。不过爷爷的二叔是位抗联战士。奶奶的二叔则是一位军医。

爷爷的老家在凤城。当年，鬼子到村里抓抗联战士没抓着，就烧了爷爷的家，抢走了家里的牛，还把太爷爷也抓走了。后来，太奶奶就带着一家人逃

出　征 ——那一些不能忽略的情愫

难。全部家当除了孩子就是两床破被，被子上的窟窿，大得能钻出脑袋。

抗美援朝年代，少年的爷爷曾目睹了美军飞机在鸭绿江边轰炸，当时爷爷家乡的驻军医院，住进好多前线下来的伤员。帝国主义的侵略，给中朝两国人民带来的灾难，深深刻在爷爷的脑海。那时，爷爷就萌生了长大要当兵去保家卫国。

爷爷18岁入伍，他是仓库保管员，干的却是收发地雷、炸药、倒垛等特别危险的活。爷爷说，穷人家的孩子能吃苦，更不怕吃苦。他经常起早贪黑地扫营区，掏厕所，从不闲着。入伍第三年，爷爷开始身肩多职，保密员、书记、文化教员、放映员、广播员，因为爷爷是那个年代少有的高中生，工作又认真，大家都很器重他，爷爷年年都被评为"五好战士"。

应该是1960年吧，爷爷所在仓库被全军工程兵评为先进单位，解放军报记者来采访，约团政委写篇经验稿。政委是个老红军，就叫爷爷帮他拿初稿。爷爷说那是他第一次接触报道，稿子写好后，经政委和记者修改，很快在军报发表了。1963年9月，爷爷被调到军区工程兵政治部宣传处任宣传干事。工程兵是雷锋生前所在部队，爷爷听过雷锋当年忆苦思甜的报告。雷锋牺牲后，爷爷参加了追悼会，还给雷锋墓添过土。为把工程兵部队学雷锋事迹宣传出去，爷爷组织工程兵各团报道骨干办学习班。从1964年到1966年上半年，雷锋班学习雷锋的事迹大部分是爷爷组织或亲自采访的……

奶奶也是军人。奶奶是个特别要强的人。她一辈子的梦想，是想成为她二叔那样的人，她想当一名军医。但奶奶到死也没有实现这个心愿。虽然，她凭着自己的聪明和韧劲儿学完了全部医学课程。当年，和她一起护校毕业的同学，好多也都改了专业。可惜，奶奶生不逢时。我知道奶奶一辈子好像都不怎么甘心。记得小时候，每逢生病，包括亲戚朋友生病，都是奶奶给我或我们配药吃。

估计爸爸小时候生病，也是这么吃着"奶奶的药方"过来的。但到我的时候，爸爸竟然不放心起奶奶的医术，每次爸爸嘀咕，"你可别把我儿子给吃坏了啊"，奶奶就会怒目而视，把爸爸"骂"一顿。爸爸赶紧向奶奶请罪，哄奶奶说，我这不是为你孙子么。奶奶就会转怒为笑，说，那是，要不为我大孙子……

只是奶奶走得太早。

有时，我会这样想象一下，如果奶奶没有离开我，她会同意我去马里维和不？我想奶奶也许能舍得爸爸去枪林弹雨的维和战场，但不一定会放我去。人都说，"隔辈儿疼"啊。

在昂松戈，我还记得夜里做的梦。

梦中的奶奶，她的腿疼病还是没有好，她还是像活着时一样那么爱给她的亲人们织毛衣，左一件右一件，左一针右一针，勾来绕去的，常常看得人眼睛都发花了……

关于爸爸和妈妈

爸爸比妈妈早一年穿上军装。

爸爸入伍的部队也是工程兵部队，可谓是，子承父业了。

妈妈则和奶奶一样，上的也是军区护校。只不过妈妈比奶奶幸运，她最终圆了自己的梦，从事了她喜欢的职业。

爸爸出生的年代，正赶上珍宝岛自卫反击战突发的年代。爷爷和奶奶所在部队都进入紧急战备，爸爸只好被寄养在地方一个无保户家里。"可怜的"爸爸，在老百姓家一待就是3年多。他像如今父母长年在边防的许多军娃一样，看着穿军装的男人就叫"爸爸"，见到穿军装的女人就喊"妈妈"……爸爸和照看他长大的爷爷奶奶结下的感情，可能比对我的爷爷奶奶都深，两位老人离世的时候，爸爸去给送的终。

出　征 ——那一些不能忽略的情愫

爸爸虽然从小没有得到父母更多的"怀抱",但受家庭影响,他从小就热爱部队。有一年暑假,爸爸去爷爷部队,一个假期都在和战士们一起在野外架铁丝网,脸晒得又黑又红。走的时候,他竟对爷爷认真地说,"爸,您要爱兵如子!"

那一年,这个对自己父亲说要爱兵如子的人,只有15岁。

16岁那年刚过,他就当兵了。

我小的时候,爸爸对我来说也是个陌生人,爸爸总是待在连队。一个和兵在一起多于和孩子在一起的爸爸,我对他好像也没太多感情。

我还记得升入初中那年,妈妈委托一位叔叔送我去学校报到。老师还以为那个人是我爸爸,责怪他为什么开学一个星期了孩子才来。我看见那个叔叔张口结舌的样子,我当时心里想的却是,他要真是爸爸该多好,我就不用这么孤单和自卑了……

对爸爸的感情,应该缘于那一年永吉抗洪。一直在抗洪前线坚守的爸爸,第一次让我体会到了惦念的滋味。因为,我和妈妈在新闻联播里得知爸爸的部队,有人牺牲了……

有时候,人生就是这么复杂,而又是这么简单。就像有人用偏见看待90后,行与不行一样。我只能说,一个时代有一个时代的痕迹。有些事,不能强求。

其实,这些年经历了很多很多事,也思考了很多很多道理。

回过头来想一想,我很感谢我的爸爸和妈妈。他们有一颗感恩的心,更有一颗忏悔的心。他们感动了我。尤其妈妈,某一天,她突然说,她要吃素。就真的一直在坚持。

当我感知到妈妈那颗慈悲的心的时候,我那偏激的性格也突然间改变了。还有爸爸,自从奶奶去世后,他也由作战部队调到了干休所。虽然他回到了家乡,可是我又离开家了。这种变化,反倒让我和他多了亲近。因为,我发

后 记

现他不再居高临下，而是跟我平等交流了。爸爸说，你在一线部队建功立业，我在干休所为这些戎马一生的老干部们服好务，让老人们有一个舒心愉快的晚年。咱爷俩就"忠孝两全"了……

我不知道是爸爸妈妈改变了我，还是时间改变了我。

慢慢的，我把心扉敞开了，向他们。我还记得当年妈妈写给我的两封信，每次温习，都有热泪盈眶的感觉。

妈妈说，儿子，别怪你爸爸那么早就把你送到部队，那么武断地剥夺你要成为商界精英的梦想。每个家庭都像是一条河流，军人的后代就得热爱部队……

妈妈说，积善之家必有余庆。一个人要懂得积德行善，做好自己该做的事，不怨恨、不恼怒、不自私，心怀一切善念善行。

妈妈说，不要跟别人比，就跟自己比，如果每个阶段都在进步中，就是健康的人生。

妈妈说，人活着，要有一种精神。这种精神就是让自己活得更像一个人。自立自强，上善若水。

妈妈说，不要老想着"我我我"，心量要放大，海纳百川，才称其为海。不能怕吃苦，吃苦才能历练自己，成就韧性强劲的筋骨。不要占人便宜，不要轻易张嘴管人借钱。男人顶天立地，靠的是德行和诚信。

妈妈说，爷爷和姥姥年纪大了，不要忘了常打电话问候。

妈妈说，要和战友好好相处，多学习。书中有宝，养成读经典的好习惯。注重内心的修养比外表更重要。

妈妈说，儿子，你太瘦了，吃胖点，男人才长福气。

妈妈说，儿子，不管心里是否存过怨恨，从现在起，把心里的垃圾排空。心里装着别人的好，想着别人的好，对别人好。你在别人心里的好，才会越聚越多……

出　征 ——那一些不能忽略的情愫

关于我

小的时候，我的想法总是很复杂。我想干的事特别特别多。

要论"个性"，将来的"00后"也许会超越我们。可是，当兵这几年，反倒简单了。

军人形同一个螺丝帽，他必须固定在自己的位置上，才能发挥其作用。所以，实在没有必要复杂。

真的就是责任在推着你走。

好比你上了一辆战车，你打算在中途下车吗？

不可能吧。

那你的选择也就更加简单了。

如果说家是一条河流，我们注定要从家这条河流流向大海。而这个大海，就是祖国……